新世紀散文家⑲

鍾怡雯

精選集

陳義芝◎主編

NEW CENTU
ESSAYISTS

目錄

55

輯二 垂釣睡眠

97

輯三 聽說

輯四 我和我豢養的宇宙 131

編輯前言

陳義芝

熟識中文創作的人，對先秦諸子散文、漢代紀傳體散文，以及李密、陶淵明、江淹、庾信等人的六朝文，韓、柳、歐、蘇代表的唐宋文，必不陌生。清初吳楚材、吳調侯叔侄編注的《古文觀止》，網羅歷代名篇雖有遺漏，但大體輪廓的掌握分明，仍是研讀古代散文最重要的讀本。

今天我們讀古代散文，除《古文觀止》上的文章，論、孟、莊、荀，也不可棄，因為是源遠流長的文化氣質。歸類為小說的《世說新語》，寫人敘事清雅生動，當小品文讀也不錯，可欣賞它精鍊的筆觸、機智的餘情。而繼明代歸有光、張岱之後，猶有黃宗羲、袁枚、姚鼐、蔣士銓、龔自珍……

古人說，「文之思也，其神遠也」，又說，「事出於沉思，義歸乎翰藻」，當文統與道統釐清，藝術的想像力與語言的精緻性即獲得高度發揚；迨至明代獨抒性靈，清代提倡義法，民國梁啟超錘鍊的新文體（雜以俚語、韻語及外國語法），兩千年來中文散文的山形水貌，因而更見壯麗。可惜今人不察中文散文有其獨特鮮明的傳統，往往以西方不重視散文為名，任意貶損散文價值，誤導文學形勢。

究實而言，粗糙簡陋的經驗記述，與不具審美特質的應用文字，當然算不得散文，就像這世界充斥許多聲音，只為溝通、發洩之用，或無意為之，毫無旋律可言，也就算不得是音樂。但我們不能因為聲音之產生容易而漠視聲音之創造，同理，不能因「非散文」之充斥而不承認散文所展現的生命價值、啟蒙作用。〈庖丁解牛〉、〈出師表〉、〈桃花源記〉、〈滕王閣序〉之所以千古傳誦，正在於作家內在精神之凝注與文學意趣之揮灑，代代有感應。

清末劉熙載〈文概〉講述作文七戒：「旨戒雜，氣戒破，局戒亂，語戒習，字戒僻，詳略戒失宜，是非戒失實。」分別關切文章的主題、文氣、布局、語字、結構、義理，我們拿這個標準來檢視現代散文，也很恰適。試以現代（白話）散文前期名家的看法為例。

周作人主張散文要有「記述的」、「藝術性的」特質，「須用自己的文句與思想」，「真實簡明便好」。

冰心主張散文創作「是由於不可遏抑的靈感」，並且是以作者自己的靈肉「來探索人生」。

朱自清說：「中國文學大抵以散文學為正宗，散文的發達，正是順勢。」他認為散文「意在表現自己」，當然也可以「批評著、解釋著人生的各面」。

魯迅主張小品文不該只是「小擺設」，「生存的小品文，必須是匕首，是投槍，能和讀者一同殺出一條生存的血路的東西；但自然，它也能給人愉快和休息。」

林語堂說小品文，「可以發揮議論，可以暢洩衷情，可以摹繪人情，可以形容世故，可以札記瑣屑，可以談天說地」，又說散文之技巧在「善冶情感與議論於一爐」。

梁實秋特重散文的文調，「文調的美純粹是作者的性格的流露」，「散文的美，不在乎你能寫出多少旁徵博引的故事穿插，亦不在多少典麗的辭句，而在能把心中的情思乾乾淨淨直截了當地表現出來。」

以上這些話皆出現在一九二〇年代，可見白話散文的基礎一開始就相當紮實。

梁實秋以降，台灣文壇的散文名家，從琦君到張曉風，從林文月到周芬伶，從王鼎鈞到簡媜，從董橋到蔣勳，並時聚焦的大家如吳魯芹、余光中、楊牧、許達然，幾乎沒有一個不是集合了才氣、人生閱歷、豐富學養與深刻智慧於一身。他們的散文大筆馳騁自如，頗能融會小說情節、戲劇張力、報導文學的現實感、詩語言的象徵性。散文的屬性被發揮得淋漓盡致，散文的世界乃益加遼闊；散文的樣式不再只循舊式美文、雜文、小品文或隨筆的路徑，科學散文、運動散文、自然散文、文化散文或旅行文學、飲食文學，為人間開發了無數新情境，闡明了無數新事理。

隨著資訊世紀的來臨，文類勢力迭有消長，我預見散文的影響力將有增無減，而每位作家收入一兩篇的散文選，光點渙散，已不足以凸顯這一文類的主流成就。「新世紀散文家」書系（九歌版）因而邀當代名家自選名作彙輯成冊。柳宗元談讀諸子史傳的收穫，曾說：「參之《穀梁氏》以厲其氣，參之《孟》、《荀》以暢其支，參之《莊》、《老》以肆其端，參之《國語》以博其趣，參之《離騷》以致其幽，參之太史公以著其潔，此吾所以旁推交通而以為之文也。」必先了解各家的藝術風格、表達技法，方能於自我創作時創新超越。這套書以宜於教學研究的體例呈現，歡迎走文學大道的朋友從散文下手！這批優秀作家的作品見證了一個輝煌的散文時代，他們的創作觀更合力建構出當代中文散文最精粹的理論！

推薦鍾怡雯

鍾怡雯的散文得傑出作家周芬伶品評，亦仙亦狐亦精魅的姿采，如天風吹雪花光照影，清晰凸顯。

人說鍾怡雯十分艷異，指的是她的情思；十分嗆辣，說的是她的性格；有很深的大孤獨、小怪癖，無疑是莽莽蒼蒼的文化身世使然。其實不只我，用心的讀者都認同，認同周芬伶評論〈鬼氣與仙草〉云云。

《鍾怡雯精選集》給你奇特的親切的陌生的神祕的內容，給你沒想過的經驗、沒狂野過的心理。來自馬來西亞的鍾怡雯，學習中原，糅混邊陲，開發多重感性，承繼了馬華傳統更豐富了當代中文創作！

——陳義芝

鬼氣與仙筆

——鍾怡雯散文的混雜風貌

周芬伶

前言——馬華文學與女散文家

也許我們都來自陰暗複雜的女兒國，大家族重男輕女的舊遺毒，同樣是五個女兒一個弟弟，而且都曾經男裝想當男生。她像是我遺失在野半島的另一個妹妹，一見面就覺得格外熟悉，但引起我注意的是她身上飄著怪異之氣，初見面時她還是學生，眼睛化濃妝塗藍眼影，眼睛已夠大還特別強化有一絲妖異，那時女作家化濃妝的很少；第二次見面剪超短髮無眼妝，圓咕嚕的眼珠如銀球古靈精怪，很像年輕時的沙岡，總之還是「怪」，然我與怪咖有緣。她說話又急又快，大驚小怪一堆，生活的小事都被她說大了，跟琦君一樣愛聊家常，而且話急得插不進，只能聽。

貓咪啊病痛，吃藥看醫生，還有能見陰暗之物……。

穿得漂漂亮亮到東海一看到樹大叫：「我要爬樹！」我在一旁聽得直笑。

爬樹絕對是她生命中重要的事，那是她自己的位置，一個可以入世也可以超然的角度，「那是我跟世界的距離，跟家人的關係。一個旁觀者，住在她自己的島上。」令我想到寫《爬樹的女人》的樹冠生態學家羅曼教授，她是個另類樹冠學家，在澳洲用繩索爬樹，懷孕時利用採櫻桃的籃子登上尤加利樹，在非洲乘熱氣球俯視研究樹頂，又到美國麻州的溫帶林與貝里斯的熱帶雨林搭建樹冠步道，過著很具高度與難度的生活。她在樹上看到另一個世界，另一個自己。鍾怡雯的「異質」在於她的僑民與流放身分，在傳統與現代夾縫中的矛盾掙扎。

馬華文學在台灣有著千絲萬縷的關係，鍾怡雯自己也很有使命感，我一直認為馬華文學在臺灣應有一個位置，它不是僑民文學，也不是本土文學，而是新移民（流放文學），也就是使用非母語在外地產生的文學，像哈金或高行健在西方，溫瑞安、李永平與黃錦樹在台灣，他們的複雜性更豐富台灣的文學。

台灣是移民之島，島上的主人是原住民，其他都是移民，只有新舊之分。

舊移民長久定居而形成本土文學，新移民則有認同的焦慮與疏離感，在神州時代他們化為儒俠，練武舞劍，當中方娥真的散文最是令人驚豔，但其脫塵絕俗到底難入人心，鍾怡雯的文章能入人心，緣於她是激烈的豹走女子，與生活貼近，有著鮮明的個性與剛柔相濟的文風，令人樂於親近。

就像鍾怡雯強調馬華文學的浪漫精神，屬於她的浪漫是在不斷逾越與出走中，有種回不去的焦慮與掙扎，所以總在奔逃，進行中，動態的描寫特別出色，時而喃喃自語，大多是自問自答，獨特的鍾氏出品，像馬克白的獨白，像是懺悔，其實是上下求索的天問：

我不知道那樣單刀直入的問題，對滿姑婆是否錐心之痛。她抖了一下，輕輕的說：「不，不，不會骯髒。」不會骯髒？我窮追不捨，拋出第二個問題、第三個問題。面對這串不容思索的連珠炮，她不禁紅了眼眶。是的，曾祖母養了她這麼多年，不是生母又何妨……她哀傷的背影沒入曾祖母的房間，噢，不！現在應該叫「滿姑婆的房間」。在寬敞廚房的西南隅，大宅的後方，這毒瘤般的房間在我的記憶中漸漸死去，復活了再漸漸死去。（〈漸漸死去的房間〉）

對她來說，她所叛逃的那個島曾經像是「漸漸死亡的房間」。從北緯五度的野半島奔逃到北緯二十三度的福爾摩沙，她心魂未定，時常回望過去，有時對人事錯迕的現實感到迷亂。

在家庭中，她作為長女，背負著父親的沉默與威權，她選擇叛逃，逃離家門，越過國界，進入另一個傳統威權的學術圈，又進入婚姻，看似適應得不錯，但她還在驚魂不定，還在自問自答：我作對了嗎？哦，可能不對。這種自責感的催逼與母體脫離的分裂感，並非在地作家所能感受。

就像她愛引用的英文歌曲，也都是進行式與疑問句：

I hear her voice in the morning hours she calls me
Radio reminds me of my home far away
And driving down the road I get a feeling
That I should've been home yesterday

渦形回歸——流放的激進與退守精神相抗

作為僑民的後代，肩負著龐大的文化與家族的陰影，在種族語言多元，城市與雨林並置的馬來西亞，如果她選擇逃往西方，以英文書寫，那就很難掙脫湯婷婷與湯恩美一路的「混雜風」，或林玉玲書寫家族夢魘《月白的臉》，令人疑惑為何移民的家族圖象何以如此陰暗與壓抑，那讓人喘不過來的壓力，與凌亂破碎的心靈圖象有時令人不忍卒讀。

可能是漢文化越在邊緣地帶越保守威權，呈現歷史「停滯」的現象，儒教與父權的威力更顯巨大。

她選擇的台灣，雖也是漢文化的孤島，卻是散文的樂園，起初她以中文系女子的典雅傳統崛起，與一般作家先從自傳散文出發再擴大之有所不同，她是倒著來的，先從其它枝枝節節寫起，像她的失眠（〈垂釣睡眠〉）、容易摔傷（〈傷〉）、常看病、貓咪（族繁不載），最令人印象深刻的莫過於〈垂釣睡眠〉，那有著過敏靈魂的年輕女子如何每晚與睡眠搏鬥，寫得絲絲入扣：

> 不過兩三天的時間，我的身體變成了小麥町——大大小小的瘀傷深情而脆弱，一碰就呼痛，一如我極度敏感的神經。那些傷痛是出走的睡眠留給我的紀念，同時提醒我它的重要性。它用這種磨人脾性損人體膚的方式給我「顏色」好看，多像情人樂此不疲的傷害。然而情人分手有因，而我則莫名的被遺棄了。（《垂釣睡眠》）

就這樣她以生活的細節敘述，進入女散文家之列，她迴避家族尤其是父祖的書寫，對於雨林生活也只有順便帶到，直到二〇〇二年出版《我和我豢養的宇宙》之後，她開始較有意識地省視自己來自的血緣，〈今晨有雨〉可能是個重要轉折，寫的是祖父的過世：

十八歲那年我離家，不，簡直是逃家，在你不知情的狀況下，走上不歸路。我慶幸自己走得遠遠的，徹底與你決裂，也一筆勾銷算不清的債。隔著南中國海，我開始寫作，卻無法書寫我們的關係。正確的說法是，跟血緣相關的一切，我根本拒絕去想。書寫是救贖。許多人這麼說。我不相信，也不需要。何況，沒有沉淪，何需救贖？我寧願沉默。

（《我和我豢養的宇宙》）

這時還是倔強地排斥書寫家族或愛情、婚姻，不能寫的事要不就是太親怕過於暴露，要不就是太瘋狂連自己都無法面對。二〇〇六年中國時報人間副刊三少四壯專欄，後來結集而成的《野半島》就如火山噴發般，熱燄四射，還十分透明，語言是鍾氏出品但更急更快更雜，各種語言交雜，嗅覺味覺視覺併揉，尤其說及家族史，膽血都咳出來，果然是夠瘋狂而拒絕說出，難道她的拒絕與沉默都不需要了嗎？

感覺是擺脫小女生時期最後一次叛逆，但也是她正視自己的勇敢之舉，風格也有了改變，更鮮明，夠嗆辣！

我一直覺得傳統退守與激進嗆辣同時存在她身上，但她二〇〇六之前是往傳統退守的方向走，之後是往激進嗆辣方向走，連她的馬華論述也進入左翼與雨林中，她更成熟自信，這對於她的創作顯然是一個跳躍。

因此她的作品可分為兩期，一是「小女生」時期，小女生是她的愛貓的名字，活了十年，也陪伴她來台的第一個十年。二〇〇二年小女生過世，祖父過世幾乎同時發生，意味著她心中的小女生走了，大女生正在長大，以貓紀年，對於「無處不貓」的她想必不反對；二〇〇二年之後進入「野半島」時期，也即是把關愛回顧於她所來自的島，她與島的分離已近二十年，隔著時空與緯度看更顯永恆意義，「分離也是如此。必得被時間沉澱過才產生意義，此時，眼淚方會因不捨而流，綿綿的悲傷包裹起生活，你會發現，原來分離是一種浸泡記憶的福馬林，它讓記憶成為永遠」，以審美的眼光回望自己的家族與島，必須承認它在漢文化的邊陲，而禮失只能求諸野半島。

追溯鍾怡雯創作途徑是呈渦形回歸的，外面的圓是朝傳統中文典雅的方向前進，如《河宴》亦有寫及父祖家庭，仍不失懷舊散文溫柔敦厚之旨，再貼進自己的生活與內心作細節敘述，還有小物件的愛戀如《垂釣睡眠》、《我和我豢養的宇宙》，可謂世紀末的精美，再往記憶深處的野半島前進，那個島不是孤島而是比台灣大好幾倍的半島，有意識的空間與離散書寫，像一張又一張充滿刺點的老照片，充滿後現代精神，這過程也是相互辯證的過程：

在另一個島，凝視我的島，凝視家人在我生命中的位置。疏離對創作者是好的，疏離是創作的必要條件，從前在馬來西亞視為理所當然的，那語言和人種混雜的世界，此刻都打上層疊的暗影，產生象徵的意義。那個世界自有一種未被馴服的野氣。當我在這個島凝視三千里外的半島，從此刻回首過去，那空間和地理在時間的幽黯長廊裡發生了變化。鏡頭一個接一個在我眼前跑過，我補捉，我書寫，很怕它們跑遠消失。我終於明白，為何沉從文要離開湘西鳳凰，才能寫他的《從文自傳》。（〈北緯五度〉）

不僅要離開，而且要離開得夠遠夠久，但太久也不行，久了就成一張張「月白的臉」，鍾怡雯描寫的臉一張張血色鮮豔，野性難馴。

魏晉風度與形影神書寫

鍾怡雯的人不能以美來界定，現在美女作家一堆只有更模糊她們的面目，她個子嬌小仙風道骨配上一張熱帶風情的狐臉，手心永遠冰冰涼涼，就像是筆記小說走出的狐仙。

鍾怡雯的文體交揉著現代與古典，現代如莒哈絲、蘇童的實驗精神，古典如魏晉人的瀟散不在名教之中，服食丹藥愛談玄虛則有何晏、劉伶、阮籍之風，筆法形影神問答如五柳先生。我曾在三十多年前寫一篇陶詩的小報告，用佛洛伊德的「本我」、「自我」、「超我」對應他的形、影、神，現在想來並不完全相扣。最說不清的就是「影」，古人認為影是自我的分身，所以才有李白「舉杯邀明月，對影成三人，暫伴月將影，行樂須及春」之說，這裡的影既是影子也是另一個我；對陶氏來說形是「形而下」的肉體感官，影是「形而上」的良知良能，故言「存生不可言，衛生每苦拙。誠願遊崑華，邈然茲道絕。與子相遇來，未嘗異悲悅。憩蔭若暫乖，止日終不別。此同既難常，黯爾俱時滅。身沒名亦盡，念之五情熱。」如此說來「影」較接近「超我」，「神」指向道家的「自然」，所以在兩相矛盾中，神化解之道便是順應自然，故言「日醉或能忘，將非促齡具？立善常所欣，誰當為汝譽？甚念傷吾生，正宜委運去。縱浪大化中，不喜亦不懼，應盡便須盡，無復獨多慮。」

所謂魏晉風度是一種矛盾的組合，文字放恣，思想凝重；或者文字凝重，思想放恣，鍾怡雯兼而有之，文字放恣如《野半島》、〈酷刑〉，思想凝重如〈藏魂〉；文字凝重如〈今晨有雨〉，思想放恣如〈藥癮〉、〈位置〉。

屬於鍾怡雯的形影神問答是肉體的病痛（病身）、感應異次元（鬼影）、超脫之道所構成，且多一問一答，自問自答。先看她寫源自多病而產生的〈藥癮〉：

> 其實我的生活既似隱居，又在服用這種引人遐想的藥，炙穴道時且把家裡燻得迷迷濛濛，就常想起煉丹。找本葛洪的《抱朴子》仔細研究，說不定還真能煉出甚麼不老仙丹。更何況我特別喜歡風流倜儻的魏晉南北朝，那是一個頹廢，卻也散發著奇異美感的時代，煉丹，服藥，狐仙氣瀰漫。整個時代都患了對時間的集體憂鬱，試圖以礦石把血肉之軀練

成與天同壽。這種服丹而長生的理據固然荒唐，可是，不老與長生，是多麼的難以抗拒啊！

她不僅喜歡服藥泡湯薰香，還愛看中醫，她寫復健的滿清十大「酷刑」現代版，拉腰、拉脖、滾床、推拿、針撥、放血，看來既痛且快，這種又享受又置之度外的態度，描寫肉體之病痛與煩惱，失眠與多愁善感，這是寫形的一面。

寫影的如寫鬼影、墳影、刑場、墳場種種感應，看來是既親和又陰慘的世界，她把它稱之為「靈魂過敏」，對於這些她只有以薰香沐浴應對之，她「見鬼」的經驗太多了，寫入文章更是一絕，如〈對不起，打擾了〉中，她寫出被鬼折磨的慘狀，讓她模糊夢幻與現實：

這麼多年下來，那些離奇的超現實乃至魔幻寫實混昧狀態，已經模糊了我對夢幻和現實的分界，他們到底是我心中的幻影還是現實裡共存的喻依？頭疼時我的頭皮凹凸起伏如月球表面，似是適合種植油棕的丘陵地。我懷疑他們寄居腦內，啊那些讓人疼痛的丘壑，便是他們存在的暗示。痛極了時彷彿聽到他們說，喂！我們在這裡。氣弱時，他們變本加厲，霸占我的腦子影響思考。疼痛令人脾氣暴戾，常有事事不順眼想動手修理人的衝動。為此我吃盡苦頭（我懷疑創造這片語的人跟我有同樣宿疾），做過各式各樣怪異的檢查和治療，像個外星人被各種高科技醫療器械檢視。疼痛常伴隨著荒謬想法和幻影，想那釋迦牟尼的頭可是跟我一樣凹凸不平（我的腦海同時出現水果攤，不！水果攤上的釋迦，「頓悟」那長相怪異的水果名稱由來）。

對於有靈異體質的人，念經「作功課」是難免的，多少可減輕一些痛苦。「每入睡必夢魘，被一高壯男士頻頻干擾，不知哪裡招來的冤親債主。心知肚明乖乖誦念《藥師經》、《地藏經》，並且不間斷的迴向一百零八遍《陀羅尼》，昏昧時隱隱然感受到陰鬱晦暗之氣。誦經時腦海浮現小時候的暑期作業。無果可摘，於是每日犒賞自己三兩顆巧克力。做功課，也就不那麼痛苦了。」但長久屈服畢竟不是辦法，只有與他硬拚，「等對方低頭」，或者逃向充滿陽氣的丈夫，這對夫妻的互補狀態實在有趣。

這些文章幾乎可以將鍾怡雯定位為「鬼」作家了，詩人有「詩鬼」，散文當然也應有「文鬼」。但這只是鍾的一部分，她還有更陽光更多元的部分，屬於她神的一面，濕婆神，她是濕婆神的子民。

濕婆神的子民——北緯五度的熱帶憂鬱

熱帶真的只能是憂鬱的嗎？當溫度常年維持在高溫，一年只分涼季與熱季，涼季也在三十度上下，熱季比涼季長很多，陽光白熱化，那是乾熱與濕熱交替，熱帶雨林帶來的豐沛雨量與野生巨獸橫走，在長期流汗與脫水中，我相信心情會受影響，鍾酷愛陽光，體質陰虛的她確實是具有向陽性，如〈陽光如此明媚〉中如此寫：

我喜歡陽光普照的好日子。清早醒來，金黃色的晨光從側窗湧入，窗簾和玻璃都擋不住那光和熱，如此滿室生輝，如此明媚，讓人心生讚美和感激。太陽底下的光影產生強烈對比，對比裡有濃淡不一的陰鬱。陽光不到的地方，有影子以及影子的層層疊疊。我喜歡光影的層次變化，早上，中午，它們悄悄拉長，變短，修改色澤。特別是冬天。日照那麼短，也許只是一個下午，或者上午的難得陽光。

遠處芒花新開，白得異得光潔。

她的憂鬱與過敏、失眠體質還來自家族遺傳，長期遊蕩在外與寫作研究，耗損精神，精氣神皆不足，她愛自己的辦法是勤看醫生愛吃藥。

過敏的人通常善感，善感易失眠，長期失眠引起憂鬱，這是永無休止的惡性循環，但我要談的是本質的憂鬱，熱帶的憂鬱跟波特萊爾談的文明引發的憂鬱不同。熱帶的憂鬱較接近卡謬的「異鄉人」的荒謬的憂鬱，而致弒人／弒父，這是因為疏離與冷漠引發的憂鬱成狂，如在

〈北緯五度〉所寫的：

> 瘋狂的基因是鍾家的遺傳，從廣東南來的曾祖母吸鴉片屎，她本來就個性古怪，祖父和父親都得她幾分真傳；我的表叔從青年起便關在「紅毛丹」（瘋人院）關到現在，上回出來後把他老爸鋤死，沒人敢拿自己的命開玩笑再放他出來；三姑在我小學時住過精神療養院。大姑的獨生子，我那長得像混血兒的萬人迷表弟，二十歲出頭便住進了精神療養院，十幾年了時好時壞，大姑心疼唯一的兒子，千里迢迢把他送到澳洲醫治，兒子的病沒好轉，反倒是她在六十二歲之齡得了憂鬱症。二姑就別說了，一家四口簡直被下降頭一般。她三十歲左右出車禍之後精神狀況不穩定，五十歲鬱鬱而終。如今她的兒子也是，唉！

看來父系較嚴重，體質較像父系的鍾，難怪會有多愁多病身，書寫多少是種治療，父親原先也許不是那麼沉默，當他從男子向父神靠攏就沉默地「像一首詩」了；又或者父親對他人不沉默，只對妻子與兒女沉默，讓沉默變成高牆。

她在叛逆的青春期選擇叛逃，與父祖絕裂，因此初來時甚少回家，她遺棄那個島，那島裡有她瘋狂的血緣，然後她被那個島遺棄。應該說是「割裂」導致的「分裂」，而讓她愛恨交加，她用疏離與冷漠武裝自己，但是她對妹妹與母親的愛難以割捨，在日漸成熟後，又嫁給同鄉人，家鄉既是娘家也是夫家，她以迂迴的方式重新拾起，並在其中找到平衡之道，她回怡保「我容易失眠。在怡保卻碰到枕頭就入眠，外加奢侈的午睡。有一次竟從半夜十二點賴到隔日十二點半，後面只隔十尺的地方在施工，夫家上下連同兩位同行的朋友七點多鐘就被吵起，唯有恆處睡眠不足的我創下奇跡。起床後從容梳妝打扮，赴遲到的餐會。餓了一晚胃口奇佳，早午餐一起吃可真是難得的美妙經驗」，吃飽睡足加上運動，純屬感官，她稱之為「狗日子」，感覺是是享受也是幸福。再回家的感覺彷彿是心靈與身體的填補，過往的創傷與陰影，不再那麼沉重。

女子在叛逃父家之後割斷擠帶，她想作她自己，這時也許是憂傷與憤怒交加，當父家變成娘家，就柔化為女兒之思，當夫家的生活是甜蜜的，從夫家回望娘家，變成具體的鄉愁。她的鄉愁即她的寄脫與救贖，因此關於「野半島」的書寫多半是心靈回歸的神釋與超脫。

回憶與雷電交加——混雜風與重口味

從「小女生」到「野半島」時期，最大的改變除了回歸的生命圖像，在語言上多元交織，五味紛陳，題材統一，色彩鮮明，如寫怡保的吃讓人「飽死」，在複雜味覺上多作著墨「我是南蠻，只愛南洋式的酸辣。搬離怡保後，在南部吃的多是馬來餐印度餐，熱心鄰居送來的料理徹底改造了我的胃。母親後來也做那種中馬印三種混合的菜，連糕餅也是。混血的胃讓剛來台灣讀書的我十分不適應，很長一段時間處在『餓死』狀態，更加懷念『飽死』的日子」，還有各式糖水涼茶，寫出怡保人食「口野」的拚勁，更勝愛吃的台灣人一籌；又寫異文化的混雜風情，既是後殖民也是後現代的，顏色十分刺激：

印度廟的屋瓦住滿神祇，半人半獸，千手千眼，全漆上搶眼的顏色。華人稱之為印度色的包括艷紫、艷粉紅、鴨屎青、寶藍、橘紅，他們的紗麗和神廟，甚至車子都是一片喧囂的華彩。印度人特別喜歡紫紅九重葛，飲用血一樣的玫瑰露。濕婆神、象頭神、Sarasvati 、戴維女神和杜爾加女神在屋瓦上注視著跟祂們一樣華麗的子民。華麗，但貧窮。（〈濕婆神之鄉〉）

在語言上外表嗆辣，內裡溫純，如寫印度人愛抓頭蝨〈蝨〉之篇，居然有張愛玲風的豔異之美：

我在油棕園度過童年的後半期和青春期，前後搬了四次家，搬來搬去，總與印度朋友為鄰，他們是善於利用美感征服貧乏的民族。即使住處那麼狹小，屋前總也種滿繁茂的花

> 草。餅乾桶油桶牛奶罐子當花盆，栽出豔麗搶眼的花色。他們偏愛濃烈的花色，家家都有那麼幾蓬大紅大紫的九重葛，花太重，以致不支垂地，很有散漫慵懶的情韻。花質厚重結實的雞冠花也是他們的最愛。不過那質地太過剛毅，顯得火辣辣的紅色有些殺氣。奇怪的是在油棕園住了那麼久，很少看到有人捉頭蝨。花下捉蝨，應該有點怪誕的美感吧！

跟張不同的是，她直來直往不愛迂迴，寫馬來西亞風土民情的作家不少，能寫其金玉其外，也能寫敗絮其中，又能得溫柔敦厚之詩旨的，鍾的散文堪稱一絕。她的混雜風與重口味形成她自己的特色，也表現移民作家的遺忘時間與雷電時間的並置。如同克里思多娃所言，主體與他者的分裂，他者形成頑強的卑賤物：

> 他不斷地與這個卑賤物（the abject）分離，對他而言，卑賤物是一塊被遺忘的領地，同時又是一塊時時被回憶起來的領地。在被抹除、遮蔽的時間裡，卑賤物一定是貪婪的磁極，但是被遺忘的灰燼現在樹立成一座屏風，並且映照出厭惡、反感的過去。清潔平整變成了骯髒，珍品成了廢物，魅力成了恥辱。這時，被遺忘的時間突然迸出，聚合成一道閃電，照亮一種活動，我們可將這活動想成相斥兩極的一起迸發，發出閃光，就如同雷電交加的釋放。賤斥的時間（the time of abjection）是雙重的：遺忘的時間和雷電的

時間，朦朧的綿延無期和真相大白的那一刻。（Kristeva《Powers of Horror: An Essay On Abjection》）

相信讀者看完《野半島》，也有真相大白的感覺，但這是血與淚換來的，移民作家的痛苦如果不是逃就是困，作者選擇的先是逃，然後是困，最後是脫困。

結語

散文從文學性散文走向文化散文，似乎是世紀交替的重要轉變，文化散文涵蓋環保、飲食、旅遊、運動、性別種種議題，有大散文與小品，品質有粗有細，大如余秋雨、楊牧；小如林文月、劉克襄，鍾在新移民與馬華散文這一塊自有她重要的位置，在台灣散文中也是中生代的代表性作家，散文中的兩鍾（鍾怡雯、鍾文音）可以說是雙璧，鍾的別出一格更讓人眼睛放亮。

散文家最怕被自己的風格所困，鍾能在盛年殺出一條血路，她還年輕，這表示她創作力旺盛，未來的路還很長，是可以被祝福與期待的。

鍾怡雯 散文觀

NEW CENTURY ESSAYISTS

從前我是有散文觀的，而且很把它當一回事。寫論文時我的散文觀化為利刃，在評論裡反思和建構自己想像的散文典範。這幾年選集編多了，見識再長進些，有點曾經滄海難為水，散文觀只剩下「情感的深度」。它很抽象，很簡單也很複雜。它包含太多太廣，卻又讓人說不出個所以然。目前我的散文觀如此。說不定，明天想法又改變了。

散文觀說得越少，寫作的自由就越大。

輯一

河宴

離開島嶼，我唯一帶走的，
便是那幾瓶相思子。
閒時把玩，昔日便又一顆一顆的凝聚。
所以我常想，
也許我並沒有完全失去那座島嶼。

本輯作品均選自三民書局版《河宴》

島嶼紀事

我已經失去了那座島嶼。

再回去的人臉上都寫滿失樂園的悵惘與迷思。據說文明的浪潮淘盡了原始的記憶，綠林山川早已成為歷史的古蹟。時光鄉愁的患者啊！只好捧著破碎的碧琉璃，無奈而失望的回到現實的世界裡。

有時候，我又覺得並沒有完全失去那一座島嶼。因為我把那塊未琢的碧玉藏在記憶的百寶箱裡，時空的銹痕侵蝕不了它。只要我願意，隨時可以取出把玩，仔細欣賞，看每一道原始的線條、每一個稜角、每一處凹凸的痕迹，感覺它的溫潤輕細。

島嶼躺在南中國溫柔的搖籃裡。那年舉家南遷，適我啟蒙。於是在那塊神祕而瑰麗的土地上，海風輕拂的小山崗，那間只有兩排教室的小學，便成了啟我蒙智的母親。

學校的詳細位置已不復記憶。只記得由外面看去是高高低低、深深淺淺、不透光的綠。那是比軒昂大漢還魁梧的朱槿；朱槿下是和我一般高的竹籬笆；竹籬笆下又蹲踞著茂盛的藍薑。纖細的爬籐鑽進隙縫、攀上竹籬笆，不停的往高處爬。在這片綠葉砌成的城堡，任誰也想不到裡面有一片紅得像火、豔得像血、耀眼灼目的相思林。

那個清晨，晨曦微顫、靜寂無聲。初見紅霞和相思子融成的一片氤氳，我蹲下，抓起一把紅豆莢在掌心摩挲，一時竟誤以為億萬顆紅星自天空墜落，又像是不小心掉落的一片焚霞。我想做這片相思林的主人，那我就可以隨時或躺或臥，在這銷骨的錦鍛紅雲中讓肉身溶解、靈魂昇華，想像自己是鳳凰，張開絢麗的翅膀向白雲深處翩飛。

週一的早晨照例是升旗典禮。整齊的隊伍肅立在相思林左邊的操場上。國歌奏起，國旗飄升。課室屋簷下的麻雀飛進飛出，把一個個音符譜在國旗紅白相間的五線譜。

立正！稍息！簡短有力的喝令聲響。我趕快把手挪到背後，微張八字腳，校長一清喉嚨，先以一聲低咳過門，然後開始校務報告兼訓話。

童年的太陽有一張酡紅健康的臉，愉快的從柔軟的雲床爬起，掀開空白的霧帳，趁探險和我們見面之際，給天空換上繽紛的朝霞。

校長說到獎學金。剛好兩隻麻雀從他頭頂掠過，然後停在光禿的枝椏上，用細瘦的腳丫勾住樹枝。風踮起腳尖躡手躡腳走過，豆莢紛紛墜落，沙沙沙！還伴著麻雀的吱吱喳喳。校長推一推眼鏡架，繼續訓話。我瞥見左側一棵相思樹掛了好多爆裂的豆莢，黑色外皮下露出鮮明的紅豆；在晨光中搖搖欲墜。水靈靈的涼風不停穿梭，那些探頭探腦的紅孩兒便窸窸窣窣爭先恐後飛身而下，彷彿雜貨店的老闆撥弄算盤，滴滴答答滴滴答答。

休息時間，我總愛在樹下徘徊，離開島嶼，我唯一帶走的，便是那幾瓶相思子。閒時把玩，昔日便又一顆一顆的凝聚。所以我常想，也許我並沒有完全失去那座島嶼。

相思林對面最末一間教室，是腳步踏入知識的殿堂，生命轉折的地方。一年級才十三人，與二年級共用一間。於是上起課來便帶著遊戲的興味。老師給二年級上課，會吩咐我們寫生字、背乘法表或抄書。可是我們卻像一群不安分的兔子。老師講古，我們也豎耳屏氣凝神傾聽；抄生字時總忍不住聊天；他們上乏味的數學，我就讓眼睛去追逐詭異變幻的雲、任思緒去放風箏。

我最喜歡教自然和美術，外號聖誕老人的李老師。他頂一頭既濃密又像鋼絲的頭髮，鼻子紅通通的，說起話來鼻音很重，嗡嗡嗡好似一群蒼蠅縈繞著他飛舞。

他教我們觀察綠豆如何抽芽，又指導我們種地瓜。圓兜兜的綠豆躺在雪白濕潤的棉花裡，不過一個上午便變胖變軟。然後小心翼翼伸出一隻雪白的腳穩住身子，彷彿是要確定這是一塊水源豐足的好地方。翌晨他們便神氣的往上抽長，爭先恐後張開綠滋滋的葉片迎向窗戶的朝陽，一點也不似昨日那般矜持。

學校後面有地瓜圃，清晨到山崗，我總會去探探那畦綠，屈指細數收穫的日子。暗紅肥碩的地瓜沉甸甸的捧在手上，比作業得了五顆星還要雀躍和興奮。

當美術課碰上陽光理直氣壯的上午，我常期盼李老師會縮一縮鼻子，壓一壓他蓬鬆的頭髮，用嗡嗡的聲音說：「我們出去寫生吧！」

寫生的時候我總愛在相思林下獨坐，面向教師宿舍和繽紛瑰麗的變葉木，靜靜的記錄藍天白雲。一連幾次都重複相同的景物之後，李老師詫異的問我：「妳怎麼每一次都畫天空？試試看畫相思林嘛！」

我靦腆的笑一笑，答不出來。

若時光可以重現，我會告訴他，其實每一張畫裡都隱藏著相思林變幻游移的陽光、葉濤和樹影；每一張作業都糅合了兩幅繁複的圖像。我還要透露一個小小的祕密：其實我愛的是綠蔭下、珍珠氈上、涼風徐徐的休閒和舒適。

有一次寫生完畢，老師告訴我們下星期要捏泥人。隔座的寶珍馬上湊過頭來壓低聲音問：「我家有好多黏土，妳要不要來看一看？」她滿月般的臉上兩隻小眼睛閃著懇切的光。我望著她缺了兩個門牙的嘴，不作聲。她又說：「中午，就中午來好不好？我家還有兩隻老虎貓，很肥，有這麼大。」她很認真的比劃著。我有點心動。可是萬一爸爸早來……「哎呀！一下子而已。我家就住在學校後面，不用兩分鐘就到啦！哪！就在那邊。」她往窗外一指。陽光下，又見濃密的朱槿葉兀自閃著油光。

上完最後兩堂數學課，天色突然轉暗，烏雲迅速移動。同學們陸續離開後，氣氛漸漸冷清下來。

我搜索著爸爸魁梧的身影。他常用炸石廠的無門大卡車來接我。而我在轟轟隆隆的馬達聲中常睡倒於黃塵滿佈的座墊。爸爸一手控制駕駛盤，一手還得騰出來扶持我。長大後每聊及此，心裡總有一股熱流燙過五臟六腑，而爸爸卻輕描淡寫的帶過。

此刻空氣中隱隱有水的涼息，烏雲重疊再重疊，厚厚實實的佔去了藍空。書包和眼皮愈來愈重、雙腳漸漸乏力。

一張笑嘻嘻的臉突然出現。寶珍一手拎著塑膠袋，一手持樹枝，有一搭沒一搭地撥著泥土。她神祕兮兮的說家裡有好東西要請我吃，咕嚕嚕叫的肚子使我不由自主的點了點頭。

那間木屋烙滿歲月的痕迹。木板剝得像隨處流蕩的癩皮狗，青苔放肆的在水泥地的裂縫繁衍。甫入門檻，魚簍的霉腥便一陣陣撲鼻。

她的阿嬤坐在屋簷下。臉龐乾癟枯瘦，像被瀝乾水分掛在簷下風乾的馬鮫魚。她蠟像般獨坐，遠看還以為是披了暗色碎花布的老舊傢俱。那空洞洞的眼神漠然飄過我們，便又入定在遙遠的時空裡。

我怯生生的緊隨寶珍往大廳走。神龕上暗紅的燈蕊在陰暗的光線中閃爍著末世紀的氣息。

半截香枝吐著煙，朦朧的在關公那張煞氣的臉上游移。神龕上方掛了張泛黃的照片。老人的眼光直視，似笑非笑。

好不容易穿過大廳拐入廚房，微香飄送。竈口裡火星明滅。兩隻黃褐斑紋的大貓瞇眼綣身、舒服的依竈而眠。

我從未見過如此漂亮威武的貓。堅挺的脊骨覆著鬆軟滑亮的毛，頭顱滾圓像兩顆碩大的泰國番石榴，不仔細看還以為是兩隻小老虎。

寶珍尚自煨著柴薪的鍋子盛起一碗湯。金黃的湯液中，兩顆乒乓般大的球狀物隱隱浮動。香味撩起饑餓之火，我把那有彈性的像蛋黃的丸子半嚼半吞下，扒口飯，便自顧吃起來。

寶珍蹲在黑糊糊的竈前翻動柴火，一面用火鉗比劃大貓英勇的捕鼠記錄。不一會兒，空氣中多了一股甜香。我想起那個塑膠袋。「妳偷挖蕃薯？」「噓！才兩個而已。不要大驚小怪啦！先問妳，剛才的蛇蛋好不好吃？」

轟隆一聲歡天喜地的雷響，大雨劈哩啪啦傾盆。鋅板屋頂被駭人的力量擊打。自午睡驚醒的我看見一條軟軟長長的大肉柱在床腳匍匐。閃電張牙舞爪、雨聲吞噬了我的號啕。眼看舌信就要舐我，爸爸弓般彈了進來，抱起五歲的我。

閃電竄逝，一條人影闖入。我撲倒在爸爸濕漉漉的懷裡。

回家後夢魘不停的糾纏我。兇神惡煞的大漢顫動著青筋浮凸的雙手，指節如鷹爪，在我身後緊緊追蹤。四周是黑黝黝的曠野。突然電光一閃，出現怪笑，尖牙利齒的老太婆，握著一條叫人頭皮發麻的青花大蛇。

若記憶是浩瀚無垠的宇宙，島嶼便是億萬星球中最閃爍的一顆。學校是天，山巒中那個小小的聚落是地。天地合起來便是七歲那段永恆的記憶。

聚落像一把隨意灑散的骰子。那是工廠所設的員工宿舍，除了爸爸攜家帶眷，其他的同事或隻身前來或未婚。島嶼，一開始就注定只是驛站。

莽莽叢林像千軍萬馬駐紮守候著聚落，放眼望去，茫茫林海無涯無際，像銅牆鐵壁又似迷宮。這樣隱密的所在，我以為它一直會無恙的遺世而獨立，卻沒有想到那不過是乍現的桃花源，待欲再重覓，卻如春夢了無痕迹。

在山風海雨的原始裡，日子的齒輪依然不斷的推移。白天，坦蕩蕩的陽光化解了林野的沉寂。山林是動物共同的母親。離開小白屋不遠的林子，常有猴子成群追逐嬉戲，啼叫聲在靜寂的午後越發清晰，暮色中更顯蒼涼淒厲。幼稚的心靈似乎也能感到天地悠悠的孤寂。

晚後隨媽媽出去散步，猴群見人來便倉皇逃入隱蔽處，也有膽子大的睜著大眼對我們定定觀望，甚至轉身露出紅通通的後臀。

斜對面的小山崗海拔雖不高，但因有海洋吹來的濕潤之氣，空氣遇冷便成霧。霧在山腰搓揉行走，時聚時散，晨霧暮靄裡遠眺，總是一片迷濛。

媽媽常抱著啼哭的么妹在門口遠眺，給她講一遍又一遍的孫悟空、唱一遍又一遍的採蓮謠。而在故事和歌謠的背後，蘊藏著母親對這座島嶼複雜的情感。

遠離城市，在精神上固然享受著無上的寧靜；然而失去了文明的屏障，生命卻裸露在無情的自然裡，隨時得面對不可預知的殘害力。

每當夜闌人靜又適父親加班夜歸，媽媽獨守五個稚幼的孩子，諦聽山風呼嘯怒吼，白天原是明朗的林海忽然都變了臉色，化作幢幢鬼影隨風飄動。她牽掛著未歸的爸爸，心中除了深絕的孤獨，還有無言的恐懼。

一個細雨後的清晨，泥地上赫然出現老虎凌亂的足跡，一直錯落沒入後山。這山林巨霸加深了爸媽的戒懼。爸爸自此早歸，並且每晚陪我在書房讀書認字，七歲的我倔強又愛哭。偶不專心換來略重的呵責便即刻淚眼滂沱，總要父親輕言勸慰再三，方收起淚泉。五姐妹中唯有我是在父親的呵護和督促下走過啟蒙。也許，我應該感激那座島嶼。

父親在家，夜變得和緩而溫馨。偶有同事連袂而至，便三五人把酒暢談。微醺時，豪情壯志如浪花澎湃。語調中透露出委屈和牢騷，滿是蟄居深山而暗戀紅塵的心情。

此刻我方得窺見蒼蒼山色、瀟瀟海雨對英姿勃發的靈魂是一種禁錮和壓抑。小島的平靜和孤絕、晨曦的氤氳、山嵐的淒迷、虹彩的幻化，也許更適於一顆需要憩息的心靈。

年輕的父親也有類似叔叔們的心情。只是我實在太年幼，以致無法解讀杜康入腸之後，那雙深沉的眼睛所隱藏的言語。所以當不景氣的浪潮襲捲，工廠倒閉，父親毅然離開島嶼。叔叔們在家裡作臨別小聚，亦沒有絲毫留戀。可是十幾年後，當他們忙碌奔波於滾滾塵世，厭倦於到處路標人潮車河之際，卻開始懷念久違的島嶼。

他們歸去，驚見滄海已化桑田，原始的一切已無從尋覓。武陵漁夫至此已完全失去了桃花源，文明粉碎了他們完美的回憶。

我應該慶幸。慶幸自己的碧琉璃依然完好如昔。

我並沒有失去那座島嶼。

——一九九〇

（本文獲一九九一年第一屆馬來西亞星洲日報文學獎散文佳作）

天井

一方天井，是夢開始的溫床，而天井也不比一張雙人床大多少。除了一口井，餘下的地方恰好可蹲下四個中年發福的「歐巴桑」吧！

這小小的露天方塊，因為頂上是老天時哭時笑、變化莫測的一張蒼臉，腳下是尋常一飲一啄洗衣淘米之處，又有一口水質絕佳的老井，故奶奶順理成章的稱它「天井」，與一般人家四合院的「天井」不一樣。

正因為井幽水清，炎炎盛暑洗個舒服的冷水澡，像透身流過清冽的溪水，強過悶在乾冷的冷氣房，釀出的米酒甜裡透出誘人的香，漂洗過的白衣裙賽過雪白的雲絮，蒸出的飯哪，又軟又滑，茶葉給沸騰的井水一冲，片片舒展筋骨，淡淡的茶香又比米酒更多一份清新舒爽。

井水醞釀了我醇美芬芳的童年，又研出一池好墨在我回憶的扉頁揮灑一則童話，一則不褪色，溫馨甜蜜的童話。

上學之前的歲月跟奶奶住，夜裡自然也一起眠。奶奶睡得少，公雞才啼第一遍便起床。睡意正濃的我仍可模糊聽到她用水桶打水，「噗通！」「噗通！」不斷，依序注滿臉盆、水缸、澡房的水池。

水聲嘩啦嘩啦，我漸漸的又迷糊，再睏，待陽光暖了床，快燒到屁股，方懶懶地起床盥洗。冷面巾一擦臉，便把睡意全打消，再把臉埋入盆子，腦筋便完全清醒了。若起得稍早，奶奶會在漿洗衣裳，起晚了，就該是舀水淘米洗菜的時候了。

最愛看乳白的洗米水了。清澈的井水一過白皙皙的米粒，立刻便乳似的膩滑瑩淨。奶奶把米水倒入天井角落木架上種著的韭菜和青蔥盆裡，說是會讓韭菜芽長得綠，蔥芽發得快。十時許的陽光安撫著木架上打鼾曬太陽的老花貓，同時也落在長滿青苔的水泥地上和粼光閃閃的井水中。

風過時，便把行蹤方向標在晾著的衣服上。剛洗淨的衣服打著鞦韆，飄來一股洗衣粉的香。這時米鍋已放到灶上，奶奶開始炊火，把曬乾的柴薪放到灶底後，便開始洗菜。興致來時我總愛蹲在奶奶旁邊，趁機潑一潑水洗腳，貪愛那股涼颼颼的舒暢，也沉醉在奶奶編織的神話故事中。有時候奶奶不給玩水，我便倚在井邊圍起來有半個成人高的水泥牆側，俯探黑黝黝的井水。

井裡有好幾尾肥大的生魚和泥鰍，不時會從井底翻出身來吐幾口水泡，尾巴拍起高濺的水花，有時卻閃電似的竄個身子便隱沒。在小小的心靈裡，那水深不可測處應也有另一個天地，也住著另一種亦可以名之為「人類」的生物，同我們一般尋常飲水睡覺玩樂。或許裡面藏臥一隻水蛇精，那一天修練成龍，突然凌霄飛起，潛入翻騰的雲陣中。

奶奶說龍能呼風喚雨，下雨前滿天湧動的烏雲就是龍在打滾。或者井底是一個晶瑩剔透的龍宮，宮殿門口站著手持戟矛利刃的魚兵蟹將，宮裡歌舞昇平，日日弦歌絲竹不斷，或許……許多的或許，委實因為井水太幽深。

井水不滿的井緣佈滿蒼青的苔蘚。壁上冒出的羊齒植物青綠的一圈，襯得井水更像濃密樹林掩映下的一口碧潭，格外地有股讓人想不透的神祕，卻因此給了我另一片想像天地，延伸了我狹窄的生活空間——那個單純明淨的小小童年，就連爸爸媽媽也彷彿是另一個星球的異族，只在過年過節時帶一些新奇的玩具給我：會眨眼點頭笑笑、上了發條隨音樂起舞的洋娃娃，綴滿蕾絲的洋裝，豔麗奪目的緞帶髮夾，各式各樣的糖果。

他們短暫的逗留就像肥皂泡泡，又似絢麗的色彩，轉瞬便讓井水洗滌得乾乾淨淨。我的記憶清晰的是那方天井，仍可感覺到的是水靈靈的清涼，以及奶奶一口茶一匙飯裡深情的關愛。

從天井望出去，對門的阿貞家裡是種茶的。不夠地方曬茶葉時，天井那方小小的空間就權充暫時的曬茶場。

無風的午後，茶葉給烈日燙得捲頭縮尾，像一隻隻酣眠的蛹寶寶。這時房子裡茶香瀰漫，時間彷彿靜止，人也有些醺醺然，思緒飄飄然。偷眼望去，阿貞一臉朦朧，眼皮都重得快塌下來了。此時獨有茶香裊繞。

曬好的茶葉趁新鮮沏一壺令人神清氣爽的茶。阿貞的媽媽常誇我們家的水質得天獨厚，沏茶釀酒風味格外不同。

正如阿貞媽說的，奶奶釀出來的米酒是村子裡有名的醇香。究竟是奶奶的手藝好抑或井水質佳已不可判然劃分。我想應是兩者兼俱吧！

釀米酒時我會興奮的漏夜不安眠，纏著奶奶確切的應諾一大早叫醒我。我要親眼看著一粒粒硬繃繃的生糯米膨脹，變得白胖飽滿而柔軟。

蒸熟後的糯米一大簸箕一大簸箕的擺在天井，待水分濾乾，吃上一碗拌了白糖或甜漿、又香又軟又脆滑的糯米飯。待天井的糯米糰全涼了之後，奶奶把酒餅捏碎，摻進糯米飯裡，再封入密不透風的藏青大甕。這樣就彷彿把一個雪白的夢交給時間去發酵。

太陽東昇又西落，日子滴入時流裡。那白雪就變魔術似的融化，成了金黃澄淨的佳釀。在啟封的一剎把積鬱的香氣散發、發散。那濃香令我瞇起眼睛，使奶奶的嘴巴彎成天上玉簪似的弦月。日子，像釀米酒般甜得叫人忘記歲月也會老，世間情事在滄海桑田。

不止一次，爸爸媽媽表示要把我和奶奶帶去城裡。可是每回都讓奶奶一口回絕了。有一個晚上，媽媽堅持著為了我的前途和學業，一定要讓我到城裡念國小。最後語氣轉為半哀求的咽噎。奶奶沉著臉，後來一開口，卻一字一句斬釘截鐵的說：「把小妹帶出去，我要留下來。」

我撲進奶奶懷裡放聲大哭，奶奶不說話。可是我知道她的眼角一定淌著淚。她不捨得我，而我何嘗願意離開她，離開這溫暖熟悉的老家？

我還是離開了。

在那個陌生而繁華吵雜的城市，在一出門就是汽車喧囂的沸騰街道，我終日想念那方天井，那平靜愜意的生活，想奶奶一個人蹲在天井洗洗切切有多孤單寂寞。井水裡的魚無恙否？阿貞的辮子該不會長到屁股了吧？

眼睛都快望穿了，好不容易盼到放假，我像疾發的矢，迫不及待的往箭的飛去。

老屋和奶奶如故，井水也依然。只是井緣的苔蘚愈發青厚，顯得井水更深邃幽靜。我在井邊站了好久。看那幾尾魚在悠閒的擺游，直到奶奶喚我吃飯。

珍珠般瑩白的米飯透出一股膩滑的軟香，和城裡的差好遠好遠。我連吃了兩大碗。奶奶笑說只不過在城裡待了幾個月光景，怎麼飯量突然就變大了。

夜的紗帳輕輕籠下，黑夜像墨般擴散滲透。我和奶奶坐在天井，灶上正燒著開水，灶裡的火花一閃一閃。夜裡此起彼落的蟲鳴蛙聲織就了一片細柔的黑綢。

奶奶輕撫我的頭髮，滿天閃爍的星光下，我又重拾一個一個撲朔迷離的故事。水燒開了，蒸氣咕噥咕噥掀著蓋子。奶奶沏了半壺茶，水汽氤氳著，流螢一盞一盞飛過，到城裡念書的事就像不曾發生過。

夜色如水。奶奶不像以往般催我早早上床。故事講完了，我靜靜的依偎在她身旁，甚麼也不想。奶奶捲起的褲管露出的小腿血脈清晰賁張，若虬龍盤纏老樹，每一條都凸顯著歲月的痕迹。

忽然奶奶幽幽的嘆了一口氣，眼睛望著溶溶的夜出神。我搖搖她粗糙的手。隔了好一會兒，她沉沉的說：「過完假妳又要回城裡去了。」真的，在老家的日子悠悠忽忽，來去之間總有事過了無痕的虛幻。歸時的雀躍興奮和離別的不捨悲傷交織。高二那年的暑假，生命向我展示了它的無情，萬物的生長衰老又是如斯快得令人措手不及。

那一次，奶奶囑我修短她腦後的頭髮。拿起髮剪，我遲疑了。奶奶催促著我：「剪哪！把髮腳剪剪就好，莫驚哪！」她哪裡知道我驚的是霜雪不知何時已悄悄覆滿了她的髮。黑髮像戰敗的士卒零落疏散。瑟縮著，彷彿等待霜雪把它們淹沒。

終究我還是剪了。一把華髮是一截歲月，每一剪都像裁去一把日子。望著天大一地落髮，我不禁泫然。

那一夜，我躺在睡了十幾年的蓆子上輾轉反側。思緒由最原始的記憶開始啟航。那段日日與奶奶相依的歲月竟有些鏡花水月。鏡頭慢慢前移，我想起奶奶昔日的硬朗正讓歲月一點一點蝕去。她再也無法一口氣把水缸、水池注滿，灑掃諸事也不如以前俐落了。

下午剪髮的那幕復又在心裡掀起海濤：是的，奶奶真的老了。而緊隨衰老的，是凋零。那是生命不變的原則。任是帝王將相也躲不過的浩劫，像大自然的草木榮枯和花朵的開謝。

我心裡一緊，不由得靠攏旁臥的奶奶。「阿婆，跟我們到城裡住好不好？」「我住不慣哪！那種人吵車多的地方，老是關在小小的鴿子籠裡，怎麼像老家舒服寬敞？」「可是您一個人哪！」奶奶只嘆了一口氣，幽幽長長……

開學後我再回到昏天暗地的學校生活，在寫不完的功課和考試之間打滾。一個風斜雨細灰濛濛的下午，一通電話炸彈似的爆響：「奶奶滑倒了！」

連夜奔回老家的醫院——我出生的地方，只見奶奶靜臥白色病床，左腳打了一層厚厚的石膏。剎時愧疚和懊惱如暗濤洶湧。不該讓奶奶孤伶伶的留在老家的啊！天井那層滑溜溜的青苔惡魔似的附著水泥地，使盡了力氣也刷不去，連自己也結實的滑了一跤，早該想到奶奶年紀一大把了不耐跌的啊！我的心隱隱的抽搐。眼前的奶奶平靜的面容偶爾會皺起眉頭，細微的，似乎強抑著身心的痛苦。

這一跤，迫使奶奶萬分不願又無可奈何的搬離老屋。

簽下賣屋契約時，奶奶與我同時淚光閃爍。自此，永別那裡的一景一物，也割斷了繫聯著我與天井的臍帶，那條血脈相連的臍帶啊！天井從此成了夢土，一個水湧夢始，哺我育我滋養我的一塊沃土。

——一九九一

（本文獲一九九一年度台灣新聞報文學獎散文佳作）

輯二

垂釣睡眠

由於生活中幾乎沒有交談的對象，
我只好常常和金魚默默相望，
漸漸的在魚兒身上看到了我，
以及圍繞著我的龐大空虛和寂寞。

本輯作品均選自九歌版《垂釣睡眠》

漸漸死去的房間

多少年後，我依然記得那種氣味，以及尾隨而來的，重複低緩的嘆息：「她養了我這麼多年……」

那混濁而龐大的氣味，像一大群低飛的昏鴉，盤踞在大宅那個幽暗、瘟神一般的角落。斑駁的木板隔出陰暗的房間，在大宅的後方，寬敞廚房的西南隅。它偏離大家活動的中心，瑟縮於沒有陽光眷顧的所在，彷彿在等待一種低調而哀傷的詮釋。曾祖母就在那兒，親手了結了自己近百歲的生命。晚年的她無法控制自己的排泄，末了，卻用安眠藥輕而易舉的主控自己的身體，永遠不再排泄。

我想我是刻意去遺忘喪禮的細節。那種公式化的禮儀早已簡化成中性的符號擱置一旁；糾纏不清的，是黏稠的汙穢和痛苦。那個房間是大宅的毒瘤，病菌的溫床，刻意被冷落、忽視，一個大人裹足，小孩止步的所在。只有未婚的滿姑婆——曾祖母的養女，拖著疲憊而哀傷的影子在穿梭忙碌。

我記得她說話時平和的語調，和不急不緩的步子。她是那麼不慍不文，像道不鹹不淡的的菜餚，不存在的存在。她長齋。每日誦經。若是不說話，便沒有人會意識到她確實存在。

然而，她低緩的嘆息總是無所不在：「她養了我這麼多年……」它與混濁的氣味攪拌之後，充塞大宅。

曾祖母早已失去咀嚼的能力。滿姑婆燉得稀爛的糊狀食物或黃或綠，一種混合失敗的色調。我總是躲在大柱子背後，遠遠觀望滿姑婆把食糜送入那張癟嘴，耳邊卻響起大人殘酷而無情的話語。

再美味的食物被人體加工之後，終究會變成廢料。就此而言，食物和廢物是可以畫上等號的。食物之於曾祖母，是廢物外加人力負荷。負荷的受力者，就是滿姑婆。她必須說服自己，由於這道荒謬的消化流程，曾祖母的生命才得以延續。

我還記得高懸大廳中央，那張風韻猶存的遺照，分明的黑白兩色構成陌生的亮麗，完全不像晚年沒有人氣的曾祖母。房間是一道記憶的屏障，令我無法準確勾勒她的容顏；我亦無法描繪她的聲音和衣飾，揮之不去的，只有她奄奄的病態和死亡的氣息。

我不禁懷疑，每一個從大宅走出去的人身上，或多或少都沾染了陰慘的氣息。為了調節房間裡的濁氣，曾祖母的檀香木櫃子上，持續擺設盛放的鮮花；房外窗邊，是一排蓊鬱的白茉莉。花開的時候，整個房子充滿了說不出來的憂鬱。茉莉花香很努力的抗拒腐朽的死亡。至於憂鬱，是甜美的生命與死亡妥協之後的情緒。

曾祖母的臥病實在是生命最尷尬的情境。人類只有在尚未識得人事規範禮儀的嬰兒期，才有隨意排泄的權利。嬰兒期一過，那便成為不足啟齒的羞恥和禁忌——社會如是教育我們，必得把諸如此類的行為隱藏在光明正大的衣食住行之下，類似某些不能張揚的感情，必須壓入潛意識裡。

曾祖母反其道的行為，先是令龐大的家族羞辱、無措，繼而催化出疏離，以及明顯的厭惡。曾祖母變成一堵逐客的人牆，大宅果真是名符其實的「稀客罕至」。即便是有血緣關係的親戚來訪，我也能嗅出家人的侷促和緊張。「味道」是必須避諱的字眼。它是導致過敏的病菌，在大宅的空氣裡活躍的流竄。堂伯對這位比他的父親、她的兒子「歹活」的老者，充滿掩飾不住的厭惡。

小朋友堅持不肯踏入我家門檻，他們畏懼聲名遠播的「怪物」。我心儀的「小」男朋友和他的死黨們的耳語像鞭炮般傳回來：「她家有個可怕的怪物，我才不要理她。」

我噙著委屈的眼淚，忍著混濁的味道，跑進房間，狠狠的撒了一把沙，轉身就跑，卻再次被生命腐朽的味道深深震撼——死神早已恭候這個陰暗的角落多時了。我彷彿又聽到滿姑婆低緩的嘆息：「她養了我這麼多年……」一遍又一遍，迴盪在古老的大宅裡。

媽媽說我在蹣跚學步時，常常跌跌撞撞的跑進曾祖母的房裡。當時她拄著枴杖，尚能在大宅四下活動，有時就坐在客廳裡逗曾孫，像個「正常」的長壽老者，也有一般高齡長輩的健忘、好熱鬧和怕孤單的特徵。

我也經常興致勃勃的去抓弄一切兩手能及之物。檀木几上的水粉常常洩漏我的行蹤。曾祖母用雪白的水粉抹在我稚嫩的臉頰、圓潤的手臂；放縱我去掀她的茶碗蓋子，喝她的人參茶，一點也不擔心我會打翻她昂貴的青瓷茶碗。爾後，我長期不斷的小病小痛，大家都歸咎於曾祖母讓我喝下太多的「老人茶」。

也許我確實喝了太多甘苦參半的「人參茶」。它令我對那股不快的氣味始終無法釋懷，不斷的提醒我美好生命背後的苦澀和陰暗，使我幼小的生命背負了過於早熟的記憶。

我總是夢見那方用褐色麻將紙糊去大半的窗戶。當年我身高未及窗框，得墊高腳尖方能窺見那個不帶人氣的房間。

曾祖母畏光，好多次以巍顫顫的手指遮眼，要求把窗戶僅餘十公分左右的透光地帶糊死。一匹灰布了遂她的心願，同時也完全隔絕月光雨露的探望。她成了一截藏在暗室的朽木，與死神的爪牙為伍。直到最後，連貓狗都迴避那片灰暗地域，房間在曾祖母的病情裡漸漸死去。

滿姑婆不動聲色，家裡卻隱隱的可以嗅出蠢動和焦慮。我可以確定那些聚在屋瓦下的殘酷意念，大家都在期待死神對曾祖母的垂青。曾祖母一日不蒙恩召，這個家族心裡的怨懟和不滿就不會融消。我無法忘記堂姊蓄滿怨恨的眼神。她正值青春期，卻從來沒有半個男客敢登門造訪，堂姊連同她的「幸福」一起被囚禁在房間裡。

白天，做事或上學的家人各有一片舒適且相對芳香的天地，到了晚上，暮色逼得大家不得不歸返的時候，大宅才有飄浮的熱鬧。

被夜色逼亮的燈光，把大宅變成一個裝上電池的燈籠，散發著虛假的溫暖。我漸漸發現，自大宅飛出去的家族成員，就像逃出囚籠的鳥兒，非不得已絕不言歸。曾祖母的自我解脫，無疑是大家噩夢的結束。大人們一致對外發出言不由衷的哀痛。實際上，喪禮進行時堂姊嘴角那抹無法掩飾的笑容，透露了屋簷下所有家人的共同心聲。

除了滿姑婆。我瞥見她眼裡的霧光。

曾祖母的逝世對滿姑婆的意義，應該是複雜的。許多次，我看見她從曾祖母的房間出來，沒有血色的臉上泛青。手提穢衣，臉上卻淡淡的，就好像提的是一桶日常用水。遠遠的，我彷彿聽見她的呢喃：「她養了我這麼多年……」

我站在後院的楊桃樹下，透過木板的縫隙窺見她朝天井走來。雨後的地下凌亂的鋪滿紫色的楊桃花，她浮腫的眼睛鎖定不知名的遠方。我微微一怵，她麻木的表情與曾祖母如出一轍。她們的心思，都已經流放到另一個世人無法到達的地方，在人間活動的，僅僅是一副皮囊。

如今，滿姑婆大部分的時間都待在曾祖母「遺傳」給她的房間。實在難以想像，她怎麼能夠與那種常人避之猶不及的空氣一起生活。其實，她的寡言亦是另一種無形的房間，阻隔了她和家人的溝通，也同時封閉起她內心的祕密。

在我的夢裡，她和曾祖母的角色時常混淆。兩人的話語都帶著難以確認的游移；連串的辭彙無法凝聚，星散在無垠的黑夜裡。

在現實世界中，滿姑婆異常的沉默令家人不知不覺把她透明化。然而她無怨的付出在村人口裡，卻又帶著犧牲的崇高意義。何況，她是曾祖母六十幾歲時收養的孤女，從長輩閃爍的言辭中，我捕捉到了微妙的曖昧。

滿姑婆的低姿態按捺了大家的猜疑，視她為服侍曾祖母的「專業看護」，忽視了她堅忍、沉默的性格，其實是女人捍衛自己的最佳利器。當曾祖母典藏的古董和首飾被發現一件一件穩當的躺入滿姑婆的抽屜，沒有人曾經反省，那些閃亮的飾物，是從他們掩鼻的穢物提昇出來的人性光輝。

我不知道滿姑婆是如何說服曾祖母克服畏光的病障，聽話的戴上墨鏡，坐到籐椅上從容的沐浴暖陽。兩人很少交談，卻憑一個細微的動作來理解對方的意念。

其實，我對曾祖母的恐懼多於厭惡。稀落的頭髮勉強成髻，頭皮卻清楚得令人心驚。她的嘴角萎縮得幾剩脣線，被歲月搓皺、長斑的枯瘦雙手，持續的發抖。滿姑婆手裡恆常緊捏方帕，只要曾祖母嘴角牽動，便拭去她涎流的分泌。她的動作那麼輕細，似乎面對的是一件易碎的名貴陶瓷，或是嬰兒的細嫩肌膚。曾祖母有時會遲緩而困難的抬起手來，企圖握住滿姑婆粗大的手掌。

也曾有那麼一次，在庭院小盹的曾祖母忽然急躁的奮力扭動，不旋踵，一股惡臭刺鼻。我滿頭大汗從側門拐進大宅，立刻掉頭。滿姑婆若無其事的拍拍老人家的背脊，使勁兒把曾祖母連人帶椅半拖半拉送入房間，掩上門，留下不知所措的我，和殘留的濁氣。

我不知道那樣單刀直入的問題，對滿姑婆是否錐心之痛。她抖了一下，輕輕的說：「不，不，不會骯髒。」

不會骯髒？我窮追不捨，拋出第二個問題、第三個問題。面對這串不容思索的連珠炮，她不禁紅了眼眶。是的，曾祖母養了她這麼多年，不是生母又何妨……

她哀傷的背影沒入曾祖母的房間，噢，不！現在應該叫「滿姑婆的房間」。

在寬敞廚房的西南隅，大宅的後方，這毒瘤般的房間在我的記憶中漸漸死去，復活了再漸漸死去。

——原載一九九六年二月十日《中央日報》

（本文獲第八屆中央日報文學獎散文第二名）

茶樓

我是來尋找，或是證明許久以前在這裡發生的一切，不過是一場頁碼錯亂的記憶……散落滿地的殘枝敗絮，它們曾是燕子的暖窩，我那枯淡童年的華麗裝飾。挑高的大梁上蛛網和灰塵聯手攻陷星羅棋布的燕巢。在我離開的漫長年月，這裡究竟歷經甚麼劫難，熟悉的咖啡和麵包香味到哪裡隱居去了？此刻，連燕子都棄巢而去，那麼，我還留戀甚麼？

茶樓在歲月的大手搓洗下，竟然如此急遽衰頹。明亮的陽光下，它剝落的外觀更顯猥瑣，冒出牆縫的青苔喜孜孜的宣布茶樓的挫敗，敗在時間和速度的陰謀裡。我坐在時間的殘垣敗瓦裡啜著變質的咖啡，突然覺得連杯子的式樣都顯得老朽而不合時宜。咖啡甜膩的滋味討好發胖的慾望，充滿商業文明的淺薄諂媚。這樣一個炙熱的下午，人們的腳步通通被吸入對面那家新開的麥當勞裡去喝甜甜的可樂，吹凍人的冷氣來安撫毛躁而噴湧的汗水。太熱了，我的額頭鋪了一層細密的汗珠，味蕾因為沒有找到懷舊的味道而感傷失神。

我邊「吞」咖啡邊嫌棄自己無可救藥的挑剔，這是甚麼時代和社會了，哪一個老闆或伙計，還有閒情逸致，慢條斯理的給客人泡一杯悠閒的「咖啡烏」？它獨有的碳黑與苦澀，已成為記憶裡荒蕪的碑石。那個騎腳踏車代步、喝茶消磨時間、聽淒愴粵曲感懷人生的古老年代，就像茶樓老闆的鑲金門牙，業已被時代的潮流淘汰。泛黃的天花板上一隻斷尾壁虎探頭探腦，想來牠也不在乎那截尾巴遺落何處，反正會再長，像人類身上不斷剝落不斷增生的皮膚……世事不都如此新陳代謝？何況，茶樓已那麼老態龍鍾了？

也許茶樓從來就沒有年輕過，打從我有記憶開始，它就是老人了。來來去去的顧客也不外乎阿公阿嬤，或腆著籃球肚的中年漢子，偶爾牽來掛著兩行鼻涕的小跟班，圖的純粹是口腹之慾。茶樓的空氣總是瀰漫著一股特殊的味道，像曝晒過度的乾柴、龜裂的泥土。我一直以為那就是「老」的氣味，這種氣味和咖啡、麵包、砂糖混合得十分融洽，復與沙啞、粗俗乃至不入流的談話契合無間。它的市井、喧譁絕不屬於西裝皮鞋的文雅或高尚。幾個茶房都穿著一式的白背心，裸露在外的皮膚黝黑。肥潤的叉燒包上桌之前，我眨著七分醒的睡眼認真比較過，阿貴這菸槍的皮膚最像印度仔。他嘴上無時無刻都叼支三五牌的香菸，身上長年累積一股菸臭，令我對他十分反感。哪天是他端來的點心飲料，在口味上都要打些折扣，更避忌他薰黃的手指來摸我的頭。他搭條白毛巾的身影在一桌又一桌的客人之間穿梭，用含著菸的廣東口音愉快的和大家打哈哈，我清楚聽到自己惡作劇的調侃：「羹清無油，鹹魚無條。」於是，笑意便不由得撐開嘴角偷溜出來。

我至今也沒弄清楚，爺爺大清早把我從暖床挖起來去喝早茶的目的，就像我弄不懂客人為何對阿貴特別熱絡的原因，也許我根本就沒有興趣懂。常常我坐在腳踏車後座，搖著三分醒的腦袋，沐浴著微涼的晨霧朝著街場顛簸而去。彼時街燈猶亮，逐漸明亮的天光襯得它們守夜的眼睛分外無神，總是腳踏車即將行盡的剎那，它們撐不住沉重的眼皮一一睡去。

喝茶的人起得那麼早，唯恐去晚了茶會變味似的。聽說那位紅光滿面的劉老先生，老愛在打完拳，茶樓未拉起鐵門之前就鵠候在外。還在夢與醒之間遊移的老闆，每每被那一聲洪亮的「早」嚇得從夢境裡跌出來。我們祖孫二人這樣披風飲露的趕來竟然算是晚到。

茶樓真是一個安全溫暖的所在，沸水的煙霧和蒸包子燒賣的水氣把茶樓煮得像暖房，一長盞一長盞的四呎日光燈照得通亮。我置身在這樣的太平盛世裡面，常常嘴裡嚼著包子眼睛偷吃鄰桌的燒賣。爺爺是那種連地上的一分錢都要撿起來的人，我印象中吃燒賣的次數決計不超過五次。

那寥寥可數的五次美味，卻足以讓自此以後所有的燒賣黯然失色。甚至連那一壺菊普茶也成了一種永恆的存在。吃燒賣一定要配上一壺菊普茶，從養生的角度來說那是去油清腸，在我看來，暗褐色的茶湯上浮著一朵飽蓄水分的黃花，那視覺的美感遠勝於味覺的享受和養生的意義，偶爾菊花一動，像老者混濁的眼神，被記憶的靈光觸動乍現的一閃清光。

茶樓的主要風景是「人」，而且是老人。健朗的老者大多提著鳥籠，夾一份早報施施然而來。茶樓裡鳥啼和粵曲的混聲就像清嫩的嬰語和低瘖的喪樂合奏，於是茶樓便浸潤在曲折繁複的生命基調裡。我和爺爺抵達茶樓時，迎接我們的常是這樣滑稽的畫面：無數份《南洋商報》和《星洲日報》的上半身銜接一雙雙粗細不同、顏色不一的腿。這些閱報者的神志在鉛字中爬行，全然不理來者何人。剛好拿下報紙的，才會把坐在鼻梁上的老花眼鏡往下一壓，眼球向抬頭紋靠攏，慢條斯理吐出極其珍貴的一個「早」字。

我無法記住這些老者的相貌。人老了都變得十分相像，而且總好像老到某一個程度便不會再老下去了。喝茶的芸芸眾生來來去去，久了我也能憑聲辨人，識得幾個特殊的人物。隔一條街的廣東大叔，講話「丟」聲不斷，開始我以為這個人粗心大意老是弄丟東西，不過爺爺皺眉頭的樣子告訴我那絕不是好話。到後來我明白意思後，一聽到那人講這個字的狠勁就忍不住笑。他實在講得太習慣了，聽的人只當是口頭禪。只要他在，茶樓就更市井，被他的粗嗓門喊起來的氣氛遂更加活絡。那些忙著看報、吃早餐的人不得不聽那些豪氣的言論，而且總有那麼一兩個持不同觀點的人忍不住岔嘴。別看他們枯瘦，不服氣開始喊話的時候，音量可是雄壯威武。我好像沒有看過哪一個老人心甘情願贊同別人看法的，人老了舌頭大概也和骨頭一樣硬化而固執，一件比雞毛更輕比蒜皮更小的事就會爭論得臉紅氣粗，然後拋開省籍通通「丟」來「丟」去。爺爺喜歡安靜喝茶，也惜言如金（這點和他吝嗇的個性一致，卻令我加倍迷惑：他帶我來喝茶做啥？），不過一旦那群人裡有他的老友處於下風，他會義不容辭拔「舌」相助。

總而言之，茶樓是一個舞動「口舌」的所在。升斗小民口誅政府的施政，討論民生用品物價指數的攀升；還有人痛批自家老婆的不是，以及最近如何衰運福利彩票萬字票全賠等等。男人們把愛嚼舌根搬弄是非的「三姑六婆」之名硬套在女人身上，卻大言不慚的盜用其「實」——你去看看茶樓的男人就會發現，嚼舌根其實是「人」的本能，無關性別。舌頭品嘗美味之餘，也樂得按摩按摩被好味道養肥養懶的身軀。

在熟悉的氣氛和人物以及談話的腔調之外，偶有一些陌生的臉孔。布滿血絲的眼睛明白宣告了他們是開夜車的卡車司機。小鎮是南北大道的必經之地，這樣「優越」的地理位置或許就是茶樓今日的宿命。

我對這群奔波的人充滿好奇。他們流動而變化的生活方式，和茶樓的安定平穩正好相反。這些通宵達旦以速度負載生命的人，身上都有一種與時間競爭的痕跡。他們不太交談，即使說話也是簡單短促而必要的一兩句，不時看錶，不吃東西便抽菸。他們的口舌用來抽菸和吃喝，至於喋喋不休的能力，都在急速的飛馳中退化，甚至對生活的不滿和怨懟，都和著提神的咖啡默默吞下肚裡。這群人像茶樓梁上的燕子來來去去，我連一個面孔都記不起，一切化約為他們走出茶樓時，一條條寂寥疲憊的背影。

爺爺帶我上茶樓，就像拎一個公事包或夾一份報紙的作用那樣。到了茶樓，他便自顧自埋

說話

魚缸剩下碩果僅存的一尾金魚。在前後總共養死幾十尾大小不同的魚族之後，這尾貌不驚人的傢伙以頑強的生命力活存下來。儘管如此，牠卻有些「遺世而獨立」的落寞，一種倖存者的孤單。然而我卻沒有勇氣再為牠添加伙伴。四呎寬的魚缸除了打氣筒在一角自得其樂的吹泡泡，再無其他物件，也因此讓透明清澈的寂寞占去大部分的空間。金魚為了表示牠對打氣筒的認同，不時游到水面學它吐悶氣，同時躲避無所不在的寂寞。尤其當我探首過去，牠常常把半張魚臉伸出水外，嘴巴急促的一張一合，那麼熱切的要與我交談。

我默默的凝視牠，彷彿讀懂了那急切神情中所蘊藏的悲哀。換水時，想到那裡面都是牠傾吐的心事，或許還浸泡著幾十尾魚兒的遺言和魂魄，於是瓢水的手勢便不禁猶豫，速度也緩慢下來。後面陽台的植物老是蠢蠢欲語，是不是因為澆灌了那些死不瞑目的魚魂，和永不腐化的語屍？牠們化身鐵線蕨和黃金葛水亮細嫩的新葉和幼芽，用細弱的枝葉比劃著手語，不時發出似有若無的嘆息。伏案讀書的我有時不免怵然驚悚，是誰？究竟是誰在我耳畔喁喁？那語絲若隱若現，我心念方動，它便霎時消失了蹤跡，留下微微擺盪的末梢，還勾動不滿足的好奇心。剛搬到山上，左鄰右舍都是一張張陌生的臉譜。電信局遲遲沒有來牽電話線，似乎故意要我過一段遺忘世界也被世界遺忘的日子。反正沒有甚麼非說不可的話，也沒有迫切要聯絡的事，暫時離開糾結的人際網絡，我樂於過著不必交談、不必說話的自閉日子。後陽台零星散置一些被遺棄的鐵線蕨和黃金葛，略顯乾枯的葉子可憐兮兮的跟我討水喝。角落那頭一個四呎寬的魚缸，讓從未養過魚的我忽然興起養魚的念頭。那些可憐的魚兒就是這一念之差的犧牲品，直到剩下孤單的一尾和我相濡以沫。

由於生活中幾乎沒有交談的對象，我只好常常和金魚默默相望，漸漸的在魚兒身上看到了我，以及圍繞著我的龐大空虛和寂寞。我體內積累愈來愈多過剩的話語和想法，慢慢阻塞了我的頭腦和心房，一如空氣持續撐脹已經過飽的氣球。一次泡茶時，在喧譁的沸聲中，我忽然「聽到」自己正嘀答盤算的念頭衝口而出。那聲音撞擊著繃緊的空氣，帶著金屬的冷酷音質，這才發現過飽的話語沿著喉嚨溢出了脣外。我立刻放下抓在手上的茶葉，小跑步到半山的雜貨店，買了些並不真想吃的零食，真正的目的是想找個人說話，好讓我釋放話語的殘渣。雜貨店的貓不停的在我小腿摩挲示好，於是我買了一罐狗罐頭回報牠的饞嘴，同時努力在腦海翻找一些適當的形容詞來稱讚牠。一直皺著眉頭的老闆娘因為賺了我的錢又省了一頓貓食，外帶得到一筆額外的稱讚，臉色立時緩和許多，跟我搭訕說了些埋怨天氣的話。我拎著一塑膠袋東西往回走，邊揮汗邊想，還好，還有說話的能力，然而鬱悶的感覺並未散去，彷彿梅雨季的黏身悶雨，我陷入膠著的思緒。

放下東西，卻沒有放下累積的沉鬱。我走到後陽台，聆聽金魚無聲的吐氣。天空迅速挪來大片大片的灰雲，一如布滿心湖黑壓壓的話語。它們如今在我腦海某個地方形成了沼澤，結合了情緒，發酵後悶在心窪裡，就像魚缸裡堆積的語屍，需要不斷的排放、更新，而我的卻只能不斷的沉澱。

我學金魚吐氣，沒有氣泡，只有一聲悶呃，那裡面藏著無可奈何的情緒。我只得在書桌前坐下。書房井然有序，正好對比心裡未經語法整理的紊亂情緒。此刻若有電話，就可把這些稱之為「無聊」的東西排放出來，就像暴雨過後的滔滔洩洪；好比此刻，天空掛不住超載的烏雲，就老實不客氣的把雨水嘩啦啦傾下。連鐵線蕨和黃金葛都學會抽芽長葉，釋放魚魂寄居的嘆息，唯有我不停的滋生說話的慾望，這樣一來就像吃下過多食物的胃囊，難怪會消化不良而無所適從了。於是我開始寫信，藍色的憂鬱和黑色的苦悶用原子筆排泄出去。這樣的「清理」工作就像丟棄發臭的垃圾、擦去地板的灰塵、餐後抹掉桌子的殘羹，否則就會惹來蟑螂螞蟻，我愈來愈髒亂的心窪難怪會養出一隻難纏的小鬼，不停來啃噬我軟弱的心房。

我翻開通訊錄，選定了一位住在德國的朋友，開始長篇大論抒發獨居以來的觀感。那感覺痛快暢流如午後驟雨，霎時淹過六張航空信紙，薄如蟬翼的信紙幾乎承載不住超重的情緒。我邊寫邊想像朋友收到信時，會如何被突如其來的澎湃情感所驚嚇，繼而感動莫名，把來信反反覆覆的看上幾遍尋找玄機。這封信寫來真像談戀愛時，整個世界為之傾斜的奔放，筆勢一發不可收拾，恰似一把大火熊熊燃盡堆積的枯葉廢紙，充滿引刀成一快的大氣淋漓。這才真正體會我那位正處憤怒中年的高中老師，為何總以「不吐不快」的理由理直氣壯發牢騷，大力抨擊校務和政治，並且絲毫沒有因為占用上課時間、影響學生學習權益的愧疚。這背後同樣是「清除」的生理本能——清除心裡的垃圾，保持生活的平衡和心理的健康，並不需要套上知識分子戮力扛起時代重任，不滿現狀之類的道德使命傳統。

這實在是「人」的麻煩，同時也是會說話的麻煩。打從牙牙學語開始，人們就會用聲帶來製造聲音垃圾，那種或可名之為「噪音」的東西。看那位老師雄辯滔滔的樣子，儼然是一位說林高手。可惜他生錯了時代，倘若在春秋戰國，會是蘇秦張儀之流的說客，太史公將為他立傳，讓他的名嘴永留史冊。這位現代說客在五年後靠著他的舌頭當上了市議員，充分滿足他說話的慾望。

即使在人跡罕至的山上，也躲不過令人厭煩的聲音。那群大嗓門可能剛做完運動，或是飯後散步，不但用垃圾，也用聲音汙染美麗的朝雲晚霞和滿山翠綠的樹木。可憐的花木吸納了他們呼出的混濁二氧化碳，還要接收絲毫沒有美感的東家長西家短。同樣是說人長短，人物品評在六朝卻是可以提升到藝術境界，寫成一部風流倜儻的《世說新語》，而我們自甘墮落，讓說話變成令人厭煩的生理本能，降位至等同蚊子蒼蠅的嗡嗡之聲。我把這些牢騷付郵時，竟發現超重到要付四倍之多的郵資。信入郵筒發出一聲輕嘆，好像代替我打個滿意的飽呃。郵差定時替郵筒清除體內的信件，就像我不時要幫金魚換進新鮮乾淨的清水，潑掉擁擠的語渣，這或許是金魚得以好好存活的原因吧！

夜裡雨勢加驟，天空還在排放它的憂鬱。著作等身的人也是，他們排泄出大量的語彙和句子去謀殺樹木，好滿足表達的慾望，讓印刷精美的書籍去散播他們的嘮叨。幾千年前一時心軟的竹子立下承諾，善良的樹木至今都必須犧牲生命承載人類的喋喋不休，從真誠到虛偽，從不知所以然的憂傷到整個時代的憂患。譬如《史記》，那裡面滿載歷史和時代的重量，以及讀書人的自省和憂患。直到現在，竹林裡那些簇擁著的竹葉，仍然一代又一代的傳唱著不朽的史詩，就像多少年來人們在課堂上聽授一遍又一遍的《史記》。當我捧著兩公斤重，瀧川龜太郎會注考證的精裝《史記》時，不禁遙想當年太史公揮筆疾書的心情。他把心裡對歷史和時代的焦慮提煉、轉換成文字，一筆一畫流淌到謙卑的竹子上，讓它們慢慢撫平一顆躁鬱的心。

記得上史記課那天，我除了手抱那本大書，背包裡還有厚度同等的《說文解字》。我有時不免想以它們為枕，如此時代相去不遠的太史公和許慎還可以聊天，抒發心中的鬱悶。許慎會面露喜色的講解他那套偉大的造字原理，太史公則會疾言厲色為歷史抱不平吧！也許那是一個各說各話的場面，太史公是那樣一個有民族使命感的知識分子，不能立德立功，退而立言，當有滿腹的牢騷要傾訴。至於許慎，也是一個愛說話的人吧！否則他怎麼會去寫那樣一部和文字有關的大書，還要絞盡腦汁把那麼多的文字分部歸類呢？

後來我由學生變成老師，面對身上老是寄生著瞌睡蟲或跳蚤的學生，不是睡覺就是不安分地動來動去的時候，多想變成說書人柳敬亭，把課文視同精彩的話本小說或戲文，用擲地有聲的音質和唱作俱佳的肢體語言，讓寄生的睡蟲跳蚤悉數驚走，嘗嘗逞口舌之快的酣暢。那些在市井說書的人一定也十分耽溺這種說話的快樂，在觀眾七情六慾搬演的表情上得到無上的滿足感。

然而我總覺得自己的頭腦和舌頭之間缺乏搭配的默契，自然也就不會有說書人的群眾魅力。幼年的我伶牙俐齒，親戚朋友都認為我遠較同年齡的小孩能說善辯，嘴巴特別甜，遇見誰都用抹過蜜的辭語殷勤問候，頗有靠嘴吃飯的潛力。這樣說來，不知是幼年的我背叛了自己，還是成年後的自己背叛了能言善道的童年。我總覺得有一個無底的黑洞把該說想說的話都吸納進去，抱著多說不如少說，說了也不增加減少甚麼的想法，終於讓許多話語在心裡沉澱，於是那塊地方便形成了不停冒泡的沼澤。

獨居的那段日子更能感受到沼澤愈形濃稠。當我和金魚無言以對，總能從彼此的難言之隱感受到一絲相濡以沫的溫暖。人類一旦進入語言的牢籠，就毫無選擇的要用它疏通情感，然而情感又會鬧情緒不想說話。也許這是一種懲罰吧！上帝造人之初就設定了這樣一個矛盾的程式，人們最終要因為說話的代價而在語言的泥沼裡掙扎浮沉。

電話線接上，四面八方掩至的話語讓我應接不暇，好像自己是潛逃的罪犯，突然被尋獲了，必須解釋逃逸的原因，接受不停的質詢，又要說明亡逸的日子做了些甚麼。我握著聽筒有些不知所措，不斷的搜尋救援的語句，同時聽到心裡那塊沼澤又開始不停的冒泡。突然我竟十分渴望再度回到與金魚相伴，想說話時就寫信的寂默日子。

——原載一九九七年十一月十九日《中華日報》

（本文獲第十屆梁實秋文學獎散文第三名）

垂釣睡眠

一定是誰下的咒語，拐跑了我從未出走的睡眠。鬧鐘的聲音被靜夜顯微數十倍，清清脆脆的鞭撻著我的聽覺。凌晨三點十分了，六點半得起床，我開始著急，精神反而更亢奮，五彩繽紛的意念不停的在腦海走馬燈。我不耐煩的把枕頭又搯又捏。陪伴我快五年的枕頭，以往都很盡責的把我送抵夢鄉，今晚它似乎不太對勁，柔軟度不夠？凹陷的弧度異常？它把那個叫睡眠的傢伙藏起來還是趕走了？

我要起性子狠狠的擠壓它。枕頭依舊柔軟而豐滿，任搓任捶，雍容大度地容忍我的魯莽和欺凌。此時無數野遊的睡眠都該已帶著疲憊的身子各就其位，獨有我的不知落腳何處。它大概迷路了，或者誤入別人的夢土，在那裡生根發芽而不知歸途。靜夜的狗在巷子裡遠遠靜靜的此起彼落，那聲音隱藏著焦躁不安，夾雜幾許興奮，像遇見貓兒蓬毛挑釁，我突發奇想，牠們遇見我那蹺家的壞小孩了吧！

我便這樣迷迷糊糊的半睡半醒，間中偶爾閃現淺薄的夢境，像一湖漣漪被一陣輕風吹開，慢慢的擴散開來。然而風過水無痕，睡意只讓我淺嘗即止，就像舐了一下糖果，還沒嘗出滋味就無端消失。然後，天亮了。鬧鐘催命似的鬼嚎。

我從此開始與失眠打起交道，一如以往與睡眠為伍。莫名所以的就突然失去了它，好像突然丟掉了重要零件的機器。事先沒有任何預兆，它又不是病，不痛不癢，嚴重了可以吃藥打針；既不是傷口，抹點軟膏耐心等一等，總有新皮長出完好如初的時候。它不知為何而來，從何處降。壓力、病變、環境太亮太吵、雜念太多，在醫學資料上，這些列舉為失眠的諸多可能性都被我否定了。然而不知緣起，就不知如何滅緣。可惜不清楚睡眠愛吃甚麼，否則就像釣魚那樣用餌誘它上鉤，再把它哄回意識的牢籠關起來。失眠讓我錯覺身體的重心改變，頭部加重，而腳下踩的卻是海綿。感覺也變得遲鈍，常常以血肉之軀去頂撞家具玻璃，以及一切有形之物。不過兩三天的時間，我的身體變成了小麥町——大大小小的瘀傷深情而脆弱，一碰就呼痛，一如我極度敏感的神經。那些傷痛是出走的睡眠留給我的紀念，同時提醒我它的重要性。它用這種磨人脾性損人體膚的方式給我「顏色」好看，多像情人樂此不疲的傷害。然而情人分手有因，而我則莫名的被遺棄了。

每當夜色翻轉進入最黑最濃的核心，燈光逐窗滅去，聲音也愈來愈單純、只剩嬰啼和狗吠的時候，我總能感受到萎縮的精神在夜色中發酵，情緒也逐漸高昂，於是感官便更敏銳起來。

遠處細微的貓叫，在聽覺裡放大成高分貝的廝殺；機車的引擎特別容易發動不安的情緒；甚至遷怒風動的窗簾，它驚嚇了剛要蒞臨的膽小睡意。一隻該死的蚊子，發出絲毫沒有美感和品味的鼓翅聲，引爆我積累的敵意，於是乾脆起床追殺牠。蚊子被我的掌心夾成了肉餅，榨出無辜的鮮血。我對著那美麗的血色發呆，習慣性的又去瞄一瞄鬧鐘。失眠的人對時間總是特別在意，哎！三點半了！時間行走的聲音讓我反應過度，對分分秒秒無情的流失尤其小心眼。我想閱讀，然而書本也充滿睡意，每一粒文字都是蠕動的睡蟲，開啟我哈欠和淚腺的閘門。難怪我掀開被子，腳跟著地的剎那，恍惚聽見一個似曾相識的聲音在冷笑：「認輸了吧！」原來失眠並不意味著擁有多餘的時間，它要人安靜而專心的陪伴它，一如陪伴專橫的情人。

我趿上拖鞋，故意拖出叭噠叭噠的響聲，不是打地板的耳光，而是拍打暗夜的心臟。心有不甘的旋亮桌燈，溫暖的燈光下兩隻貓兒在桌底下的籃子裡相擁酣眠。多幸福啊！能夠這樣擁抱對方也擁抱睡眠。我不由十分羨慕此刻正安眠的眾生、腳下的貓兒、以及那個一碰枕頭就能接通夢境的「以前的我」。眼皮掛了十斤五花肉般快提不起來了，四天以來它們闔眼的時間不超過十二個小時，工作量確實太重了。黃色的桌燈令春夜分外安靜而溫暖。這樣的夜晚適宜窩在床上，和眾生同在睡海裡載浮載沉。

或許粗心的我弄丟了開啟睡門的鑰匙吧！又或者我突然失去了泅泳於深邃睡海的能力；還是我的夢囈干犯眾怒，被逐出夢鄉。總而言之，睡眠成了生活的主題，無時無刻都糾纏著我，因為失去它，日子像塌陷的蛋糕疲弱無力。此刻我是獵犬，而睡眠是兔子，牠不知去向，我則四處搜尋牠的氣味和蹤跡，於是不免草木皆兵，聲色俱疑。眾人皆睡我獨醒本就是痛苦，更何況睡意都已悉數凝聚在前額，它沉重得讓我的脖子無法負荷。當然那睡意極可能是假象，儘管如此，我仍乖乖的躺回床上。模糊中感到鈍重的意識不斷壓在身上，甜美的春夜吻遍我每一寸肌膚，然而我不肯定那是不是「睡覺」，因為心裡明白身心處在昏迷狀態，但同時又聽到隱隱的穿巷風聲遊走，不知是心動還是風動，或是二者皆非，只是被睡眠製造的假象矇騙了。那濃稠的睡意蒸發成絲絲縷縷從身上的孔竅游離，融入眾多沉睡者煮成的無邊濃湯裡。

就這樣意志模糊的過了六天，每天像拖個重殼的蝸牛在爬行。那天對鏡梳頭時，赫然發現一具近似吸血殭屍的慘白面容，立時恍然大悟，原來別人說我是熊貓只是善意的謊言。此時剛洗過的頭髮糾結成條，額上垂下的瀏海懸一排晶亮的水珠，面目只有「猙獰」二字可形容。頭髮嫌長了，短些是否較易入眠？太長太密或許睡意不易滲透，也不易把過多的睡意排放出去，所以這才失眠的吧！

到第七天，我暗忖這命定的數字或會賜我好眠，連上帝都只工作六天，第七天可憐的腦袋也該休息了。我聽到每一個細胞都在喊睏，便決定用誘餌把兔子引回來。那是四顆粉紅色、每顆直徑不超過零點五公分的夢幻之丸，散發著甜美的睡香，只要吃下一粒，即能享有美妙的好夢。

然而我有些猶豫，原是自然本能的睡眠竟然可以廉價購得。小小的一顆化學藥物變成高明的鎖匠，既然睡眠之鑰可以打造，以後是否連夢境也能夠一併複製，譬如想要回味初戀酸酸甜甜的滋味，就可以買一瓶青蘋果口味的夢幻之水；那瓶紅豔如火的液體可以讓夢飛到非洲大草原看日落；淡黃色的是月光下的約會；藍色的呢！是重回少年那段歲月，嘗嘗早已遺忘的憂鬱少年那種浪漫情懷吧！

我對那幾顆小小的東西注視良久。連自己的睡眠都要仰仗外力，那我還殘存多少自主，這樣活著憑的是甚麼？然而我極想念那隻柔順可愛的兔子，多想再度感受夢的花朵開放在黑夜的沃土。睡眠是個舒服的繭，躲進去可以暫時離開黏身的現實，在夢工場修復被現實利刃劃開的傷口。我疲弱的神經再也無法承受時間行走在暗夜的聲音。醒在暗夜如死刑犯坐困牢房，尤其月光令人發狂的恐慌。陽光升起時除了一絲涼淡淡的希望，伴隨而來是身心俱累的悲觀，彷彿刑期更近了，而我要努力撐起鈍重的腦袋，去和永無止盡的日子打仗。

我掀開窗簾，從沒看過那麼刺眼的陽光，狠狠刺痛我充血的眼睛，便刷的一聲又把簾子拉上。習慣了蒼白的月光和溫潤微涼的夜露，陽光顯得太直接明亮。黑夜來臨，我站在陽台眺望燈火滅盡的巷子，彷彿一粒洩氣的氣球，精神卻不正常的亢奮起來，如服食過興奮劑，甚至可以感覺到充血的眼球發光，像嗜血的獸。

我想起大二時那位仙風道骨的書法老師。上課第一節照例是講理論，第二節習作。正當同學把濃黑的注意力化作墨汁流淌到紙上，筆尖和宣紙作無聲的討論時，突然聽到老師低沉的聲音說：「唉！我足足失眠兩個星期了。」我訝然抬頭，還撇壞了一筆。老師厚重鏡片後的眼神閃現異光，那是一頭極度渴睡的獸。我正好和他四目相接，立刻深深為那燃燒著強烈睡慾的眼神所懾，那是被睡意醃漬浸透、形神都淪陷的空洞，或許是吸收了太多太多的夜氣，以致充滿陰冷的寒意。然而他上起課來仍是有條有理，風格流變講得井然有序，而我現在終於明白他不時用力敲打自己的腦部、揉太陽穴，一副巴不得戳出個洞來的狠勁，其實是一種極度無奈的沮喪。他是在叩一扇生理本能的門，那道門的鑰匙因為芸芸眾生各持一把，丟掉了借來別人的也無濟於事，便那麼自責的又敲又戳起來。

然則如今我終於能體會他的無奈了。可怕的是我從自己日趨空洞的眼神，看到當年那瞬間的一瞥復又出現。晝伏夜出的朋友對夜色這妖魅迷戀不已，而願此生永為夜的奴僕。他們該試一試永續不眠的夜色，一如被綁在高加索山上，日日夜夜被鷲鷹啄食內臟的普羅米修斯，承受不斷被撕裂且永無結局的痛苦。然而那是偷火種的代價和懲罰，若是為不知名的命運所詛咒，這永無止境的折難就成了不甘的怨懟而非救贖，如此，普羅米修斯的怨魂將會永生永世盤桓。

失眠就是不知緣由的懲罰。那四顆夢幻之丸足以終止它嗎？我聽上癮的人說它是嗎啡，讓人既愛又恨，明知傷身，卻又拒絕不了，因為無它不成眠。這樣聽來委實令人心寒，就像自家的鑰匙落入賊子手裡，每晚還要他來給自己開門。於是我便一直猶豫，害怕自己軟弱的意志一旦肯首，便墜入深淵永劫不復了。

睡眠的慾望化成氣味充斥整個房間，和經過一冬未曬的床墊、棉被濃稠地混合，在久閉的室內滯留不去，形成房間特有的氣息。我以為是自己因失眠而嗅覺失靈的緣故。一日朋友來訪，我關上房門後問：「你有沒有聞到睡眠的味道？」他露出不可思議、似被驚嚇的眼神，我才意識到自己言重了。

就像我沒有想到會失眠一樣，睡眠突然倦鳥知返。事先也沒有任何預示，我迴避鏡子許久了，一如忘了究竟有多少日子是與夜為伴，以免嚇著自己，也害怕一直叨念這一點也不稀罕的文明病，終將為人所唾棄。何況失眠不能稱為「病」吧！如此身旁的人會厭惡我一如睡眠突然離去。而朋友一旦離開就像逝去的時間永不回頭，他們不是身體的一部分，亦非血濃於水的親密關係，更不會像丟失的狗兒會認路回家。

那天清晨，自深沉香醇的夢海泅回現實，急忙把那四顆粉紅色的夢幻之丸埋入曇花的泥土裡。也許，它們會變成香噴噴的釣餌，有朝一日再度誘回迷路的睡眠；也可能長出嫩芽，抽葉綻放黑色的夜之花，像曇花一樣，以它短暫的美麗溫暖暗夜的心臟。

——原載一九九七年十月七日、八日《中國時報》

（本文獲第二十屆中國時報文學獎散文首獎，九歌八十六年年度散文獎）

傷

去年夏天，手臂後側碰黑了一大片。那一大圈黑紫色暴露在袖緣，像個深不可測的黑洞，分外招人眼光，任何人見了都從眼神發出驚呼，讚嘆其色澤之深沉耀目。或許這些讚美滋養了牠無可救藥的虛榮，增長了牠的自戀。拖了兩個星期，牠像小妖一樣玩起變色的遊戲，有時黑紫黑藍，有時則黑綠黑紅，萬變不離其宗，主色調仍然是詭譎的黑。我看牠沒有離我而去的意思，就準備讓出那片皮膚給牠寄居，善待牠像身上的一顆痣或一塊胎記。

那瘀倒也學會搬演萬種風情。在明亮的光線下，牠黑中暈青、透點紫藍、四周微滲珊瑚紅的妖冶色相，分明可媲美川端筆下那枚落在杯沿誘人的唇印。黑暗中，牠則隱去了光華，搖身一變而為鬼氣森森的黑眼，不懷好意的窺探這光怪陸離的花花世界。

從小我就習慣了受傷。受傷的方式千百種，然而歸納起來，不外乎流血的、不流血的，或者僅止於破皮露點粉嫩肉色的。受傷的原因也不勝枚舉，不過仔細尋繹，也只有一個：心不在焉。受了傷還滿心歡喜，直呼跌得高明跌得好的，是國小六年級那唯一的一次。

那是個晚霞滿天，色彩錯亂的黃昏。屋子裡的悶熱讓才學會爬的小弟啼哭不斷。從北部南下探小孫子的爺爺因為舟車勞頓在閉目養神。我抱著小弟在屋後的草地晃蕩，小弟的哭聲方歇，安靜的空間才騰出來，我那好玩成性的心魔便框喝著不安於室的神志出竅——我想，多半是相邀看晚霞的演出去了。一個踉蹌，我往前一撲，意識裡蹦出的第一個念頭是：小弟絕對不容任何損傷！於是我左腳的大拇指便當仁不讓的，向前面那塊崩了一角且奇醜無比的大石頭，獻出了它第一次熱血沸騰的激情擁抱。痛的感覺一陣一陣往上沖，心臟一寸一寸縮小，低頭一看，腳指頭戴了一頂俏皮的豔紅小帽，傷口齜牙咧嘴對我笑，鮮血在快樂的唱著雄壯的進行曲。

但是我聽到自己的歡呼，還好，還好，小弟沒事，阿彌陀佛！小鬼還當剛才那驚心動魄的一摔是我和他鬧著玩，正咧嘴露出「無齒」的笑，眼角猶餘一顆晶瑩閃爍的快樂，在我看來是幸災樂禍的淚光。他這帶淚的微笑真是我當下心情千真萬確的寫照，誰也看不出我痛不欲生的淚光裡頭，開放著一朵慶幸的小花。要是小弟這命根子損了點皮毛，我要接受的懲罰又豈止是一個微不足道的指頭之傷？

但是那傷口總沒有要痊癒的意思。結痂之後，四周仍然環了一圈暗青色，牠捨美麗耀目的紅，而換了頂醜怪的藏青色帽子，顯然是怨憎我不珍惜牠，每天一張黑臉與我鬧彆扭。牠可不知這義不容辭的壯舉保全了我倔傲又膽小的自尊，阻擋了大人無情的責罵。然而那撞擊的力道顯然不小，遠遠超過了生命的復原能力。我想那烏黑的瘀傷，大約是因為耿耿於懷我厚此薄彼而拒絕痊癒。

然而我並不在意。大人的呵責如蛇齧，他們並沒有意識到語辭對自尊的摧損，對一個好強好勝的敏感小孩其實更具殺傷力。小時候的皮肉之傷多不勝數，然而時間和生理的本能自會慢慢還它們本來面貌。但那些言辭的齧痕，至今仍是坑坑洞洞的盤踞在心房，不時的提醒我心靈的創傷。

大人殘忍的以為小孩子不跌不長。女孩只要不是跌到面子上，損了容顏；男孩沒有折損筋骨，都是不值大驚小怪的芝麻小事。然而我跌跤的次數，無論是傷是瘀，委實頻密得連我自己都起疑：身上究竟是哪個地方出了差錯，還是缺了哪根神經，或是就像鄰家大嬸說的，走路時沒把「心」帶上。

是了，是「無心」之過。那些難看的疤痕和疼痛來自愛撒野的心，老想著要神遊九霄雲外，現實中的危險無法構成警惕阻嚇，總是等到被疼痛咬腫了神經，瘀傷五彩斑爛的招搖時，才來埋怨後悔。

我還記得那一個把膝蓋摔得露骨的薄暮。又是漫天鋪地的晚霞（我不得不懷疑晚霞是否前世曾和我結下深仇），連草色也泛紅泛紫，空氣中迴盪著喚人回家的飯菜香。那妖冶的美麗又一次勾引了我的魂魄——一個顛躓，我跌倒了。是一條死不瞑目的枯藤誘拐了我的腳板，受懲罰的卻是無辜的膝蓋，它給正前方入定的石塊叩了個大響頭，叩得膝破血流，叩得我不得不承認那瑰麗的天色是末世的慘烈景象。

我咬著牙忍著痛拐著一條血腿回家。炒菜的媽媽驚天動地的尖叫引來了鄰居，七嘴八舌又七手八腳幫我用茅山油止了血。茅山油的味道取代了菜香，滿屋子瀰漫著一股受傷的藥味，地上堆了小山似的帶血棉花，美麗的血色豔過天邊自以為是的晚霞。

小孩子的骨肉畢竟生長得快，但那不時作痛的傷口卻也提醒我記得帶「心」走路。由於那壯烈得罕見的血盆傷口，小朋友們都被自家的媽媽叮嚀再三：走路時眼睛放亮些，並用我悲壯的傷口為誡。我可一點也不以為然，很有風度的把受傷的典範讓給鄰家的那位印度女子。她常常走著走著，突然雙腿一軟，就那麼令人目瞪口呆的直直跪在馬路上。

鄰居都笑說她是軟腳蝦，但那雙黝黑筆直的腿看來矯健異常，令人不能置信它們的軟弱。花樣年華的少女，那婀娜的身姿本該是天地間賞心悅目的手工藝。然而她卻是瑕疵品，父母背叛手足倫理結為夫婦，讓她宿命的背負上一代被詛咒的天譴。尤其是過馬路時，來往穿梭的車輛如猛虎。她卻常常在最不該跌倒的時候跌倒了。大夥兒都停下來等她。她卻神態自若的站起，對自己成為焦點絲毫不以為意，有時候還衝著大夥兒笑。那笑也是無所謂的，既不抱歉也不羞澀，理直氣壯的樣子。由於常常摔跤，她的腳上成了嚴重的災區，像是被敵軍轟炸得血肉模糊的戰地，連帶手也遭殃，那上面常常舊創未復，新創又起，密密麻麻的記錄了她愴痛的成長。相較之下，我的傷口又有甚麼值得一提？

某次去捐血，聽護士小姐邊抽血邊解說人體奇妙而迅速的造血功能，流血於是就顯得一點也不稀奇。原來萬物並沒有我們自以為是的脆弱，小狗打群架換來脖子上血肉模糊的傷疤，那流膿流血的大創，竟然只要用燒柴的鍋底泥炭抹上幾回就迅速痊癒。大家都笑稱狗命賤，卻沒想到賤和頑強常常是生命的一體之兩面。我那傷得森白見骨的膝蓋如果驕寵成性，如今怎會完好無損？

可是，如果受傷的是心呢？那看不見的傷絕然不似流血破皮可以具體示人：哪！你看！我這道血口劃得多深；或是得意的告訴旁人：看吧！我的傷口結痂了。抽象的傷口總是耽於痛苦的自虐，把血跡淋淋的鞭痕一筆一畫，清清楚楚的儲存在詭譎隱密的記憶裡。都說時間是最好的藥劑，它比茅山油的止血止痛效果強，無臭無味，又不必花上半毛錢，既乾淨又便宜。但記憶和生命力一樣強悍，對痛苦尤其鍾情。或許心的傷痕需要一種叫「健忘」的藥水或「釋然」的藥丸，時間只能裝模作樣給我們打一針止痛劑，卻是治標不治本，總會留下不時作痛的隱疾。難怪我一直忘不了那雙曾令我傷痕累累的眼神，留下至今仍會隱隱作痛的宿疾。

多年後宴會不期而遇，我仍能從他已入中年的安穩神情和內斂眼神裡，尋覓出當年那銳利傷人的鋒芒。他在和一群朋友寒暄，我穿越衣冠色相和脂粉俗香，避開肥膩食餌的陷阱獨坐一旁，想極力裝作若無其事，又無法隱瞞的拚命喝水。侍者用奇怪的眼神打探。我射他兩箭「關你何事」的不友善眼神。

此時自然已不比當時分手割心裂肺，那種僅餘二魂四魄的不要命痛法，但是已長新皮的傷口竟然重新裂開，痛楚像小蛇老實不客氣的狠狠囓咬起來。

我仍然懷念他畫的那隻小狐狸。狐狸的眼睛那麼純淨，似夜空中兩盞閃著溫柔光芒的星星。然而那看似無邪的眼神卻會下蠱，專門勾人的三魂六魄，也令人忘卻牠藏匿在優雅舉止中的爪子。總要等到牠無情的抽身離去，才赧然發現記憶裡血色飽滿，楚楚動人的爪痕。

情傷其實更近瘀。那灰黑的色澤儼然是受創的心，總是一碰就痛。瘀血消散之後分化到全身上下的血管裡，和血液融為一體。情瘀也是，它總也不散，一溜煙藏進記憶的洞穴，死皮賴臉的驅之不去。然而我終究也學會了接納，就像接受與生俱來的一塊胎記，或是一顆痣。

——原載一九九七年十二月十日《聯合報》

鬼祟

寒流來襲的冬夜，我擁著厚厚的棉被，蜷在床上像隻繭。夜雨長情，忽急忽緩的傾訴它無盡的哀屈，完全不理會我失去耐心的耳朵，以及扭來扭去，兩條蛆一樣的腳丫。棉被安撫我疲憊的身體，卻無法呵護冰冷的腳板，它們只好彼此摩擦取暖，如果因此不小心點燃火花，燒了我的睡窩，我也願意賠上伴我八年的老棉被，絲毫不敢呵責它。

其實我大可一把掀開棉被，翻出保暖的襪子快快打發求救的腳丫。那雙灰色的絨毛襪是安撫它們的「睡袋」，就像枕頭和棉被是邀約睡眠的裝備。然而我好不容易暖和的裸露身體，一直強調它畏懼冷空氣，懶散的意志重複「下床」、「穿衣服」、「上床」、「換衣服」的無謂和麻煩，並提醒我膽小的睡意極可能會因這大幅度的動作而逃逸。我可是一點也不在乎它們自私的意圖，持續的掙扎緣於長期以來對襪子複雜的情感，那種不知是恨是愛，是厭惡是憐憫，抑或是無以名狀的情緒在不斷攪拌。

這麼一想，我忽然聽到抽屜的騷動。很輕，很鬼祟，好像鼠輩的咀嚼或交談，細微得讓人懷疑是聽覺一時失靈，怪罪自己的過度敏感。那聲音夾雜在一輛疾馳而過的車聲中，就像老鼠閃過視線，一溜煙就消失了蹤影。我確定，我捕捉到的聲音來自最下層的抽屜，那裡面飼養著鬼祟的襪子，在這夜深人靜的暗夜，它們大概以為我早已入睡，因此放肆的批評我苛刻的對待。也許不滿我把它們安置在抽屜的最下層，就像穿在最低下的腳上，還要再藏進鞋子，十足是金屋藏嬌的姨太太，表面上說是捨不得讓它們拋頭露面，實際上是為了自己的面子。

然而那是襪子的宿命。它不能當手套，亦無法取代高高在上的帽子，唯一的安慰，大概是耶誕節時，有人把禮物託付給它，擔負送禮的重責大任。我卻從來不相信這樣唯美的童話，我的襪子們也就不敢期待有機會從腳底僭越過腦袋，霸占床側那個懸掛信袋的鉤子。何況吃得胖胖的信袋集三千寵愛，也容不下一隻卑下的襪子分享它的重要地位。

可憐的襪子白天隨我辛苦奔波，亦步亦趨的陪我辦事，走遍所有閒逛的角落，以及必要或不必要的大街小巷，像任怨任勞的聽話僕人，不敢有任何埋怨。捱到一天的工作結束，它們卻未受到禮遇，我總是迫不及待的一把扯下它們，塞進黑黝黝的鞋櫃裡，任憑它們和鞋子無言以對。脫下襪子意味一天的勞累終止，脫離所有厭煩的人事。也許扔掉襪子的剎那，心裡那聲由衷而愉悅的歡呼傷害了它，好像勞累了一生的女人被寡情的丈夫嫌棄，默默接受冷落的對待，從此就只好灰頭土臉的待在廚房。躲在鞋櫃的襪子就像蓬頭垢面的主婦暗自悴憔，把悲戚和自憐深深藏起來。

然而我的兩隻貓咪對襪子卻情有獨鍾。也許牠們試圖彌補我對襪子的不公平對待，不只散發洗衣粉香味、精神飽滿的乾淨襪子，牠們喜歡緊緊擁在懷裡，如同抱著一隻剛剛逮到的淘氣老鼠，在外隨我勞碌一天之後，滿身散發酸臭氣息，已經癱軟乏力的髒東西，更格外博得牠們的憐「香」惜玉。也許貓咪比我更有愛心，特別能感受到襪子的孤單，每當我迫不及待拉上鞋櫃，牠們總要對櫃子注目良久，似在思索那樣「有滋味」的好東西，為何不能讓牠們分享，而要被密密的關起來？

牠們沒有參透其中的玄機，卻有努力探索真相的勇氣。一日清晨，我帶著夢的殘渣晃入客廳，立刻被那狼狽的景象駭醒。從鞋櫃出走的鞋子，大概是玩得太累，有些趴在沙發上，有的則歪躺在電視機旁。遍地散置的襪子則如一隻隻暴斃的老鼠，那姿態看起來猥瑣而噁心。昨天才洗完澡的貓咪各自擁著心愛的襪子，發出甜蜜而滿足的鼾聲，一如我抱著棉被快樂的入眠。我呆了一陣，一時十分希望自己誤入夢境，夢醒一切將消散無蹤。而何其不幸，惡夢和現實連成一體，兩隻充滿襪子體香的壞傢伙，在我帶著怒氣的搓洗中發出悲壯的哀嚎，想不通我為何沒有對牠們擅開鞋櫃的智慧大加讚賞，反而把好不容易從襪子那兒討來的香味清洗乾淨，絲毫不同情牠們解救襪子的努力，因此十分怨憎我的無情。

我實在不清楚自己和襪子究竟存在著一種甚麼樣的心結。襪子其實是腳的衣服，應該獲得和身體的衣服同等的對待。然而我的衣服拒絕與襪子一起洗澡，它們只好與髒兮兮的抹布同流合汙。洗淨之後，被塞成一團團的襪子，排列整齊在抽屜，便似一隻隻圓滾滾、酣眠的胖老鼠，帶著些許稚氣的絨毛，看來有些滑稽，有些討喜。挑選襪子其實更像在檢閱訓練有素的老鼠兵團。它們大都是灰、褐、黑的深沉顏色，既不花俏亦不招搖，完全符合它們善於躲藏的內斂性格。然而當它們不小心從褲管或裙下露出來，想要打量這個既新奇又無聊的世界，便像欲藏還露的隱喻，隱藏一些又透露一些，總有欲語還休的曖昧。每當我看到男人穩重的暗色長褲和暗色皮鞋之間，吐出一截不搭調的白色襪子，便不由得暗笑他的成熟世故畢竟不夠圓滿，白白讓一截襪子破壞了一身講究的打扮。這樣一來，我也知道他並不清楚襪子的隱喻的功能和意義，同時窺得他對細節的漫不經心。

當然這純粹是我的「白襪情結」。在為數眾多的襪子裡，我獨獨沒有最清純的白色。這必須歸咎於高中時期，白襪自甘墮落服務於校規，成為制度的爪牙。白衣白裙白襪，另類的白色恐怖。然而白衣已經成功的打破了我的禁忌，以十五件之數獨領上衣風騷。只有看來純真無邪的白襪，既碰觸我的禁忌，又破壞了它應有的深沉美德，始終被足下拒絕往來。

這麼說來，我對襪子確實存有偏見，一來要它屈就衣服，退居為衣服的配件，把它等同於二等公民的地位；二來因為它服務的對象是足下，不免總覺得有些不潔。當然我得承認自己的不良習性，脫下來未洗的襪子，連同疲憊一把塞進鞋櫃。拉上門，搭上防止貓咪開門的鉤子，便算是眼不見為淨，這樣我就當它們不存在了。也許過了三天、四天，甚至更久，想要清洗抹布時，再把關在暗無天日的襪子揪出來。那是最令我忍無可忍的尷尬時刻，拉開門，一堆襪子骨碌碌從鞋櫃滾出來，像一群落荒而逃的老鼠，而我同時撞見自己無可救藥的懶散。我終於明白，因為襪子的鼠性十足，所以貓咪對它們如此偏愛。

「那顯然是妳個人對襪子的偏見，我倒覺得自己的襪子色彩柔美鮮明，是一群可愛的兔子，只有妳的才鬼鬼祟祟。」朋友如此不平的為襪子辯解。我細想，開始認真的尋找反駁的理由，不對！絲襪就顯得高貴優雅，如果硬把襪子歸入鼠科，那絲襪就是可愛的天竺鼠了。說完我才想起，其實自己沒有絲襪，因此這項反駁根本不成立。絲襪是女人的人造皮膚，根本不歸屬到實用的「襪」類，它的修飾和美化功能更近於絲巾或手帕。那樣輕柔纖細的撫觸，有些撒嬌討疼的意味，怎麼也不會讓我聯想起抽屜裡那些笨笨圓圓的襪子，自然也就不會把躲在鞋櫃裡的鬼祟東西，跟絲襪的淑女氣質相連結。嬌滴滴的絲襪也和我攀不上關係，那看來吹彈欲破的皮膚令我提心吊膽，深恐一不小心就劃破了它。何況輕薄的絲襪屬夏，而滿街露在涼鞋之外，套在絲襪裡的腳趾頭令我深感同情。連酷暑也無法痛快的呼吸，還要套上保護膜，維持主人稀薄的面子問題，而我一到夏天就巴不得告別賊賊的襪子，讓裸露的腳趾頭盡情去涼快。

這麼寒冷的冬夜，我竟然捨棄睡眠，任憑腳丫接受寒冷的懲罰，而試圖去釐清這些年來和襪子曖昧不清的關係，想來真是不得體，而且不合時宜。嘆一口氣，起身去翻出睡襪。套上腳趾的剎那，我好像聽到老鼠愉快的歡呼，很輕，很細，像是深怕我的耳朵聽了去，遂馬上銷聲匿跡。我摸了摸睡襪，然後，各自尋覓彼此的夢鄉去。

——原載一九九八年二月十九日《中國時報》

輯三

聽說

我要那麼準確的時間做甚麼呢？
腕錶和時鐘不過是時間的飾物，
裝飾時間也同時裝飾自己。
腕錶看來其實更像手銬，
我們是囚犯，
揹負著許多記憶的包裹，
就那樣被時間一直拖著往前走。

本輯作品均選自九歌版《聽說》

祝你幸福

親愛的：

我原以為可以與你終身廝守的。

第一次見面，是我考完碩士班的一個黃昏。暮春的天空浮著幾抹橘紅色的晚雲，很輕很薄的雲，透出雲後的天藍背景。大狗狼狼咬著一個空罐頭，正從巷子的彼端跑來。牠是一隻喜歡咬空罐頭的怪狗，威猛高大的體型配上極為善良的個性。我拍拍牠的大頭，牠繼續咬牠的罐頭。我走下斜坡，因為心情愉快，多繞了幾條巷子，當然也遇見幾隻許久不見的野貓，包括那隻瘦巴巴的雜雜毛，以及鈴子貓，牠正在把玩一隻想來已經神智不清的蟑螂。

我穿進地下街，去找許久不見的老陶。大狗小莉飛奔過來，牠的個性和脾氣比狼狼更像狼，卻取了個溫柔和善的名字，世事往往如此，一如我們的相遇。

老陶的大門關著，他的垃圾車在。車在人在，我大力拍門。他重聽，視力又不好，因此倒垃圾都帶著小莉。拍了好久的門他才出來，只來得及穿上短褲。老陶一見我便大嚷，哎呀！妳怎麼那麼久沒來，老咪都生了。

老咪是一隻毛色極亂的母貓，有時也跟著老陶去倒垃圾。牠出生時，上帝大概心情不好吧，至少把四種以上的顏色砸在牠身上，頭上是黑毛雜黃白二色毛。為了看清牠的眼神和表情，我常常把臉湊得特近，對老咪來說，我的臉大概是張大特寫。一個月沒來，沒想到牠當母親了。

你就是在那又暗又溼的地下街出生的。第一次見面，你在喝奶。你們兄弟姐妹一共五隻，各捧一個奶頭吮著。不知道為甚麼選中了你，六年後回想，一個多月大，尚在襁褓的小傢伙都很像，雌咪咪中選是因為牠的圓球狀尾巴，據說這種麒麟尾的貓特別聰明，日後證明果然不假；而你，當然不可能是你的長相——你那個樣子，只能用醜字形容。難道是因為你的修長尾巴？果真如此，那倒是個可笑的勉強理由。莫名的來到我家，又莫名的被送走了，只是這樣莫名的緣分，算算也六年了。

六年，不算短，我念完了碩士又念博士，那本碩士論文的感謝名單上，該有你的名字。冬天寒流來時，你總會鑽進我的袍子，既索取對方的體溫又彼此取暖，我邊打字邊聽著你的呼嚕，不時低頭看看你，你豈不是我未出世的嬰？有時不免恍惚，錯覺一個熱騰騰的嬰兒正在懷裡熟睡，而那呼嚕聲是安穩的鼻息。

你的個性像我，膽小、神經質，又常闖禍，而且遠比雌咪咪愛撒嬌。我不免懷疑，你們性別倒錯。雌咪咪從來不讓人抱，也不像你會跳到我懷裡，望著我喵喵喵。不懂你在說甚麼，但總是按照慣例拍你幾下安撫情緒，嘴裡虛應幾個我也聽不懂的喵。不熟悉的朋友總以為我邊講電話，邊哄一個吵著媽媽的小朋友。的確，你的「喵！喵！」聽來真像「媽！媽！」，嬌嫩一如你身上滑亮的毛。我喜歡把頭枕在你的肚腹，那真是一個溫暖又柔軟的天然枕頭，還有好聽的呼嚕和令人安穩的味道。你那獨一無二的貓味真令人懷念呀，雌咪咪身上永遠乾乾淨淨的，好像《香水》裡那個葛奴乙，身上沒有屬於自己的氣味。

搬到中壢這個鬼地方之後，不知道為甚麼你老是闖禍。你在抗議甚麼呢？這裡沒有植物，沒有鳥，讓你抓狂的麻雀和蝴蝶也不見了。一樓屋頂不會有野貓奔跑追逐，當然那隻灰頭土臉的貓筆友也不再出現。你一定很懷念牠吧！那隻在一樓屋頂曬太陽的老友，每次見到牠都興奮的旋轉尾巴，嘴裡輕聲的喵著，很溫情的打起招呼。

在美之城我曾經栽過一大盆酢漿草，你最喜歡那盆草，冬天的陽光下，你恆常在草下午睡。陽光，酢漿草和你，構成我記憶裡最美的風景。你和雌咪咪一共拍了七八卷照片，唯獨那張照片最能展現你優雅慵懶的氣質。可是，我忘了，喜歡的東西，你必得將它摧毀。酢漿草最後落得被你吃個精光的下場。我只好安慰自己，何其有幸，養了一隻具有魏晉名士風範的雅貓。為你們而買的貓棉被，你先是尿尿，我便拎著它送洗，老闆以為是小孩尿床。有一天早晨，你們早早離開被窩，一陣臭味飄過，你因愛它而徹底將它毀了。你受了懲罰，但是我也知道，你根本不了解懲罰的意義。

你一共毀了好幾床棉被。被責罵時，你會露出害怕的表情，我不忍，總是護著你。我豈是護你？其實我在袒護我自己，我在你身上看見自己，那個明知犯錯，就是不想悔改的壞脾氣。

搬來中壢以後，你再三闖禍，大的小的，打爛了一座獎杯、抓報紙、故意尿在貓廁以外的地方，我在揣摩你的行為傳達的意義，難道，你想回美之城？其實，我何嘗不想？可以散步餵貓才是適合居住的地方。可是，過去，是不可能再回來了，再不捨也得割捨。我把送走你的脅迫當玩笑，新的工作讓生活變得慌亂無序，也令我無暇多想。你的抗議漸漸成為習慣，為了你而起的爭辯和爭吵，讓我不斷反省，莫非，我們的緣分已盡？

我不太願意去面對這個問題，總是逃避。無法想像你不在的感覺。我把送走你的話當玩笑，笑著說好啊好啊把牠送走，省得麻煩！一邊快速的收拾行李。我記得到日本是三月二十一日，當天晚上透過越洋電話，聽說你被送走了。我愣了一下，一時無法意會這句話的實質意義，送走了？我沉吟了好一會兒，仍舊不太清楚，何況又沒見到被送走的那一幕，似乎無從悲傷起。那時大概還未意識到分離吧！

啊，是的，那就是分離。分離在當下是不具感覺的，好像是一種事不關己的狀態，好像有人跟你說某某死了那樣。分離也是如此。必得被時間沉澱過才產生意義，此時，眼淚方會因不捨而流，綿綿的悲傷包裹起生活，你會發現，原來分離是一種浸泡記憶的福馬林，它讓記憶成為永遠。

我夢見過你，夢裡依舊歡愉，一切都沒有改變。難得相聚，我們沒有時間悲傷。我記得自己承諾過，等你死了把你製成標本，我們此生永不分離。曾經尋找過你，聽說你的洋主人把你帶到台南去，聽說你很得寵，聽說……這個沒有你的冬天特別冷，我想念彼此取暖的感覺，也妒嫉的想，你一樣會在別人的懷裡取暖吧！快過年了，記得你和我一樣害怕鞭炮聲，我們卻再也沒有機會一起相偎了。

親愛的，在這封你讀不到的信裡，我不祝你新年快樂，只祈望你在別人的懷裡依然幸福，甚至，更加幸福。而我原以為我們可以廝守終生的。

——原載二〇〇〇年二月號《幼獅文藝》

芝麻開門

我的鑰匙逃走了。對於這種在開門剎那才會想起的東西，我曾遺失過，也常因隨手置放而不知去處。可是一串鉤在食指上的鑰匙，竟然在我的注視下叛逃，生活細節常出錯的我，一時也覺得不可思議起來。怎麼那麼湊巧？不到兩吋的縫隙，在電梯和六樓的地板之間，吞沒住家、辦公室、汽車、信箱的九支鑰匙。那麼大串的金屬落入奇怪的空間裡，彷彿一場事先計算過的預謀。意外的不只是我，一群等電梯的人同時目睹了鑰匙逃逸的經過——就在電梯門打開，我和上弓的食指，以及掛在食指上的鑰匙同時準備跨出的剎那，它輕易從食指滑下，縱身躍入黑暗的窄縫。

鑰匙不見了，所有能容身的空間都拒我於外。無法發動車子，無法進家門，辦公室也上了鎖，所有屬於我的空間都不再收容我。好心的管理員找人來幫忙，那兩個男人說先要電梯管制，才能進入底層去打撈。

電梯底層？那是夢的深淵嗎？多年來我反覆做著相同的夢：電梯不斷往下墜，我被囚在那密閉的空間裡，往無止盡的底部墜落不停墜落，週遭一片漆黑；失速令人極度恐慌，更驚慌的是不知道終點將止於何處。如今鑰匙逃竄到夢境裡，彷彿指引我去開啟夢之謎。我跟隨那兩個男人走到地下室，他們拿著長長的鐵枝和手電筒打撈鑰匙。我俯在門口向下張望，原來夢的謎底，不過是一個小小的密閉空間，一潭混濁的積水，四周佈滿鋼筋，鋼鐵生鏽的味道混著濁水的氣息，每一句話都有幾圈回音學舌。

帶著臭味的回音，令我懷念起童年的那口井，以及響在井邊的一串鑰匙。那井水帶著青苔的清香，我低下頭去喊自己的名字，井水也大聲應和，連那回聲都彷彿有淡淡的餘香。瞎眼的奶奶在井邊洗菜、洗衣服，貼身的鑰匙串隨著動作匡噹匡噹，那是童年的配樂，記憶裡最美好的聲響。鑰匙屬於一只古老的檀木櫃，裡面收藏著奶奶的生活零件：爽身粉、髮夾、梳子、燕窩、五〇年代的舊手提包、式樣古老而厚重的首飾，包括曾祖母遺留的耳環和手鍊；三張少女時的照片，封在一個花布包裡；女兒送的布料，她一塊一塊疊著，過年時叫我送到裁縫那兒，按照舊尺寸舊式樣做套衫。前幾年搬離老家時，我向奶奶要了那串鑰匙作紀念，只可惜，它再也打不開童年的門。

鑰匙終於找到，可是鑰匙圈上的飾物卻不見了。這真是詭異，鑰匙一支也沒少，飾物卻被夢取走了。兩個男人使用比找鑰匙更長的時間輪流下去掏，弄得滿頭大汗，最終宣告放棄。我拿著失而復得的鑰匙，忽然覺得它變得很沉重。

這麼一串不起眼的金屬，竟然掌握我所有活動的範圍。它捍衛私祕的空間，一旦失去了，就等於失去入門的通行證，以及所擁有的空間。冥冥中似乎有個主宰，祂理解我對鑰匙的依賴，想跟我開個玩笑，只取走鑰匙圈的裝飾，鑰匙仍舊歸還原主。

以前辦公室那兩道曲折的鎖，我從來不曾打開過。只要同事外出，我便被鎖在門外。那道門有兩個鑰匙孔，聽說開門的訣竅是，上方那個孔先右轉兩圈又四分之三，把手輕輕往內一推，下方的同時左轉一圈。理論如此，實則我從未打開過。四分之三圈實在很難掌握，設計這種鎖的人也許經歷過許多被偷的經驗，才會想出這麼刁鑽的構想。聽說換了這種高難度的鎖以來不曾遭竊，那鎖確實阻擋了竊賊，卻也同時為難我。竊賊分明是高明的鎖匠，深諳設防的竅門。不過再複雜的鎖也是人類的構想，總有一天，那樣的鎖也要被高明的竊賊征服。然而最高明的開鎖技術，也無法打開那扇童年之門。

小時候一家九口共用一把鑰匙，出門時，鑰匙丟進鞋櫃的角落，壓在一雙無人穿著的鞋子下。家人出門都不帶鑰匙，或許這也是我沒有把它當一回事的原因。其實我們家裡的鎖極其簡單，一道木門，一個鑰匙孔，木門形同虛設，竊賊真的要進門，一踹便開。

搬離老家之後，經歷幾次開鎖的教訓，有備無患，我把備用鑰匙反貼在鐵門後，用透明膠帶固定，膠帶果然撕了又貼，貼了又撕。在現代文明的機制中，我無疑是個不合時宜的人。最好的門應該像是阿里巴巴和四十大盜的故事情境，設定密語，大門聽聲辨人，語言取代鑰匙。怕只怕遠遊者忘了回家的語言，鑰匙找不到鎖，主人像賊一樣要破門而入。假如每個門都設定一個key word，離家和回家都要發出一組門能辨識的唇語，以最私祕的語言通關，那這個被冰冷金屬上鎖的世界將會變得有趣溫暖。key word，關鍵字，通關的詞，就像要從網路獲得資料，必須擁有打開資料庫的鑰匙。

可是語言既是鎖，也是鑰。謎就是語言的鎖。小時候我們喜歡猜謎，先要被囚禁在語言的迷宮裡，轉啊繞啊，在茫茫的《辭海》裡尋找解謎之鑰。我們不時要求暗示和指引，有時好像靠近了謎底，彷彿一伸手就摘到了結果，有時又像在沙灘尋找一顆遺落的珍珠，茫然無頭緒。這樣的語言遊戲不正是成人世界的模擬？情侶總在猜測彼此的心理，想盡辦法攻入對方緊鎖的腹地。我們在語言裡角力，設法打開對方的心扉。你在暗示甚麼？是情侶最常拋出的問號。甚至在夜裡輾轉之際，仍在尋找對話中的隱喻暗喻，我們其實是在尋找，那支進入彼此心房和語言迷宮之鑰。

其實失去了有形的鑰匙並不可怕，不過花點小錢請鎖匠開鎖。可怕的是無形的枷鎖。德國的朋友要我寄個笑袋給他。我得了憂鬱症，他信上寫道，這裡一年才有一個月的陽光；週遭沒有人聽得懂我說的話，他們試著跟我交談，可是看來都在咬牙切齒，德語好像要先把沙子含在嘴裡才能發音。你寄個笑袋給我吧！雖然是很蠢的事，卻是救我的唯一方法了。

我到處去打聽這種東西，結果只找到會笑的娃娃。可是娃娃會笑也會哭，似乎不適宜憂鬱症患者。而且我深信，即使找到，也不會有多大的助益——朋友是因為丟失了釋放憂鬱的鑰匙，才會陷入孤援無助的絕境。他覺得好像被幽禁在一個密閉的空間，只能感受到驚恐、痛苦和焦慮；房子裡有個影子老蹲在陰暗的角落注視他，見他流淚便愉悅，他不敢使用刀子，不敢開煤氣。不要寄百憂解給我，沒甚麼用，他說，我需要的是發笑的動力。

我試著去貼近那樣的感覺。大概像是電梯故障的情況吧！自從那次被困電梯的經驗之後，有很長一段時間，我不敢搭電梯。那種被幽禁在一個狹小的空間，推進絕境的無助，變成生命永恆的陰影。就這樣被懸在半空中，上不去，下不來，更走不出去，唯一能做的，是盯著按鈕等待。漫長的等待。窒息的恐懼蔓延開來，特別是看過電梯夾死人的新聞，死神彷彿就藏在電梯裡。

然而電梯避無可避，日常生活的空間構成，就是大樓與大樓，電梯是上班與回家的必然路徑，一個人坐電梯時尤其心驚。電梯上來時首先我得確定它把地板一起帶上來。進入那個空間，人就是短暫的囚犯。住家的舊電梯不時會發出力不從心的怪聲，總像有人在耳邊恫喝，那聲音總讓我頭皮發麻，神經緊繃。懸在半空的不只是電梯，還有我忐忑的心。

憂鬱症是這樣的嗎？幽禁在無法開啟的密室，與死神比鄰。朋友說週日在教堂禮拜時，古老優美的聖歌中，那困頓絕望才會稍離。但他寫道，我明白那並非長久之計。我彷彿聽到有人說，他該去尋回那把遺落的鑰匙。

也許我們一生都在尋找鑰匙，解開身世、宇宙和基因之謎。從小我就喜歡拋出問題：只要不把飯粒灑在桌上，為甚麼一定得用右手吃飯，而不准使用左手？狗為甚麼半夜發出奇怪的嚎叫？神吃過拜拜的東西，怎麼還是原來的樣子？晚上吹口哨為甚麼會招來鬼魅？為甚麼把釋迦放在米缸，會熟得比較快？為甚麼大人都告誡小孩子，手指月亮，第二天耳朵會留下傷痕？為甚麼父親說我是母親在河邊洗衣服時撿來的？為甚麼……無數個為甚麼，給我滿意答案的人總是奶奶。她彷彿握有開啟宇宙奧祕之鑰，像所羅門王懂得與動物溝通的語言，有時她吆喝那隻咖啡色的黑狗：要死了，這麼臭還敢回來，到哪裡撒野去了，啊？

下午她坐在椅子上打盹，西曬的陽光從窗口鋪下一條金黃的地毯，她坐在籐椅裡，像是一尊罩著金衫的佛像。古老的掛鐘敲五下，她便醒來，對著空氣說一陣話。常常她邊摸索著牆壁前進，邊自言自語。我問她和誰交談，她說房子裡的祖先。祖先會告訴她許多她看不到的事，每當她在老房子裡行走，那串貼身的鑰匙便在老房子裡和祖先說話，有時是一聲輕輕的回應。匡噹。有時候則是一疊聲急促的噹啷叮鈴噹啷。她帶著鑰匙餵雞飼鴨，洗碗洗衣，把幫浦的水搖上來，注入洗澡池裡。水聲和鑰匙的混聲合唱像是古老的歌謠，迴盪在耳壁。

我喜歡那串鑰匙，它們敲醒每一個童年的早晨。總是在夢寐之際，金屬的撞擊聲沿著黎明的邊緣輕快的走過，我聽到隔壁櫃子打開，拉抽屜的聲音；鑰匙懸在孔上盪鞦韆的悅耳歌聲；

知道剛起床的奶奶或許在抹爽身粉，或許梳好頭髮正在找髮夾，便安心的再度睡去。吃壞肚子，她鄭重的從中間抽屜摸出一瓶霍香正氣散，讓我摻水喝下。還有一瓶特效鐵打藥酒，濃冽而辛辣的中藥味充滿了抽屜，薰得我過敏的鼻子哈啾個不停。那次從芒果樹上摔下來，就是這瓶藥酒醫好我扭傷的腳踝。

當然還有私房錢藏在餅乾桶裡，每隔一段時間她就叫我數一數。難道那些錢會在抽屜裡繁殖，或是逃走嗎？我好奇的想。也只有在數鈔票時，我才有機會拿鑰匙，大部分時間它貼緊奶奶，成為她身上的配件，就像髮夾或是手腕上那只玉鐲。這時候我像阿里巴巴聽到四十大盜的密碼，獲得開啟寶庫的權力。我迅速旋開奶奶指定的抽屜，並且想趁她發現之前，打開最底下的那層——可是奶奶的耳朵靈得跟蝙蝠一樣，我好奇的眼睛從未得逞。謎底揭曉時，我已離家，據說那裡面收藏著曾祖父的水煙斗和曾祖母的髮髻，以及滾來滾去的壁虎蛋和蟑螂屎。

我從好些電影裡看到最尖端的鑰匙，竟是視網膜掃描和語音的頻率對比。這個發現令人充滿期待，出門從此不必害怕鑰匙逃走回不了家，也不必擔心竊賊闖空門。只要學四十大盜往門口一站，喊一句只有我和鎖才知道的密語：芝麻開門。

——原載一九九九年十一月四日《中國時報》

（本文獲第二十二屆中國時報文學獎評審獎）

節奏

接到一封信。一封長信，足足寫滿六張航空信紙。不是甚麼浪漫的情書，它的內容是教導我如何過馬路，以及怎麼放慢速度過生活。

我讀了兩遍，手和眼睛都有些倦意。眼睛疲累是因為朋友簡直可以驅鬼的潦草字跡，可是，手呢？航空信紙應該很輕，為甚麼我覺得手瘦？大概是朋友的感慨太沉重了吧！字裡行間滿溢沉甸甸的憂愁。妳真有本事，這麼慌亂的都市妳有本事住十年。他這麼寫著。整整十年啊，妳過的是這種不要命的生活？

我扯著信找衣服，眼看就要遲到了。穿好了上衣，我卻拎著筆挺的西褲，對著一櫃子的衣服發呆。突然發現長久以來被自己冷落的裙子，大部分還沒機會穿一次，就又得封箱換季了。這麼一蹉跎，跌跌撞撞的衝下樓去，還差點就把半截頭髮送給了門，手裡一串七嘴八舌的鑰匙也在嘀咕，一疊聲催促「快快快」。我卻聽到心裡悲憫的嘆息：這樣慌亂的生活，如何能穿出裙子的優雅呢？寧願打入冷宮，也不要糟蹋它們浪漫的風情。再說，長褲看來很俐落，而且，也挺適合我大剌剌的腳步吧！

快手快腳離開車庫，管不了要熱車一分鐘的討厭叮嚀。車子不熱可我的心像熱鍋上的螞蟻，著急的關係吧，一路上我擦著額頭的微汗，微微失神。瞄一瞄手錶，又遲到了。嘆一口氣，心裡分明很急，我卻耐心的等紅燈，也沒有數這個討厭的燈究竟紅了幾秒鐘。看著過馬路的人潮，又想起了朋友。

從來沒有見過面的朋友，遠從赤道來台北，第一次見面，他就被我嚇壞了。不，應該說，他同時被台北的交通和我嚇著了。我們約在一間轉角的咖啡館，談話的內容和沒甚麼個性的咖啡館一樣乏善可陳。原來我們都習於紙上談兵。結帳之後，兩人便站在金山南路與和平東路交叉口，準備各走各的。燈一轉綠，我跨步就走，卻在馬路中央硬生生被朋友扯住。朋友氣洶洶的樣子像是我欠了他一百萬沒還。我不知為甚麼也就順勢被他拖回路邊，讓他當街數落我。根據朋友的形容，當時左後方和右前方都有來車，我走在車陣中的樣子簡直在衝鋒陷陣。妳以為妳是坦克嗎？啊？他在喇叭聲中扯開喉嚨逼問我，妳真的那麼趕，要去和車子爭馬路嗎？

我必須說明，當時我確實遵守了台北的交通規則，可是，這位朋友習慣了馬來西亞的交通設計——只要紅燈，前後左右的車輛都會全部停止，因此當他發現還有車子在穿梭——而我竟然像條魚一樣游過馬路，他的火爆脾氣立刻炸開來了。我自以為當時走路的姿態頗為從容，也許不及鶴舞那般搖曳生姿，那麼不食人間煙火，但是，至少不像坦克吧！然而沒有時間解釋了，我已經挪用了下一個約會的十五分鐘，性急的指導教授恐怕早已不耐煩，我怕他把頭皮搔破，頭髮搔掉了，便無辜的對朋友笑了笑。低姿態果真奏效，朋友當我默認和求饒，立刻熄火放人。這個複雜而無辜的笑，實在百味雜陳，恐怕連我自己也說不完整。

來自赤道的朋友果真熱心，回去之後不久，又寫了長信諄諄勸導。總而言之，他希望我珍惜生命，不爭一時爭千秋嘛。我像小學時被老師誤解那樣，一句反駁的話也掏不出來，這才發現想像力竟然見底了！腦袋裡裝滿了教材，以及因為作業改太多，襲用了被學生那種似通未通的句子，還有一些是新新人類的語言和網路專用語彙。有時學生和我通過電腦的無聲交流，通常無厘頭的嬉笑成分多，正經的學問討論少。本來頗有景深的腦袋，已經嚴重平面化；有文字潔癖的眼睛，竟然已經習於閱讀垃圾語言，那些充滿朝氣又熱情的學生，在短短的兩個月就把我徹底改造，並且很有成就感的表示，老師的學習能力很強，勞改的成果令人非常滿意。

我甩甩頭，發現腦袋果然和體重一樣減輕不少。這樣說來，被減掉的腦重就是珍貴的想像和創造力了。唉！此刻我掂著朋友很有分量的信件，尋思該如何落筆，才不會辜負朋友的一片苦心。然而腦袋很輕，盡是一些沒有重量的句子在打轉。一轉頭，牆上那幅嚴肅的「二貓一鼠圖」突然讓我靈光一閃，一個聰明的念頭跑出來跟我扮了個鬼臉，啊哈！我找到理由了。很簡單，我在台北生活呀！朋友過的是馬來人時間，馬來人優閒慣了，時間當然比台北舒緩。相較之下，我的步子因此顯得狼狽，有失優雅了。我快樂的吹起口哨，用充滿力道的筆勢理直氣壯回信。除了感謝他的關心，我對於自己的坦克形象耿耿於懷，因此措辭頗為強硬，還順便還他一記回馬槍：你閒得一天洗六次澡，我頂多洗三次，顯然手頭上的時間比我寬裕，況且，你還有空寫六張信紙教訓我……寫到這兒我遲疑了一下，把教訓二字改為教誨，以免顯得自己太不領情，也太驃悍了。

信封好，貼上郵票，我卻有些失神。桌曆提醒我今年很快就要被趕走了，而我是安置在時間這張弓上的一支箭，很快的就要被射到明年的時間疆域裡去，再也不可能回頭。雖然不情願，卻也沒有選擇的權利。這樣我便想起自己和時間的曖昧關係。

時間到底在哪裡？我環顧大得近乎空洞的客廳，赫然發現家裡最大宗的裝飾，竟然是時鐘，它們站在桌上，坐在床邊，也掛在牆壁，甚至電話上也有液晶鐘在跳動，隨時提醒我時間四處蟄伏。我逐個檢視它們，咦！到底哪一個才是標準時間呢？每個時鐘都用自己的節奏在行走，我愈看愈迷糊，也有些眼花，寧願沒有發現這個可怕的祕密——可是，一旦知道，我就非追究不可。我把五個手錶一字排開，不得了，竟然有五個不同的時間，簡直在造反嘛！我有點氣急敗壞，活了那麼久，第一次發現時間不一致的可怕。難怪我的日子總是過得顛三倒四，活在那麼紊亂的時間裡，生理時鐘當然不正常，怪不得感覺總是處在極端，不是很累就是睡得太多，常常餓過了頭，也常吃得太飽。顯然是時間感不對，感覺才會出錯。那些不同的時間很像不同的生活節奏，在朋友而言，那快的就是我，慢的是他，然而我也分不清楚快和慢的分際在哪裡，至少被朋友教訓之前，我以為自己是要被步調快速的台北人唾棄的懶惰鬼。

那還是住在新店山上，我常半跑著去追社區公車的時候。至今我仍無法說出那足足五年的時間，究竟是優閒還是匆忙。趕路常常是為了留下更多無所事事的時間。那個偏遠的社區，回到家之後沒有聲色娛樂，最好的休閒就是栽進軟軟的椅子裡，用很長的時間讀報紙，讀信，甚至把廣告函也仔細的研究一遍；然後跟兩隻貓講一些八卦，發點牢騷；再用很多的時間洗澡，常常泡著泡著就睡著了。醒來時，熱水早已涼了，只有六種精油調出來的香氣，薰出遠離塵世的迷離，一種幾近頹廢的快樂。

離開那個被朋友戲稱隱居的地方似乎好久了，我仍然懷念那樣接近無趣的日子。朋友戲稱我教書只會誤人子弟。可是，就算是誤人子弟，那樣緊迫的生活步調，卻過得連做夢都嫌奢侈。從星期一開始，我就期盼星期五。沒有課的時間，允許我充分施展勞作了四天的瘦骨頭，早上非得賴到我覺得抵得過四天來的勞作，才考慮起床。遇上陰天，乾脆睡死算了，反正起來看到老天一張哭臉，不如繼續與夢纏綿。也許平時花太多力氣講話，回到家後，便十分抗拒有意義的聲音。現在連音樂都嫌吵，千挑萬剔，聽剩一張名為《輝煌時代》的電影原聲帶。那十二首音樂簡直專門為催生懶人而作，每聽一首，四肢便慵懶一分，越聽越沒有鬥志，好像每一個音符都是一隻懶惰蟲，那些蟲子透過靡靡的軟調鑽進細胞裡，最後連思考區域都被侵佔，聽得人意志渙散，三魂六魄乖乖軟軟的黏在那酥酥的音樂裡。

我要那麼準確的時間做甚麼呢？腕錶和時鐘不過是時間的飾物，裝飾時間也同時裝飾自己。腕錶看來其實更像手銬，我們是囚犯，揹負著許多記憶的包裹，就那樣被時間一直拖著往前走。那只對約會才有意義的準時，與我的生活絲毫無涉，因為身體裡面藏著一個節拍器，在每一個不同的地方，自動會轉換不同的節奏生活。

在台北，我的腳步打著急促的拍子跟著一個個快速慌亂的音符急走；回到家裡，是一種接近爵士樂的隨意和即興。久久回去赤道一次，在那令人昏睡的高溫調教下，我的節奏變得和流雲一樣不可理喻。而我從赤道來的朋友也許是習慣了那麼徐緩的節奏，一時無法接受我被台北訓練出來的搖滾節拍。他如果知道我在家裡用那麼遲滯的速度過日子，也許又要大喝一聲：妳真的那麼累，非得賴到太陽照屁股不可嗎？

——原載一九九九年三月二十一日《中國時報》

藏魂

這裡是五樓，平時就無法吸引熱鬧的腳步聲，架上硬梆梆的思想哲學類書籍一臉孤寂，彷彿在守候一位皓首窮經的學者。一位，我相信，只要一位，就可以滿足它們的苦苦等待了。只是這裡空氣太冷硬，一直都很少訪客。順著索書號一排一排巡弋下去，連續的號碼顯示，借出的書大致都已完成做報告，或被閱讀的使命，陸續回到屬於自己的容身之地。流落在外的，應該正在伺候進度落後的借閱者，或者應付一些高難度的學術課題。

寒假期間的圖書館，呈現一種難得的閒逸姿態。這一棟半圓形的八層樓建築，環壁皆書，中間留下跟應用坪數相等的半圓形空間。從五樓俯望，偌大的建築顯得十分空洞。尤其在下著寒雨的黃昏，窗外的濕氣彷彿都滲透書頁，陰冷盤踞了多餘的空間，恍如進入一座潔淨，但森冷的納骨塔。整齊有序的書本，宛如一個個編號的骨灰罈，罈子裡都裝載著作者的魂。也許讀書的心都冬眠去了，這些思考宇宙大道，辯解生命本質的沉重書魂，都顯得有些黯然。我和所有放假的學生一樣，並沒有閱讀的心情，也不想和它們招呼或交談。電梯上來，門空空的開了，然後又空空的關上。整個五樓只有我和我的影子，這些書魂一定十分納悶，造訪者除了找資料做報告，或是純為閱讀的樂趣之外，竟然還有一種像我這樣，是帶著懷舊心情來逛圖書館的。

那段工讀的日子，這裡和宿舍以及教室形成活動的鐵三角，我的生活就框限在這三棟建築所圍成的等邊三角形裡。宿舍太擁擠，我把上課以外的時間都封閉在安靜而寬敞的圖書館。圖書館的角色取代了宿舍，宿舍只是洗澡睡覺的地方。我貪圖它的靜謐，倒不全然為戀慕知識而來。有一個學期申請到圖書館的研究小間，不是工讀的時段，我就躲在裡面，把所有的聲色囚禁在小小的房間之外，享受完全私祕的個人空間。有時候對著房間裡只屬於我的寶貴空氣發呆，累了就抱著偷偷帶進來的小枕頭假寐。大概是安靜的空氣容易滋生睡蟲，也可能是小枕頭催生的睡意，我常常就這樣不自覺的入夢。然後，在閉館的音樂聲中被叫醒，閱讀進度全然荒廢，睡得飽足的心情卻長了翅膀，真想把藏身圖書館的苦悶書魂全帶出去，呼吸幾口清涼的空氣。

我通過文字開啟深邃寬廣的知識世界，同時釋放囚在罈子裡的書魂。我們的交談安靜而無聲。這種滅音的交談沒有負擔，對方的想法不盡完善，就在架上搜尋互為補強的觀點，讓不同意見的書魂去辯駁。年輕的書魂總是按捺不住脾氣，氣勢凌厲且偏激；老書魂則不動如山，總能敗部復活，在逆境裡扭轉乾坤。讀書比看戲更令人著迷，難怪有不少人一輩子埋首書堆，活著的時候就心甘情願把自己埋進納骨塔，想來精彩的書還真有勾魂攝魄的魅力。可惜我沉不住氣，無法忍受把青絲讀成白髮的漫長寂寞，更沒有耐性去和那些意見紛歧，知識廣博又熱愛討論的書魂一一舌戰。許多時候我是來瞻仰那些遠古的書魂，或許從它們身上打聽到一些小道消息，譬如有哪幾個學者曾被它們徹底制服，用一生的精力鑽研一部原本塊頭不大字不多的《左傳》，把它又箋又注的，變成讓後人看了都要吐舌頭的大磚。

這樣深厚的文化積累總是讓我很快就產生疲憊，所以不想閱讀時，我便瀏覽書名或看看封面設計，私淑魏晉的人物品評。足以留下印象的，大概都是面相突兀，要不就是名字怪異之輩。我一直無法忘記《傅科擺》，這三個字鑲嵌在我腦袋的每一道皺褶，每晚睡前它都蹦出來，連續在我腦海擺了一個多月，擺得我頭暈目眩，直到另一個更新奇的意念冒出來，它才逐漸被取代。奇怪的是我始終沒有閱讀它的慾望，只是那三個字的奇異組合充滿曖昧和想像，大概這也是它讓我魂縈夢牽的原因。

另外一本是元朝鍾嗣元寫的《錄鬼簿》。書裡載錄了許多善於音律的元曲家，如今他們全都變成了鬼，只有傳下的元曲可以讓他們不朽，而那些連作品都遺佚的，便真的成為永不超生的鬼魂了。尤其六樓有幾盞光線薄弱的日光燈，當它們眨著疲累過度而跳動的眼皮，一閃一閃的燈光喚醒了那些沉睡的書魂，一時之間便錯覺圖書館擁擠了起來。

然而圖書館也有令人無法忍受的時候。那是期末，每個人帶著焦慮進入這個密閉的空間。在電腦鍵盤上搜尋書目的手必須快速而敏捷，因為後面通常還有等待使用的人，那種無聲的壓迫會令人心慌。我寧願耗費時間去查書卡，也不想被傳染那種緊張。找書查資料的人即使交談，也刻意壓低聲量，只有書本被搬動的輕微聲響是合法的。待久了，我總覺得頭腦會不斷腫脹，總要適時地出去透透氣，讓頭腦冷卻，神經鬆弛。從對面的草坪望去，孤立在夜空的圖書館真的很像一座現代化的納骨塔，居住在裡面的古今書魂，此刻正忙於應付川流的讀者，人與魂共處的擁擠空間，總令人感到不安的吧！

其實熱鬧的圖書館毋寧是一件值得慶幸的事，它的存在本來就是要吸引更多人進入知識的腹地。可是知識的追求卻又應該是寂寞而孤獨的，這樣才能淬礪出一種屬於知性的卓絕特質。熙攘的圖書館令我聯想起菜市場，大家來購買一種叫知識的商品。因此我絕少在三樓的雜誌閱覽室逗留，那裡無時無刻都有熱中於資訊的人在追逐當月的潮流。

對圖書館而言，每一個身影都是過客，唯獨那個瘦削的中年男子，幾乎以圖書館為家。男人的身形，怎麼看都嫌太薄弱。但他對知識的渴求令人訝異，從一樓到七樓都有足以激發他無窮讀慾的文字。為甚麼他對知識有如此龐大的胃口？他是教授嗎？甚麼樣的研究領域需要這麼豐沛的閱讀？我沒有機會解開自己的疑問，他微禿的頭永遠埋得又深又低，既是拒絕打擾的明示，又彷彿在膜拜。他是書魂們的知己吧！或者他自己就是從書本出走的遊魂？

圖書館留給我的記憶，更多是非關知識的。那是在圖書館尚未全面電腦化的時代，書後總會附一張記錄卡，留下借閱者的名字和學號，以及借還日期。我偶爾在那張記錄卡遇見已經畢業的朋友，好像茫茫人海中突然看見熟悉的臉孔，便有些雪泥鴻爪的意外和驚喜。然而也有遇上惹人嫌的，那本借來的書於是連帶遭殃，草草翻閱便算了事。

有時候在借來的書裡發現一張卡片，或者一張紙條。我對這些陌生人不經意遺落的祕密總是非常好奇。曾經有人遺下一張塗滿三字經的字條，粗野的措辭，潦草跋扈且火藥味十足的字體，讓我挨了一頓莫名其妙的罵；也有人留下問候的卡片，在歲末的寒風裡，它溫暖了一個寂寞讀者的心。還書時我便把那張卡片一併歸還，讓它繼續問候下一位借書人。

圖書館的左半邊向來比右半邊寂寞。那裡都是鮮少人問津的外文書，紅色的索書號勉強為它們增添一些熱鬧的色澤。通常我把大落大落的書搬到這裡，躲開徘徊於右半邊頻繁的干擾腳步。離開圖書館時通常只帶走做記錄的卡片，讓那些染過手汗，留下陌生筆跡的書本回到架上。年代久遠的藏書，總有些許歲月的霉味，翻閱時那陳腐的氣味會不斷擾亂思路。最怕遇到那種字裡行間劃線和寫滿眉批的，這些不禮貌的插嘴嚴重干擾我，何況嘮叨的通常又是無關痛癢個人情緒。我翻過一本金庸的《飛狐外傳》，竟然有人把比武招式畫在空白處，一本武俠小說儼然變成練武祕笈，我想那人一定是鑽研過胡家刀法，在此與寂寞的書魂過招。這本圖文並茂的武俠小說箋注顯然頗為搶手，我好幾次想仔細研究那些圖解，卻都徒勞而返，也許被有心人借去認真揣摩了。

在圖書館工讀的時間不長，但卻發現有一些書特別孤獨。太老太舊、沒有標點、內容太硬，厚度足可砸死一隻小狗的，書後的借閱記錄都接近空白。一本《越絕書》，算算只有四個人借過，離我最近的借閱時間是在兩年前；另外一本因做報告需要而覓得的《六韜兵法》，藏在架子底下的角落，那種樸素至極的封面，一看就知道是上了年紀的藏書。翻開後面的記錄，上一次的借閱時間就在去年冬天。那人連著借了兩次，顯然是個對兵法有興趣的讀者。然而，甚麼人會在寒冬研讀一本兵法？那讓我想起古代在大雪紛飛時，搓著凍僵的手，呵著氣，寒窗苦讀的書生。

此刻我在開著暖氣的圖書館，寒流被抵擋在厚厚的玻璃窗外，卻看不到苦讀的學生。洶湧的人潮早已結束於期末考。這時候連寥落的腳步聲都聽不到，電腦前面的椅子是空的；一樓的閱報室一反以往人等人的盛況，只有三個人在讀報，連翻動報紙的節奏都有些懶散，窸窸窣窣的聲音像是昆蟲在囓咬時間。放假了，一切都變得從容起來，不會有人站在背後硬是要一起分享私我的閱讀空間，也不必覬覦別人霸佔了那麼久的報紙。我慢條斯理的翻，一份一份讀，卻覺得空蕩蕩的圖書館有些詭異。

起身離開報紙，我放棄電梯，再次慢慢的走上樓。每上一層我便停駐片刻往下望，有甚麼不對嗎？是了，是空氣的密度不一樣，人少書多的圖書館，空氣的浮動應該像波浪那樣自在的吧！可是此刻空氣卻因過度安靜而緊繃。平時書架上疏落的空間，被緊挨著取暖的書本取代。也許靠緊一些可以排遣無人交談的寂寞。那些鮮少與人打交道的冷僻古書，總有一股被打入冷宮的怨氣。我的目光停留在《錄鬼簿》上，忍不住再次打開它。這是一本乏人問津的書，連封面都被時間穿上灰衣。那些元曲家的名字在我眼前匆匆跑過。跑著跑著，忽然覺得這本書變輕了，那些元曲家大概全都化為出走的魂，在空曠的圖書館閒逛了吧！

我牽著我的影子下樓，沿著樓層望過去，閱報室的人都已離開，圖書館於是愈顯冷清。我打開傘，如果有書魂尾隨，也順道帶他們一程。

——原載一九九八年十一月二十一日、二十二日《自由時報》

六月

我把滾燙的洛神花茶遞給朋友，坐下，喝一口茶，嗯，陳皮放太多，冰糖的甜味被淹沒了，剩下濃重的苦澀，而且太燙，舌頭微微受了傷。燙昏了頭，我喃喃地說，六月，是空洞的月分。他不可置信的樣子，說，分明忙得連打電話的時間都沒有，哪來的空洞？

我一拍手，嘿！對了，這就是沒有打電話的原因。忙和空洞，基本上是兩件事。一個字一個字慢慢的說完，我又喝了一口茶。這茶不對味，話題也該轉個彎，於是我建議離開剛才的話題，走進黃昏的校園。

我們沿著五館旁邊的紫荊花道散步。花已落盡，夾道綠蔭裡，鳳凰花的豔紅顯得分外搶眼。偌大的校園空蕩蕩，草地上立著一隻鷺鷥，兩隻黑狗結伴躺著，和鷺鷥相安無事。淡淡的晚雲覆在草地上，圖書館橘黃色的燈光一打開，寂寥的校園便溫暖起來。學期快要結束，輕鬆感漸漸瀰漫了校園，學生的話題開始圍繞著暑假打轉，我的思緒卻是一片空白。

四月底博士論文初稿完成後，我就在這種飄浮的狀態下生活。大半年來，博士論文成了我的地心引力，除了上學備課改作業，剩下的時間都坐在電腦前，敲打著鍵盤計算論文的進度。處理的論題是亞洲華文散文的中國圖象，心情也無法輕鬆。如此沉重的信仰，也算是一種獨特的生命風格吧！像我這樣從生命到心情都屬於蒲公英的人類，在這年頭也不多了。每當有人問我甚麼時候返馬，我總是支支吾吾，潛意識裡彷彿是拒絕回家的。學生喜歡問我總共回過幾次家，說了數字，他們總要嘩嘩叫，顯然次數是不可思議的少。對於每逢佳節都要返家被爸媽看一下的孩子，我的行徑是難以理解的吧！因此那些以中國為信仰的作者，總是讓我感動，甚而感嘆起來。寒假才開始，就巴望著暑假又可以回家的留台朋友，數落我的罪狀時不離「忘本」、「不孝」、「不愛國」等等。反正我也不在乎，有時還順著他們的話頭說，還好你不是我老爸，還好，還好哦！語氣流露出十分慶幸、萬分感激的情態。

到了真正進入寫論文的拚命狀態，回家的問題變得很好打發。與資料周旋的日子，人的情感變得格外遲鈍，精神卻特別專注。那是一種純粹的狀態，思緒清明，無夢而酣眠，瑣事輕易打發，自然也不會想到回家這麻煩事。每次回家都要經過好長一段心理建設，演練再演練回家的細節，甚麼事也做不了。沉淪在論文裡，或者被論文麻醉的專注狀態，也算是另一種修行，和深秋初冬之交，洋紫荊的開放一般心無旁騖。

論文動工時，正值紫荊花開。溫度漸冷而花事愈盛，轉進校園，右邊的教職員宿舍一片花海。常常我放慢速度徐行，時速約莫二十，後面的車子很有耐心的慢慢跟。為了那片花海，午休時間不餓也去買便當。穿過花香進入食堂，就像從天上掉入人間；提了便當出來，則從人間返回天上。這種時空錯亂的遊戲我玩了兩年，雖然前後不過十幾分鐘，卻是到元智教書最愉快的事情。

雨天穿過花道，濕濕的地磚躺滿花屍，遠看水汽迷離，白色屋瓦灰磚牆的教職員餐廳爬藤疏疏落落，沉靜的氣質很像法國的鄉下小屋。這間像世外桃源的地方內裡卻是人間煙火，它是一首矛盾而歧義的小詩。進入和淡出的過程恍若隔世，有些死而復活的荒謬感覺。踩過滿地落花時，尤具殘酷的美感。花事最盛的十二月，紫色的香雪海鋪天蓋地。寒流來時若逢微雨，花香和雨絲撩撥得鼻子好癢，走出花樹林了還直想打噴嚏。豎起大衣的領子呵一口白霧，隱約還聞到髮茨間私藏的花香。從論文肅穆的世界暫時退出，思緒變得平和，多餘的情緒過濾得乾乾淨淨，精神因此而專注，因此心無旁騖。

學生之間流傳我每到中午便換了一個人似的，從教職員餐廳出來，我對他們的招呼視而不見。大概是餓昏頭，或是血壓太低了，這是他們私下得出的答案。最近上莫言的〈神嫖〉，說到季範先生在槐花盛開時，總要在槐林裡遊蕩幾天。槐花盛放的狀況呢，我略一停頓，就像是我們校園十二月的紫荊花海。

如今回想，不過是半年前的事，怎麼就像另一個自己？那麼專注耐煩的自己真是陌生，連傷感的時間都沒有。每天睜開眼睛，昨晚才寫的段落就在腦海浮現，臨睡前最大的快樂是看自己敲出多少個字，數鈔票都沒這麼積極。兩百頁左右的書稿從一月放到六月，有時翻出來看一看，摸摸信封，像安慰它，隨即又置回書架。除了論文，再沒有甚麼可以讓我分心。

過完寒假回到學校，紫荊花色減半，論文愈寫愈緊張，彷彿有人拿著刀子抵在背脊。因此後來花色如何凋萎，綠葉何時成蔭，全沒留神。只是覺得陽光愈來愈亮，衣服變單薄了，一年沒剪的頭髮放下來可以演貞子，瀏海一蓋簡直不分前胸後背，連自己都被鏡子裡的人嚇一跳。往昔沒課一定要賴床的習慣改了，由於血壓低，早上的智商也相對低，即使起床也處在半瞌睡狀態。三、四月時竟連半瞌睡狀態也能讀資料，或是修改章節，我倒是對自己刮目相看起來。朋友的來信都躲進研究室的抽屜裡。E-mail能省則省，草草回兩行，也全是言不及義。論文論文論文，我對它愛恨交加，漸漸又生出一點小小的虛榮。這是一件多麼正經的事。寫論文。說出這三個字，聽者莫不肅然起敬，也許還帶著點同情，知道那是不得了的苦差和工程。找我評審和演講的人多半會改變心意，還自覺打擾了，抱歉個不停。

寫論文像蓋房子，一磚一瓦按照架構疊，藍圖全攤在腦海裡。大工程果真耗神費力，開始不覺得，三個月後無夢酣眠的好日子過去，每晚夢境亂無章法且荒誕離奇，藥膳全制不住它。這才醒悟，原來開始的好眠是藥效起的作用。

開始寫論文喝一種安神湯，紅棗黃耆加枸杞煮水當茶，後來覺得太單調，有時加兩片當歸，或是幾片人參。煮藥漸漸也有了心得，花樣愈變愈多，桂圓紅棗茶、菊花枸杞茶、洛神花加陳皮和冰糖。看似麻煩，其實去一次中藥店全部抓齊，往大冰箱一塞，可以用兩個月。煮藥寫論文，不知道論文聞起來有沒有藥味？

寫論文桌上照例要放杯茶，開始只喝烏龍，以及日本帶回的綠茶。入春以後，暖和起來的空氣帶著甜味，薏仁湯、紅豆湯、冬瓜紅棗湯、白木耳蓮子紅棗湯輪番上陣，這些是小時候母親煮過的甜湯，它們的甜彷彿可以排解一些寫論文的苦。本來就坐不住，為了那鍋甜湯，隔十幾分鐘就去照看一次，寫論文反倒成了打發等湯的時間，如此本末倒置，進度也更令人懊惱。不過論文有了甜湯作底，不知道會不會引來螞蟻？可以肯定的是，口試委員們大概也嘗不出裡面的甜味吧！

夢魘是躲在論文裡的另一個隱形章節。其實夢魘由來已久，打從碩士班修佛學研討課，寫金剛經報告時即已開始。通常是在午睡將醒未醒，或是將睡未睡之際，突然一種奇幻的力量掩至，全身頓時無法動彈。使盡力氣叫喊，自以為是高分貝的呼叫，其實只是卡在喉頭的悶哼，分明聽到馬路上的車聲人聲，而軀體絲毫使不得力。那股強悍的莫名力量令人駭怕，是因為反抗無力，也因為不理解，更根本的原因，也許是恐懼吧！

那種狀態持續一、兩分鐘，也許更短，卻覺得像是打了一場架，力氣耗盡，而冷汗涔涔。開始會怕，後來習慣了便也無所謂。唯一的不快是掙扎醒來時，有種被打敗的沮喪，漸漸也不掙扎，乾脆請對方壓夠了就好走，別耽誤我的論文進度。有一次我可真是生氣了，一連來了三、四位，看樣子是結伴來的。坐在床邊的梳著髻，站在旁邊看著我的那兩位還在討論甚麼似的，不太滿意的語氣，難道批評我的睡相不佳嗎？醒來後一直耿耿於懷，覺得這些朋友們實在太不厚道。這一群「人」後來也不再出現，我倒是有些歉意，原來他們也能與我溝通，應該好聚好散，何必發脾氣？

醫學上的解釋無法說服我，或許我執意要求一個神祕的答案吧。朋友勸我把長髮剪了，看來妳簡直和那些壓妳的人同夥，物以類聚，說不定他們把妳當同伴了。本來動了剪髮的念頭，朋友這樣一說我反而不想剪，難道頭髮還藏有紫荊花的暗香，因而引來聞香的朋友？果真如此，難得有「人」願意來解解悶，這把頭髮好歹也得等到論文寫完再說。

等到論文接近尾聲，路邊四處散落肉感的木棉花，這才發現太陽已經很毒辣了。輕鬆的感覺很短暫，取而代之的是空洞，還有些茫然。論文還沒交出去，我開始焦慮，對那張學生證依戀起來。我留戀甚麼呢？在師大停車場停車享有五折優待？看電影打折？已經很習慣學生的身分，算一算竟當了二十四年學生，嘖！不可思議。這一次算是永遠畢業了，不必再參加畢業典禮。除了國小的畢業典禮，中學、大學、碩士班我都沒參加，因為畢業是一種心理狀態，根本無須形式提醒，何況我很喜歡當學生。儘管是最後一次，我也沒參加畢業典禮的打算。

結果還是去了，因為公婆不遠千里而來。覺得一大群人坐在那裡等畢業很彆扭，還有碩士班和大學部。黑色的博士袍罩上了我的洋裝，接著披上彩帶，心裡卻嘀咕，我分明還沒口試，怎麼算畢業？博士服應該明亮鮮豔才是，烏七墨黑的多難看，竟然還罩在我的洋裝上。儀式一結束我就脫下它，吐一口大氣，好熱！

窗外的熱浪波濤洶湧，六月的陽光實在刺眼，令我想起高中畢業那年，陽光、鳳凰木、木麻黃和白色的校服，強烈的對比色交織出來的青春彩繪。許多同學在畢業典禮前兩個月交換留言冊，下課時桌上通常有好幾本疊著，精美的封面包裹著離情。寫到最後辭窮了，便陳腔濫調風花雪月一番，因為我沒有離情，也沒有準備留言冊。聽說那些發誓絕對不因離別而流淚的同學，還是讓驪歌催出了淚水。當時我在做甚麼？也許正猶豫未來，按照家人的意思教國小？還是堅持理想去留學？如果留學，那麼，是英國，還是台灣？

博士畢業算是一種特殊的狀態吧！除了工作，暫時沒有另一條路可走。別人一聽我論文還沒口試，竟在打聽博士後研究，先就露出「搞甚麼嘛」的表情。搞甚麼？我也弄不清楚。相較於高中畢業，博士生涯之後，反而是沒有選擇的，就沿著目前的生活軌跡走吧！

從研究室的落地玻璃窗望出去，中央山脈沒入夜空睡著了。熄了研究室的燈，玻璃窗立刻鑲滿閃爍的星星。躺在墊子上，冷氣和睡意同時襲來，朦朧間忽然想起，黃昏時分驅車離去的朋友，到家了嗎？

——二〇〇〇年七月

輯四

我和我豢養的宇宙

孤獨的童年時光，
常常站在鐵軌邊發呆。
鐵軌很長，
延伸到我無法想像的地方。
它送來一列列火車，
送走每一個安靜寂寥的午後。

本輯作品均選自聯合文學版《我和我豢養的宇宙》

藥癮

外出時我習慣帶個寶特瓶。礦泉水或飲料的空瓶子，扁平的或圓柱體，重新注入各式自製飲料，作為開水的替代品。瓶身標明葡萄汁，但我喝下的可能是紅棗茶。酸梅汁的瓶肚裡，裝的是薏仁湯或人參茶。自從開始喝蒸餾水，我就養成帶飲料或蒸餾水出門的習慣，六年來，除了鮮奶，絕少再喝包裝飲料。

這得感謝我們家的「遺傳」。父母親五個妹妹和一個弟弟，只要出門，一定隨身帶著水瓶。中學時英文老師賜我綽號水桶。上學時帶的一大瓶開水飲盡，中午我便到辦公室倒水。那時候沒有飲水機，學生自備的水喝完，只好買飲料。促狹的英文老師看到我就笑咪咪的，每次都用大嗓門說，水桶又來了。她一嚷，坐在附近的老師全都抬起頭來。我立刻回諸位老師一個欣然接受的微笑，反正不會有甚麼損失，不過一個綽號，能因此換取倒水的特權，總比挨渴好。這樣我便成了有特權的學生，可逕自出入辦公室倒水。

除了自小養成的習慣外，還得歸功我的敏感腸胃。那時住山上，我的腸胃常原因不明的陣痛。詭異的不明原因。除了固定在農曆七月十四或十五發作，那種痛得要急診才心安的怪毛病之外，還有超音波和電腦斷層掃描檢查不出的大痛小痛。直到買了蒸餾器，開始喝比汽油還貴的純水，嬌貴的腸胃竟然變乖，也不太鬧情緒。蒸餾器裡留下跟岩石一樣的灰白結晶體，層層疊疊，簡直是桂林山水，好一幅怪石亂岩圖。把這些岩石吃進身體，難怪腸胃要抗議。

腸胃不痛，我好像打了一場勝仗，決定遵守家族的優良傳統，成了自備開水的乖小孩。有一天早下課，經過師大路上那家中藥店，順便進去和老闆娘胡扯。大學住宿舍時，有一陣莫名落髮，中醫師給我開了藥，老闆娘每天幫我煎好裝瓶帶走。店裡有隻瞎眼的老母貓，因為看不見，出外時常撞到電線桿。打從大三就認識牠，那時牠半瞎，毛色豐潤有光澤，時常蹲在中藥店前，我猜牠大概當自己是一隻看門的狗。老貓聽到掛著鈴鐺的門被推響了就會走出來蹲在門口。

頭髮後來又莫名的不掉了，我卻成了中藥店的常客。老闆娘幫客人抓藥，我就不恥下問，成了半吊子學徒。那次也許是春天到了，也可能憑空掉下一個小時的空閒，因此心情特好，聊著聊著，就順手買了大包的紅棗、枸杞和桂圓。我有囤積食物的壞習慣，總是喜歡大採購，逞一時揮霍的暢快。大包小包的食物拎在手上，還沒開始吃就已有飽足感，是一種不愁吃的平凡和滿足。回家後痛快已過，還原的現實永遠令人懊惱，那些多餘的食物變得跟垃圾一樣，胃塞不下就要佔據狹小的廚房。

這回面對三大包藥材，我苦著臉站在冰箱前，重演上映了無數次的戲碼。咦！忽然靈機一動，我邊燒水邊吹口哨，何不乾脆煮成藥茶？原來腸胃不痛，連頭腦都會變聰明。我為自己的好點子得意許久。是呀！為甚麼老喝開水，變點甜茶喝多好。這三重食材都香甜，混合起來絕對好喝。這樣對得起良心，也解決了處置食物的難題。而且，這幾味中藥不是甚麼特效藥，總是沒病也可以理氣補血，至少會有那麼一點養顏美容的功效吧！

那年博一，我的中藥經驗，正式從病理治療過渡到藥食同源。說來話長，要從至今仍苦苦糾纏的風濕說起。

或許該怪那個天堂和地獄的混合社區美之城吧！那裡雖被朋友挖苦為鳥不拉屎的地方，我卻覺得與世隔絕的山居，還有些鄉野的生活方式，其實最適合我這種野性未泯的半進化人類。只是，它實在太潮濕。書在桌上過一夜，第二天便像海浪波濤起伏。靠外的牆壁，剝落得比樓下的那條癩痢狗還難看，而我的身體，則接收了風濕這份難得的禮物。一直以為，風濕是中老年人才有的專利，它原是長輩和鄰居最常討論的話題，我對它其實很熟悉。不知道為甚麼，它竟然選中了才二十五歲的我。

總而言之，我就是風濕了。有一天早晨起來，突然發現全身的關節不聽使喚，舉個手要非常用力，即使想跟老天爺作個投降的姿勢都很緩慢。就像老掉的門把，只要一動，關節就會發出喀拉喀拉的響聲，連穿衣服都困難。

嘆口氣，只好惶恐的承認，啊，我風濕了。帶著宿命卻不認命的姿態。難纏的頭痛分明還未打發，怎麼又來了一個需要長期抗戰的討厭鬼？

拖著一副僵硬的鏽骨頭過了將近兩個星期，忍無可忍，決定看醫生。直覺上，這種病好像該歸中醫管轄。我實在不想再吃止痛藥，市面上各式各樣可以少痛一點的藥丸我都吃過，包括頭痛得受不了時，吞下老師服用的痛風藥，當藥劑師的師母給老師開的，「據說沒甚麼副作用」。

這句話說了等於沒說，痛極時人早就喪失理智和判斷力，只要能止痛，即使毒藥我也吞下去。不過，那顆瑞士製造的橘色小藥丸竟意外有神效。也因此，除非痛得要在地上打滾，我絕不敢輕易服用。凡具神效的藥都令人害怕，那裡面彷彿躲著一個看不透的巨大陰謀，有一雙陰鷙的眼在暗處耐心等著。十年二十年後明算帳，那種先甜的後世報苦果才顯現。

不痛的時候，我這樣冷靜分析。痛極了，仍然毫不猶豫吞下橘色小藥丸。

於是我看了中藥。號稱醫學神童的郭醫師兩手把脈，所謂的望、聞、問、切我很熟悉的看診步驟，當然少不了像蛇那樣吐舌頭。中醫從舌苔就能瞭解一個人的身體狀況和生活習性，吐個舌頭就甚麼隱私都沒有。那感覺形同扒開肚皮讓人欣賞五臟六腑，或是對著陌生人傾吐衷曲。神童醫生就老警告我要早睡。睡眠不足，瘦者更瘦，而肥者愈肥。睡不好火氣特大，我沒好氣的說，不是我不想睡，是睡，不，著。

不清楚開了甚麼藥方，只知道中藥藥效慢。一連吃了半年以上的藥粉，吃得我渾身上下連呼吸都是藥味。為了少痛，只好當個乖病人。清早起來要灸穴道——點燃艾草條，分別在腳踝以上，小腿內側三吋處各灸十分鐘。二十分鐘下來，像被炭烤過，全身一股煙燻味。我總是邊灸邊胡思亂想，此刻煙霧繚繞的樣子頗有深山練功的錯覺。我至今不愛吃炭燒食物，那股味道令人委屈欲淚。吃中藥的日子最討厭吃飯，因為飯和藥是一體之兩面，吃飯就表示得吃藥了。每天都在數藥包，一天四份，好不容易藥快吃完，又是該跟胖乎乎的神童傾吐病情，重新把脈領藥的時候。

而風濕時好時壞。綿長的春雨季，全身的關節宛如生了鏽。連神童醫生也治不好我的病，令春天益顯黯淡。那些藥散更難吃了，胸口老悶著一股氣。可是脈一把舌頭一伸，甚麼都別想隱瞞，心情不好連帶影響氣血循環，稱為肝氣鬱結。醫生開了一味藥叫「逍遙散」，似乎吃了就可以當莊子，用不著那麼辛苦思索何謂齊物坐忘。

這個名字令人想起魏晉南北朝士人最愛的「寒食散」，同是很有仙氣的藥。從別名「五石散」可以想見，「寒食散」是多種礦石煉製的藥。此藥性熱且毒，服用後得冷浴冷食。魏晉士人大多寬袍，看來飄飄然很有仙風道骨，其實是藥發時煩熱難耐，要通風散熱。甚至有人到了寒冬還裸泳食冰，晝夜不寐。嚴重時會產生幻覺，北魏道武帝就因為服用此藥時而神智錯亂，疑神疑鬼，老以為有人要刺殺他。

話說回來，此藥既有毒性，為何蔚為時代風潮？那得怪罪玄學的代表人物何晏極力提倡，他認為寒食散不只治病，而且會令人神明開朗。他既是尚書，加以翩翩風度，深為士人仰慕，因此寒食散大為流行，變成一種極為時髦的東西。有人無力購買，也要裝作藥發時的模樣。寒石散就類似鴉片、大麻，或是如今正發燒的搖頭丸吧！根據醫學報告，這時髦玩意跟大麻同時吸食，會嚴重影響記憶力。

那我服用的逍遙散呢？醫生說這是好東西，吃了很舒坦，而且絕無副作用。那味道可是一點也不遙遠，反而比較接近毒藥，令舌頭退縮，五官亂成一團，得個虛有其表的好名聲。衝著這個好名字，我把藥粉一口灌下，就當給莊子一點面子吧！

其實我的生活既似隱居，又在服用這種引人遐想的藥，灸穴道時且把家裡燻得迷迷濛濛，就常想起煉丹。找本葛洪的《抱朴子》仔細研究，說不定還真能煉出甚麼不老仙丹。更何況我特別喜歡風流倜儻的魏晉南北朝，那是一個頹廢，卻也散發著奇異美感的時代，煉丹，服藥，狐仙氣瀰漫。整個時代都患了對時間的集體憂鬱，試圖以礦石把血肉之軀練成與天同壽。這種服丹而長生的理據固然荒唐，可是，不老與長生，是多麼的難以抗拒啊！

不說魏晉，即便到了唐代，就有六個皇帝因服丹藥而慢性中毒喪生。錢和權，皇帝都不缺，只有青春，無價且無法取代的青春，才珍貴得令人垂涎，又短暫得令人心碎。於是，有權勢的皇帝找來通曉練丹的術士，揮霍大錢買得昂貴的礦石，只為向時間爭取一些不老或慢老的祕方。皇帝要啥有啥，能用金錢換得的物質，包括女人，一點也不稀罕。只有青春，是歷代皇帝最害怕的共同敵人。哪怕一代霸主秦始皇或是一代梟雄曹操，總要留下一則傳說或一首詩，證明與時間討價還價的事蹟。

我那時還不到跟時間討價還價的年齡，卻日日為少痛一些煞費苦心。閱讀報章雜誌時，盡記一些草藥和穴道按摩的止痛法。舅舅曾給我一本耳穴治療的小書，我倒是仔細研究過。小小一片耳朵集滿了身體各處的穴道，胃痛、頭痛、噁心、嘔吐或暈眩都可以找到相對應的穴點。哪個器官出毛病，穴點就會痛，腳底也跟耳朵一樣滿布反射點。身體有毛病，作起腳底治療來，一個字，痛。程度不一的痛，越來越強悍的痛，忍無可忍，且源源不絕的，從腳底導遍全身，每次作經絡按摩，我都恨不得先把腳板拆下。

按摩的歐巴桑知道我怕痛，力道不敢太大，卻足以讓我咬牙切齒。為了面子，我忍著。受不了便悶哼，其實我痛得真想把屋頂喊破。第一次的丟臉教訓告訴我，再怎麼受不了，都不可放聲大叫乃至涕淚皆下。那次，歐巴桑以過來人的身分勸我趕快生小孩，她說經歷過生產的大痛，世界上就再也沒有痛這碼事了，每次按完，人是癱軟的，身體變輕，靈魂不知道躲到哪裡休息去了，一種置之死地而後生的感覺，世界也變得輕盈美妙起來。

久病成良醫。其實我也會簡單的手穴按摩，只是它不如腳底治療有效。常常和中醫中藥店打交道，我偷師學了不少奇門絕招，特別是治理頭痛、胃痛和生理痛的急就章。兩個手掌和腳掌一樣滿布穴道。頭痛按手，掌心中指第一關節的心穴，和手腕中心點大陵穴；以及除了拇指以外，手背的四個手指中間關節的穴點，按順序分別可減緩前頭、頭頂、偏頭和後頭不同的痛點。我當蒙古大夫，跟一個也常頭痛的朋友這樣說，她按指示做了，結論跟我一樣：小有用，能夠不吃藥而少痛些，還是好事。

我總是以身試法，遍嘗祕方。

那年帶著風濕回家，婆婆不知哪來的偏方，用老薑、紅蔥頭、香茅根、檳榔葉熬了一大鍋的沖澡水，即使在客廳，都被那刺激的味道嗆得流淚。在熱氣氤氳中聞著強烈的香料氣味淋浴，有一種時空錯置的神祕氛圍。可能源於煮咖哩用的香茅特有的香辛味，也可能是煙霧製造的美感，令人有些精神出竅，恍惚中總聽到裊裊的樂音，以為置身古阿拉伯的宮廷澡堂，淨身後即將成為獻身阿拉的犧牲。我被熏得淚眼婆娑，望著水池上飄浮著久煮的植物，一下又從宮廷的幻象中跌出來。那些形狀曖昧之物，不就是巫婆做法時的蟾蜍蝙蝠？

這個澡洗得我滿身大汗。婆婆說這就對了，把體內的濕氣發散出來，再去悶個汗就好。這是小月風，沒甚麼大礙。我裹著毛巾捧著杯熱水在密室中慢慢啜，汗水流了又收乾。第二天醒來，手腳奇異的靈活。嘆了一口氣，離開馬來西亞這麼久，我的身體還是隸屬於熱帶，同是藥草，中醫的藥方竟比不上熱帶的祕方。沖了三四次，風濕不藥而癒。我暗自高興，沒想到回到潮濕的山上沒多久，關節又開始生鏽。只是沒有先前那麼嚴重，僅僅起床時手臂作痛，我卻已感激不盡。

從此這種藥草浴成為返家的固定儀式。我的神奇婆婆和我一樣有藥癮，我們每次回家她都有「新招」——新的偏方、保健飲料、美容養顏的湯品。連同我母親研發的厲害「招數」，以致每次從馬來西亞回來，行旅箱老是塞滿各式成藥和保健飲品。譬如中國的成藥霍香正氣片，專治腸胃毛病。我每次帶三盒三十六小瓶。西藥水溶性普拿疼，對初期感冒頗為有效。飲料保健類計有清目解熱的夏桑菊（成分大約是夏枯草、桑葉和菊花）、預防感冒發熱消渴解膩的何人可茶（計有薄荷、乾薑之類草本植物近十種），作成茶包，熱水沖泡時可加梅子一顆或陳皮一片，味道接近洛神花茶。

據說何人可茶可以減肥，前年我送了一大包給老嚷嚷要減肥的朋友。他記成可人茶。很快的「可人茶」喝完，他叮囑我下次回家一定得多帶一些。我告訴他，如果因此減肥成功，那我會寫信給老闆，將它正名為可人茶，並請他當產品代言人。

上個寒假帶兩個行李箱回去，回來時，其中一個塞滿食物和藥。除了前面所提的藥品和飲料，還有一百顆白鳳丸（調經理帶）、一百顆寧神丸（安眠提神）。我老覺得一百顆白鳳丸服畢，會生出半打小孩，因此慷慨的把三分之一送給我的同事。寧神丸倒是乖乖收著，我猜想那些黑色小丸子的成分一定離不開紅棗、黃耆、枸杞、桂圓、酸棗仁、百合、人參之類，我家冰箱其實有不少存貨。

有了成藥，我還是習慣偶爾煮個當歸紅棗茶，或者冬瓜紅棗湯。睡眠不足火氣上升時，泡杯涼補的西洋參。溫補的東洋參大多和紅棗、枸杞一起煮。至於性熱的高麗參，我怕喝了睡不著，從不碰。當歸補血，人參補氣，中醫說氣血循環通暢，人就沒病沒痛，我便耐著性子養血理氣。

這次回去婆婆又傳我絕招：綠豆海帶芽蜜棗湯。據說一個癌症病患因此祕方而存活至今。我只當是聽說。這湯的組合實在不倫不類，口味也怪異。奇怪的是隔天醒來覺得通體舒泰。我知道綠豆清涼解毒，蜜棗滋潤。那麼，海帶芽呢？橫豎是美容養顏，只要不難喝，就當回春祕方吧！

學生看我每天拎著飲料上學，紛紛打聽瓶中乾坤。我宣稱是回春祕藥。她們表示回春就不必了，青春多得用不完，倘若可以瘦身兼豐胸，倒是願意試試。我介紹小薏仁冬瓜紅棗湯。薏仁利水，冬瓜消腫，可以排除體內多餘水分，加上紅棗，還有那句老話，美容養顏。至於豐胸，根本和瘦身自相矛盾，天底下哪來這等有靈氣的食材，瘦身兼豐胸？

我有一本剪貼冊，專門收集各類祕方偏方藥方，包括發黃的報紙、舊雜誌、醫學神童開的補藥、婆婆寄來的藥方、中壢陳君隆醫師的藥品單、大陸朋友傳授的祕笈，最老的竟可以回溯到大學時代，唉！一轉眼，竟也是八九年前的事了。

如今我的書架上愈來愈多保健茶飲、耳穴療法、腳底治療、美容湯方之類的奇門武功，包括一本珍貴的《黑糖傳奇》。那是某個有陽光的寒冬下午，我在巷子閒逛時，闖進一家有機食品店，硬跟店長拗來的。我決定請經絡按摩的歐巴桑幫我買一尊人體穴道分佈塑像，中醫擺在玻璃櫥窗展示，從頭到腳都注明穴點的那種。我覬覦她店裡那尊好久了。有朝一日，也許，我可以在中語系開一門「草本回春學」，或是「神祕療法」。

——原載二〇〇一年六月號《聯合文學》

豹走

午睡醒來，下樓取信。隔著信箱玻璃，我看到那個壞消息。那封寫著英文名字的來函，消解了剛才難得的好夢。又是罰單。中山高二十九點四公里，我的那匹銀色馬兒，證據確鑿收押在照片裡，時速一百零四。

才一百零四！我大叫，那麼多次，就數這回超速最不值，三千塊的罰單至少得開一百二十。從照片的水平拍攝角度判斷，不是固定的攝影機。那麼，警察當時躲在哪裡？瞪著照片，我有點惱怒，恨警察也恨自己。那種早知如此便該如何的懊惱，一次又一次衝擊著我。是的，早知如此，該開一百四十，開到極限。橫豎要罰，好歹得讓「我們」——車子和我，過足了速度的癮才是。每回要上高速公路，我都先跟門口的菩薩打聲招呼，親愛的菩薩，我們上路了，可千萬別讓我破財呀！道高一尺，魔高一丈，在高速公路上，顯然警察比菩薩的法力大。

不記得是第幾次收罰單。只要一上高速公路，油門總要加到一百以上，我才覺得那是開車，也無法忍受一輛好車只走七、八十，譬如在路上蝸行的ＢＭＷ７３５，我總要投去同情的眼光，為這車子遇人不淑而感嘆。好馬沒有好騎師，那跟駑馬有何差異？我當然算不上好騎師，可是我能感受車子脫離市區蠕動不良的腸道後，亟需高速滑行的解放和愉悅。

兩個月前吧，我在北二高上，正一心二用的開車兼賞車。開車時最好的娛樂不是聽廣播，而是品評車子。車子，是城市和公路最好的風景。尤其在高速公路上，總會撞見令人讚嘆的車型、車燈、門把、顏色和線條，都令人無法轉移目光。路上遇見好車跟看到美女，皆有發生車禍和收到罰單的危險。當時我正專心的尾隨一輛保時捷，它在兩百公尺前方的車陣中穿梭，因此根本沒有發現其他車子在減速，當然也不知道後面的警笛聲衝著我們而來。其實我聽到那刺耳的噪音很久了，可是沒有意識到警察的目標是我。等到警察跑到前方大力揮旗，我才放慢速度，咦，他們要攔的人是我呢！警察的臉色不太友善，逼我相信自己確實違法了。接過罰單一看，國庫這回又增加了三千元的收入。

轉入國道二號，我努力維持九十左右的車速。恆速容易瞌睡，又沒有好車可以振奮精神，才不到五分鐘，眼皮開始變重。我的提神絕招全用上，包括咬下唇、擰自己的腿、丟一顆維他命Ｃ到嘴裡嚼著，忽然浮現那次車子停在拖吊場的孤單身影。

那是車子第一次被拖吊。不過吃個晚飯，十五分鐘吧，出來車子就不見了。我跳上一輛計程車，來到荒僻漆黑像墓地的拖吊場。心電感應似的，一眼就瞥見馬兒孤零零的身影，有種被遺棄的落寞，我忽然一陣鼻酸。輕輕的撕開貼在門上的封條，我拍拍它，好馬兒，我們回家了。我不發一語繳了拖吊費，惡狠狠的瞪過在場的收費員和工作人員。政府真是窮瘋了，黃線居然也拖吊。

我的Toyota Tercel 1.5剛滿三歲，扭力和馬力都不強，隔音設備也差，老聽到馬路傳來的壞心情和爛路況。可是它省油輕巧，倒適合市內行走。我視它為行走的房子，可移動的殼，到哪裡都揹著它。極少坐火車北上，我不想困守火車車廂，和一群陌生人吐納車廂的毒氣，那裡頭可能充斥感冒菌，到了夏天，哦！可怕的夏天，密閉的空間大家在交換混濁的汗味，上車時的好精神這麼一攪和，下車時必然精氣盡失，昏昏欲睡。我喜歡跟著行走的房子在高速公路上奔馳，即使整晚沒睡，一坐上駕駛座，像大力水手吃了菠菜，精神立刻好轉。

記得三年前剛開車時，朋友問陳大為我的技術如何，為夫的露出無可奈何的微笑，許久才說，她開車很勇敢。

勇敢為開車第一守則。還沒考上駕照，我已經偷偷開著車子在淨水廠附近兜圈子。一到傍晚，我的開車癮就犯，最後開車變成開胃菜。我總是說，先兜兜風，把心裡的悶氣散一散才好吃飯呀！即使肚子發出咕嚕咕嚕的聲音，也假裝不餓，總之非得把我的馬兒牽到野外跑一跑不可。車子和房子一樣，需要長久相處才能彼此適應。我希望一拿到駕照就可上路。我渴望掌控速度。

這部車在一九九八年四月十六日到我家，一個史無前例的昂貴大玩具。從頭到尾打量一遍，摸摸它滑亮年輕的車身，心裡默默的說，好馬兒，我們至少得相處十年，你可要爭氣點。說時竟然有些感觸，如今回想，我仍不明白何以要一輛車「爭氣」，也不清楚感觸何來，可以肯定的是，我會把車開到不能再開為止。新車一落地，就要折價三分之一，我因此下定決心，既是消耗品，非得物盡其用不可。就像Sagem DC818手機一樣，據說連菲傭都不屑使用，我卻堅持非把它用壞不換。

雖然如此，走在路上時，慾望仍被撩撥得蠢蠢欲動，噯，那部金黃色的Lexus如果是我的，該多好。這念頭愈頻繁，愈逼人真切感受到錢的好處。也就在這一刻，我會想起青春期那篇作文〈我的志願〉——我的志願是嫁一個有錢人，要甚麼有甚麼，可以飯來張口，茶來伸手。

本來想買一部越野車，四輪傳動，坐上去，可以俯瞰眾小轎車車頂，滿足高高在上的虛榮。我對越野車有莫名的安全感，不全然因為它的高度和乍看慓悍的外型，純粹是成長過程積累的成見。我們叫它吉普（Jeep），油棕園的英國老闆每次巡視莊園，都開這種車子，因為底盤硬，不怕崎嶇的丘陵地，耐用且維修簡單。輪子大而寬，抓地力好，越野如走平地。當然在平地行走，也如同越野，坐久了屁股顛得發疼。

其實，Jeep只是車子的廠牌，因為太有名了，成了越野車的代稱。「越野車」聽來嬉皮，倒很符合它的功能。有時我們也叫這款車Land Rover。後來才知道，Land Rover是另一廠牌的越野車，Jeep的競爭對手。油棕園的黃泥路晴天時一片霧濛濛，那是車子揚起的黃泥塵。機車騎士如果著白襯衫走一段，衣服便染成黃色。拍幾拍，塵土飛散後，再次露出白底。雨季則泥濘，到處小坑小洞，車子濺起與人同高的泥水。這樣原始的路讓機車行得閃閃躲躲，轎車走得扭扭捏捏，唯獨吉普高視闊步。

我記得那輛墨綠色吉普，來去像一陣風，引發莊園的騷動，撩撥我的想像。從吉普走下來的男人，不論是英國人印度人或是華人，通常都穿著T恤和卡其及膝短褲、短襪和球鞋，頭戴鴨舌帽，不同膚色的人在吉普前面，站成典型的殖民地畫面。吉普本來就屬於殖民地，以及戰爭。越戰電影裡必然有吉普，乾燥的黃泥地掀起不絕的塵埃。暴陽下，小麥色皮膚的越南女子，用哀絕的眼神目送美軍情人。

我遠遠的打量著園坵老闆和高級職員，盯著那輛被泥巴弄得很狼狽的吉普，覺得它不但帥氣，且充滿野性和生命力，掛在車尾的輪胎則像隻沉著的黑眼。吉普是主角，那幾個人只是陪襯。那時才念國小的我想，我長大後可以考慮嫁給這個英國老闆，為了這輛好看的車子。當然，如果老闆再年輕二十歲，再少皺點眉頭多些笑容那會更理想。

其實吉普本是農用車，它是「機械牛」，用來取代牛隻拉犁耕種。發展成軍備用途是第二次世界大戰和越戰時期。有一則關於吉普的傳說是這樣的：如果吉普突然熄火，只要用腳一踹，它就會乖乖再發動。實情如何不得而知，倒是住在南馬的離島上，跟著一對年輕夫妻入山時，領教過它的能耐。

那段上坡路簡直快把骨頭顛散了，我抓緊車把，一路擔心吉普的安危。沒想到它可真耐操，果然是歷經過戰爭的慓悍車子，非嬌貴的轎車可比。乾燥的熱風一陣陣撲進車窗，回程我竟然在顛簸裡入睡，好像睡在一個粗獷原始，卻很安全的懷抱裡，依稀在醒睡之間聽到新婚夫妻的親暱對話，斷斷續續。

多年後在泰馬邊境，吉普穿梭在迷宮一樣的甘蔗田。那是糖王郭鶴年的產業，蔗糖的焦香薰得人微醉，無盡的蔗林卻單調乏味，平坦的蔗林小徑讓那輛老吉普走得闌珊。吉普大概渴望冒險，喜歡挑戰，雖然老了，依然有股迷人的野性和豪邁。它讓我想起老年的史恩・康納萊，歲月在他臉上留下智慧和風霜的刻痕，增添了年輕時沒有的深刻魅力。

可別指望吉普給你溫柔舒適的座墊，也別用高級房車的寧靜無噪音來要求它，屬於原野和山林的吉普，有股不卑不亢的傲氣，它只能給你雜音和頓挫。駕馭吉普大概是很過癮的事吧！給它一條崎嶇的路，就能激發它的爆發力和毅力。果然，一爬上遮園的果樹種植區，吉普立刻精神抖擻把我們送上山，在沒有路的地方走出路。可是我必須承認，吉普比較喜歡豐厚的臀部。

但我終究買了一部日系車款，和缺乏豐厚的臀全然無關，純粹因為吉普的個性和城市格格不入。曾經據理力爭，起先還講理，譬如這車子高，碰撞絕對不會吃虧；台灣的馬路和山路所差無幾，坑坑洞洞的老是挖了又補，補了又挖，特需要這車子。這車外表比較強悍，圖謀不軌的人不會先找大車下手。越編理由越薄弱，最後乾脆耍賴：不管，反正我就是喜歡這車。

喜歡可以成為購買的唯一理由嗎？答案是否定的。獵豹需要山林，而非鋼筋水泥構築的都市。至於集吉普和轎車優點而成的休旅車，一點也無法勾引我的興趣。對我而言，它甚麼也不是，笨拙、耗油、外型不倫不類，一點個性也沒有，在高速公路上，是屬於那種我絕對不多看一眼的車。

既然買不成吉普，喜歡的Jaguar又買不起，那麼買車就沒我的事了。當然還沒駕照的我這麼想。可以肯定的是，即使有千億財產，我也不會買賓士這種暴發戶型的車款。不管它是賓士五百或六百，我固執的認為，那是遠企停車場的「註冊車」。

這純粹是偏見，一如我對Jaguar的偏愛。老Jaguar有一種不妥協的沉穩氣質，線條剛勁，神色冷峻。它的氣質像個獨特沉靜的老紳士，冷眼看盡世事幻化，依然還是那副處變不驚的神色。車頭那隻豹子宣示它矯健的身手，讓我想起園坵的游泳教練。年近六十的教練，有一副因長期游泳而訓練出來的好體魄，一頭銀白的髮，身上一股淡古龍水味是他的註冊商標。他講流利的英語，簡單的華語，只要他低沉的聲音在，即使不下水，也令人覺得很平安。在水裡，他矯捷一如陸地的豹，車中的Jaguar。

那次，車子送去定期保養，業務員朋友把他新換的ＢＭＷ留給我。他前腳剛離家門，我立刻就到地下室去看那輛寶馬。啊，好車即使不動，也會散發高華的光澤。我不免覺得洩氣，我的銀馬雖然保養得當一如新購，可是被眼前的這部寶藍色好馬一比，立刻失色。旁邊那輛還算體面的cefiro3.0，突然變得平凡。坐進車子拍拍座椅，轉動一下方向盤，我忍不住想即刻開上高速公路。

就開過那麼一次寶馬，我自此明白，何謂「曾經滄海難為水」。我不禁想用「漂亮美妙」來形容引擎聲。油門輕輕一踩，就有瞬間加速的快感，和寧靜無噪音的飛馳。開著寶馬我便開始想像，那Jaguar開起來豈不是無懈可擊？想像乘著一匹豹疾走吧！握著駕駛盤盯著車蓋上的豹子，你如何能夠按捺快速奔馳的慾望？保養回來後的銀色馬兒一定不明白，主人為何對它挑剔起來。

小時候，父執輩一提起日系車，一定會加上那句老話：用拳頭一敲就凹個洞。今時不同往日，日系車以體貼著稱，當然不比雙Ｂ硬，但絕不至於如此柔弱，至少我的馬兒可以作證。然而父親再不管我們開甚麼車子，他比較在意女兒如何開車。

家裡七個小孩都開車，父親獨沒坐過我的車。他一說老二開車最兇，小妹立刻回嘴，爸你坐過大姐的車就會改口。我白她一眼，去年付了機票錢讓她來玩，一點都不懂感恩。老二到底比較會做人，微微笑既不贊成也不反對。老二的飛車本事我領教過，從吉隆坡南下老家，開老五的Proton Saga，載著老五和我，一百四十的時速，兩個半小時。母親一見我們三個嚇一跳，不是才打電話說要回家嗎？怎麼就到了？換成是開車溫吞的老三老四，三個半小時都還在路上。

一次老三開車，尾隨的車子開大燈跟著，她竟當沒事一樣。我和老二都火了，不嫌刺眼嗎？開慢一點讓它超，再以牙還牙，沿路開大燈回敬它。老三轉過臉跟剛學話的小外甥說，看看你的阿姨們，嘖！嘖！記得千萬別得罪她們。彼時母親不在車上，不然意見更多。母親跟我都不是好乘客，老愛指揮別人開車。婆婆則跟我一樣，對於不守交通規則、不打方向燈、慢條斯理的車，唾棄之，辱罵之。只要前面的車子犯了前述任何一條，她必然鐵口直斷，一定是女人開車。開車時，她大概把自己當男人，而且有嚴重的性別歧視。那時我還沒嫁，當下牢記婆婆的教誨：開車絕對要果斷。

然而果斷不保證沒事，特別是在黃燈轉紅之際。那次車禍，我反省再三，問題就出在果斷，其次，是我太遵守交通規矩——黃燈轉紅，我踩了剎車。車子尚未停，砰！一聲巨響，連人帶車往前衝了三個車位，等我發現車子停在人行天橋下，才遲鈍的意識到，喔，我被撞了。

那天早上正準備去監考，六月上旬的陽光很亮。被撞了我只好下車。車子的保險桿整個凹陷，還來不及心痛，一抬頭，被一個滿嘴鮮血的女人嚇一跳。可怕的是，她竟然還露出滿嘴帶血的牙一直跟我陪不是，口齒不清的說她兒子開修車廠，我可以去那裡修，免費的，保證修到好。說話的時候血蛇正爬過她的下巴和衣襟，很快的就蜿蜒到路上。她這番話令人想到「撞人免費」，我簡直哭笑不得。這是甚麼思考邏輯呀？難道因為兒子修車，就可以隨便撞人？她的那輛白色喜美車頭像只被踩扁的爛罐頭，水箱在冒煙，好像隨時有爆炸的危險。

這個歐巴桑拿著手機猛打電話，警察還沒到，她的兒子女兒女婿都來了，全家在馬路中央大團圓。她駕照才領了不到一個星期，喜美都還沒過戶。等警察拍照做完筆錄，歐巴桑仍是叨念著那句老話，去我兒子那裡修，免費的，保證修到好。全家都在幫腔，她女兒怪我還沒紅燈停甚麼車。我懶得搭理他們，留了業務員朋友的電話。我的業務會跟你們接洽，有事請找他。

從此我對喜美敬而遠之。扁而低的中古喜美因為輕巧，重心低，十之八九都經過改裝，是飆車族的最愛。突如其來發出加油巨響，從身邊呼嘯而過嚇人一跳的，通常都是喜美，只要前後左右出現這種車款，我一定躲得遠遠的。我敬畏它們。

天下車子一大抄。市面上的車子總是你中有我，我中有你，老早就抄得沒甚麼風格和特色。六月尾匆忙回家探望病重的爺爺，發現馬來西亞那款新的國產車Proton Wiras好眼熟，車頭那略圓的三角形不是Alfa Romeo的正字標記？

有一次在新加坡的Newton Circle吃過飯，為了加速胃裡過量的火辣海鮮消化，決定散步回旅館。走過燈火通明的醫院、單調的公園、印度紗麗店、領事館和學校，走過一排又一排商店，以及英殖民地時代的建築，漸漸方從黃昏走進夜幕，汗水滴到眼裡，擦去之後，復又掉落。

遠遠的，我就望見那排Jaguar，四隻線條利索剛毅的豹子在昏暗的燈光下傲立。修辭這時出現了窘態，老Jaguar這麼一停，甚麼廣泛之類的形容詞都使不上力。我在籬笆外站了很久，汗如雨下。這一回倒是出奇的平靜，沒有浮現「有錢真好」的念頭或佔有慾。就那麼站著，靜靜的觀望，聽到草叢裡蟲鳴如雨。

翻開家裡兩年前的汽車雜誌，正好看到那款叫S-type的Jaguar。線條圓潤古典，二大二小的車前燈設計走在潮流的前端。雜誌上說，這車的尾燈在時下所有的車款裡，是最有看頭的，即使跟在車子後面，也是一種享受。可是，正字標記的豹子不見了。正在打促銷廣告的最新款Jaguar亦然，我盯著電視，不禁悵然有所失。放下雜誌，關了電視，回想起那四隻傲立的獵豹，在盛暑的汗水中。

——原載二〇〇一年八月號《聯合文學》

酷刑

這是福報啊。每次從診所出來，就得一遍又一遍給自己心理建設，否則，就再也找不到復健的動力了。我一手撐著腰，用力拉開腳步，支著被復健機器和推拿師拆過，又重新組合的全副骨頭，狀似懷胎多月的孕婦蹣跚行走。剛才針灸過的點說不出是痛是癢，我得重複說服自己，這實在是個不小的福報，得惜福啊！幸好遇到良醫，否則長骨刺時再治療，可就嫌晚了。

離開診所時，通常已黃昏，中山東路充塞覓食的下班人潮。錯身的行人總是皺眉，大概濃重的藥味很不討喜吧！我知道自己的表情、動作，都不屬於這個時刻，周遭食物的氣味，使得身上推拿擦的草藥味突兀，與夏日蒸散的體味不搭軋。覓食的人們臉上有吃的慾望，張望店招的眼神散發對食物的熱切，行走的速度於是格外帶勁。我習慣性的嘆口大氣，剛才那番大整治把人顛來倒去，又扭又拉的，胃口早給整掉了。

每次四到五個治療程序，等待的空檔，我總是捧著水杯，聆聽病人交換彼此的病況。有些人把病情聊成雲淡風輕，有些則怨天怨地。那些聽來的病和痛，令人懷疑身體的存在意義。在這裡，身體不是享樂的載具，而是痛苦的承受體。置身於裝載病痛的軀體樹林令人迷失，變成更嚴重的懷疑論者。享樂真的只是生命的表象，痛苦乃是本質？所有的享樂都是痛苦的麻醉劑啊！兩三個小時下來，心愈來愈沉，胃囊灌成了水袋，哪來吃飯的閒情和填充食物的空間？只是時間到，我不得不學著正常作息。

陳君隆醫師一再告誡我得作息正常。我反問他，甚麼叫正常？多麼相對的概念，我認為自己比起好多朋友來，簡直正常得過分。醫生的標準實在太高，他說正常就是準時吃飯，十一點以前睡覺。除此之外，還得坐有坐相，站有站姿，不得搖腳扭腰歪在椅子上，不能長期低頭，同一個姿勢不可持續半小時以上。

陳醫師對我的苟且態度很不滿意，去年年底就該治療了。他一壓我的虎口，讓我當場從椅子彈起，痛得差點流淚。他的判決我根本不信。按一下手就斷定我脊椎嚴重側彎，骨盆腔傾斜扭曲，難道你有透視眼？他讀出我眼裡的懷疑，叫我去照片子。我花了一千四百塊，照了那四張X光片印證他的診斷。

還是拖了九個月。復健機器簡直是滿清十大酷刑的現代版，向這些機器要回健康？生病已經夠可憐了，還得被五花大綁？針灸室裡，一字排開被針釘在床上的肉體，豈不是耶穌受難圖的民間版？想到十幾根二吋長的針插秧一樣插進肉田裡，心就一陣抽搐。我拿出一貫的拖字訣，拖吧！忍無可忍時再說。

這九個月來，背上像坐著一個小鬼。它越吃越重逐漸肥碩，壓得我腰背疼痛，輾轉難眠。靜夜裡像猴子一樣攀在我身上，雙手扳著我的脖子像扳一棵樹，我的肩頸因此而僵硬疼痛。牠脾氣不好時，便大力拍我的左後腦，偏頭痛讓我幾乎跪地求饒，呼叫小祖宗你饒了我吧！（我屬猴，當然得叫它一聲小祖宗。）這些症狀都在預期之內，因為脊椎彎曲頸骨弧度不夠，血液無法順利輸送到腦。可是，我不肯賭這把，那種地方，當時我的武斷想法是，去久了有兩種可能：看破紅塵，或厭世。

我還要吃喝玩樂，並且深深眷戀這個讓我流淚歡笑的人世。然而我的身體狀況像七十歲的老太婆。有一回我奶奶抱怨她的老骨頭從背痛到腳，不如扔掉算了。我說妳孫女比妳年輕五十歲，卻有一副跟妳一樣差的臭皮囊。說完覺得自己真窩囊，再看她四十五度的駝背，當下心裡一驚，我的駝鳥夢，剎時甦醒。想到自己四十歲時，將會長成一副隨時跟人鞠躬的禮貌身體，就再也沒有老下去的勇氣。

復健得與機器為伍，我怕針，更厭惡固定門診。一被別人「規定」該如何如何，我的後腦立刻冒出一塊反骨，痛就痛暈就讓它暈吧，反正不到忍耐底線就不去。私底下我卻花了不少錢朝「健康」、「少痛」、「促進血液循環」這三個目標前進，譬如一個攜帶型的通電按摩器，計有「捶敲」、「按揉」、「按壓」、「推搖」等幾種功能，兩個中型電池的電量。頭繃得太緊時，就把兩塊貼墊放在後頸兩側，開啟微弱的電流。選擇「按揉」，立刻有一股痠麻的電流導入神經，很輕很輕的，如有一隻力道小巧的手在揉脖子。

儘管如此，我卻不怎麼喜歡它，它的效用和電流一樣微弱。觸電的恐怖經驗令我對它充滿戒備，一次不小心調到大的電流量，立刻產生「快被電死」的恐慌。然而它對活血確實有效。所有腰痠背痛或中風的病人，都逃不開「被電」的命運。通電的肌肉很像田雞被剝下外皮時，仍在跳躍的死亡掙扎。

記得第一次看診時，我便追著陳醫師問，甚麼時候才可以不來啊？陳醫師正在給病人下針，從針盒裡拈出一枚暗器，一彈，針落入肌肉裡，試探位置，調整深度，時而上下左右撥弄，那架式像極武俠小說裡的暗器高手。他掐一下那位歐巴桑的脖子，自言自語，真想拆下來，給妳再裝一副。這個隨時消遣熟悉病人的醫師，喜歡一邊工作一邊遊戲，工作就是娛樂，他出手下針宛如庖丁解牛。病人儘管哎喲哎喲叫痛，卻不怨他，離開時千謝萬謝。我覺得在這時候道謝很奇怪。謝甚麼呢？謝謝你虐待我？

我對治療這麼不耐煩，陳醫師一點也不生氣，慢吞吞的說，一年後再問這個問題。你說真的假的？我一緊張嗓門就提高，一年？後面那位中風的中年人，這時慢慢抬起扭曲的臉，用悲苦的眼神看了我一眼。他的右手插著針，電流通過時，肌肉一鼓一鼓的彈跳。多麼殘酷的生命寫真。我不敢正視他，生命的真相，如此令人不忍正視。他的病痛全縮進那張沒有表情的苦臉。他每天報到，已經接受，而非忍受電擊和針穿的痛。那種特殊用針，是一般病人使用的一倍長，看一眼就會讓人心臟收縮。他很少說話，對生命，大概已經到達無言以對的境地吧。

我看到醫生拔針就怕。好多次在醫院打針，護士都宣稱「找不到靜脈」。針插進去又拔出來，死命拍我的手拍到痙攣，還嫌我的靜脈埋太深。靜脈又不是金礦，我才不怕別人挖，甚麼叫「埋得特別深」？不知道自己怎麼那麼倒楣，盡遇到這種差勁的護士。還是潛意識抗拒打針，所以靜脈都躲起來了。多年前那次住院，左手被打得坑坑洞洞像箭靶，顏色青裡帶黑，蛇狀瘀血順手臂逶迤爬下。陳醫師一說得針灸，我的手臂立刻開始疼痛起來。如果用針撥，好得更快。他補上這句，我真想拔腿就跑。

如果拉腰、拉脖子、滾床、推拿、針灸和放血都算酷刑，那麼，針撥法就是酷刑之首。某個中風病人看診時間與我相同，隔一陣他就得做針撥。針撥很有效，然而針刀無情。陳醫師看診向來不關門，他一天看百多兩百個病人，且大都是熟客，習慣不把病情當祕密。有個女人一進看診室就用大嗓門報告病情：醫生我的月經很少很不準喔！所有人都知道她的經期何時開始何時結束，何時又開始量多正常起來。這種狀況大家習以為常，可是針刀一下，再無情的人也會動容，無言的病人再也不能無聲。

觀者看到刀子在肉裡挑撥，都露出痛極的老交情，他們看針刀，我看他們感同身受的表情。動刀的陳醫師不動如山，冷靜得像個殺手。病人的太太說，先生中風第六十八天就天天到這兒報到，從不會走不能說話，到現在行動自如，喪失的語言能力逐漸恢復，就只剩下那隻右手。這些長期同時段看診的病人，彼此熟悉病情，看診的空檔總在閒聊，或者跟護士、推拿師和醫生抬槓，感情極好。而我習於旁觀，好笑的事就跟著笑。再怎麼融洽，畢竟是診所。那是病人的地方，我打從心裡抗拒。

然而我也終究習慣了。兩個多月來，每週固定三次看診，按順序把脈、熱敷、拉腰或拉脖子、針灸，最後推拿。我最喜歡那張滾床，躺上去，小腿壓好設定時間，只能十五分鐘。陳醫師醫術太好，後面永遠等著一大掛病人。滾輪像結實的海濤，一波波來回輾過我的脊椎。那滋味，只有兩個字可以形容：痛、快。痛者，快也，痛快乃一體之兩面。

這台不像治療器材的設備只躺過一次，陳醫師是個虐待狂。至少，他老是在單子上的人像圈腰圈脖子，要我去躺那台拉腰拉脖子的可怕機器，舒服的滾床沒我的分。他一說拉腰我就給他一張哭臉，心裡老大不情願。他便恐嚇我，再討價還價就多賞妳兩針。我立刻乖乖去熱敷。

拉腰拉脖子前都得綁在椅子上熱敷，我實在不喜歡那塊貼過無數男女老少的電熱敷袋。每一次我都要求調到最低溫，凡是通電的物品我都心存畏懼，包括家裡的吸塵機，那轟轟的吸塵聲強而有力，真怕哪一天把自己倒楣的腳趾頭也吸掉。可是現代人實在太多這類變相的產品，譬如抖腰腹脂肪的腰帶，無以名之，姑且叫去脂帶。我家附近的運動用品店就有，我好奇的問，這能歸入運動器材類嗎？老闆娘笑著說，反正目的一樣嘛！

譬如烤箱，我是指給人減肥的那種，進去的是人，不是家畜。不過，靈感大概來自烤雞或烤鴨。有一次在旅館內誤闖桑拿浴間，門一打開，一蓬滾燙的熱氣衝出來。我正奇怪，怎麼在這裡燒開水？沒想到小小的空間，竟窩著幾個烤得紅通通女人像煮熟的龍蝦，她們笑嘻嘻的招呼我進去烤一烤。好舒服哪，有人這麼強調。

再怎麼舒服我也是個人呀，怎麼可以把自己等同於雞鴨？

有一次拉腰結束，我已經滑到床的半中間。護士來鬆綁時，問我怎麼沒拉緊握捍？只好傻笑，人嘛，總有失神的時候。每次拉腰都把我當動物一樣綁在床上，腳架高，腰勒得死緊，機器一截截把身體往下拉，拉到極限，再一截截把我的下半身送回來，我真擔心會折成兩截。這時你會體悟何謂「人為刀俎，我為魚肉」，不能動彈，只好任人擺布。

拉脖子更令人膽戰，想像被送上斷頭台，或是上吊的滋味吧！每次躺上去，我就開始想像，古人如果看到這個畫面，一定以為我犯了甚麼滔天大罪在接受懲罰。天曉得我只因為摔跤了幾次，長期姿勢不良，習慣不好，了不起再加個低頭走路，因為我得隨時檢視地板是否有落髮，在外行走為了少跟人打招呼。如果要定我的罪，罪名就是潔癖，加上輕微的孤僻。父親就認為我奶奶的駝背，肇因於每天非得擦地板。

拉腰拉脖子要二十分鐘，拉完得側身起床，以免才校正的脊椎承受太大的負擔。二十分鐘裡我大多閉目，可是總有雜念叢生，腦海裡常常飄來當年讀的斷句殘篇，反反覆覆出現那句

「吾之大患，惟吾有身」。吃五穀雜糧的身體總不免要病痛，老子應該也領略過被身體折磨的痛楚吧！連我向來沒甚麼好感的孟子遺訓「勞其筋骨，餓其體膚」都跑到腦海來了，以此推斷，要歷經人世苦難，方可體悟成聖成佛之境。

其實拉腰時，「怕痛」的情緒已經在醞釀，接下來的針灸是療程的高潮。不就是平凡的一根針，為甚麼能有療效？這種神奇的中國傳統醫學結晶帶來的「痛」，也是複雜神祕的，有人認為針灸的感覺是麻、痠或漲，也有人說完全放鬆時，像螞蟻咬。

趴在床上時我已經頭皮發麻，全身肌肉緊繃。預先知道的痛最可怕，那會讓皮肉的疼痛指數升高。陳醫師最不滿意我的肩頸，通常要狠狠的下個六到七針。如此讓我哀嚎求饒之後，他彷彿稍稍滿足了，繼續讓我的腰吃上四到五針。每一針對我而言都是大磨難，我不得不呻吟。陳醫師一聽我叫痛便高興，每次都說，痛嗎？好，再來一針。等他虐待完畢，我咬牙切齒的說，陳醫師，我此生最大的心願，是好好回敬你一百針。你想當刺蝟還是仙人掌？

針灸時我早已學會不管面子，痛起來誰還顧形而上的問題？曾經聽到一個女人說，每一次她都叫好大聲。我很想瞪這個多嘴的女人一眼，可是全身被十幾根針鎮住，動彈不得。陳醫師下針時，習慣要問這裡那裡痠不痠。我的標準答案一律是：不會。沒有。無論如何，少一針總是好的。

十幾根針要在肉裡插上十五分鐘，這十五分鐘如同點了穴，不能動。噴嚏得忍著。那瞬間的爆發力會引發暴雨梨花針。時間，突然很慢很漫長。陳醫師的大陸式針法下得深而準，絕對正中要害。針完，我一貫扶著床沿爬不起來，額頭壓得一片暈紅，異常狼狽。

針灸結束，苦難就算過去了大半，剩下的推拿是尾聲。我捧著水杯觀察別人服刑。其中一個胖胖的歐巴桑，背部算算竟有二十一針，那是看診必然相遇的熟背影。另外一個粗壯的男人，本來準備移植大腿人工關節，來這裡試試運氣，一段日子後，竟然也像正常人開始行走。這時他的臀和大腿插著長針，陳醫師下針時，他一聲都沒哼。那邊拉腰床上躺的瘦弱女生，亦是熟面孔。看著這些病痛眾生，我再不敢埋怨。

雖然如此，年輕的推拿師梁師父把我當麵團轉來扭去，壓得骨頭喀啦喀啦響時，我仍然唉唉叫痛。他只要一說「妳這麼年輕，怎麼一身病」之類的話，我就非常不服氣，立刻搬出大道理改造他的想法：按照我的觀察和推理，只要是人，都有輕重不同的隱疾。別露出不信的嘴臉，你也是。只是我比較在意身體發出的訊息，才顯得毛病特多而已。

其實，這不是我說的，是上海人民醫院高慶祥醫師的意思。那時因為心臟不肯規律跳動，陳思和帶我去看他的主治醫師。高醫師只跟我聊了半小時，立刻斷定這是心病，叫「早搏」，非形而下的心臟病，跟情緒、壓力、天氣、太過敏感有關，我保證妳的心臟沒問題。

聽到不必吃藥不必做心電圖，而且有名醫拍胸膛保證，我的心臟立刻恢復正常。心電圖儀器跟電腦斷層掃描，同樣令人緊張。掃描前，得喝一杯叫顯影劑的灰色液體，灰濁的顏色，噁心的氣味，很像化學毒藥。送入電腦斷層掃描器那一刻，我覺得自己被扔進了焚化爐。八年前的事了，回想起來，感覺跟接近死亡一樣壞。從此我對一切醫療儀器都抱著敬畏的態度。應對這些高科技，不只是身體，連心理都要調好頻率。否則，沒病也會嚇出病來。

後來針灸時，我便開始幻想：總有一天，陳醫師的醫術到了化境，不必拉腰拉脖子，無需挨那十幾枝針，就可以把我的身體推回常軌。可是，那將是一種甚麼狀態呢？大概，嗯，等陳醫師練成絕世武功，用他的內力打通我的任督二脈，再那麼三兩下，走位扭曲的骨頭，全都各就各位。

——原載二〇〇一年十二月號《聯合文學》

統統回收

在中壢開車，最怕紅燈。一停，立刻有人來遞房屋廣告。車流湍急的環中東路和中山東路口固定有四張。每天如此，運氣好時，最高紀錄是一天八張。當然大可不理，像很多人一樣。反正不拿別人會拿，反正，那疊廣告早晚會發完。可是我不忍。每次都搖下車窗，照單全收。他們薪資微薄，在川流的車陣髒濁的廢氣裡討生活，而我坐車內，刮風下雨大太陽有車子罩著，遂衍生出小小的罪惡感。我搖下車窗，伸手接下贖罪狀，在紅燈轉綠前，迅速瞄一眼，丟下，一踩油門，把那些人拋在車後。

其實並不想拿。它們最後全餵了那口大黑塑膠袋，和報紙信封書訊紙箱紙盒包裝紙傳真等一切廢紙等待回收，徒然浪費空間。它們只是廢紙，為了安撫良心，只好充當中途轉運站。廣告上的房屋我大都很熟悉，有些是去年前年大前年的案子，賣了兩三年仍滯銷。坪數大小、公設比、設備，以及房子的優缺點我可以倒背，實品屋也大多看過。即使是新案子，一星期之後也變成舊資訊，它們有時夾在報紙裡，簡直像無所不在的感冒菌，或電腦的病毒。

在中壢陸續看了半年房子，先是被強迫，繼而習慣性的去記爛資訊，滿腦子無用的數字，對房子、火災和地震過度反應。爛資訊極可能覆蓋一首詩，一個作者或一本書的記憶。有一次上課，我想說：柳宗元的〈江雪〉。可是這兩組概念忽然消失了，剩下畫面和空靈的感覺。可是，感覺如此抽象難以描摹，詩、作者和那二十個字在飄渺虛無中，腦海跟雪景一樣白。那詩，去了哪兒？於是我像壞掉的跳針反覆跟學生說，就是那首詩嘛，那首我們都知道的詩。哎呀！你們一定知道，那首釣魚的詩呀！

學生一臉茫然，女生掩臉忍笑，那個用功的男生努力思索，想幫無助的老師解圍。當時我腦海出現「鏡泊湖」。天啊！那是新的透天社區，早上在路途中拿到房屋廣告，趁等紅燈的空檔迅速瀏覽過。它被掃進〈江雪〉的記憶位置，覆蓋了那白茫茫的記憶。

可是，它跟〈江雪〉究竟有甚麼關係？

不是第一次了，再平常不過的常識和事件被鎖碼。我皺眉思索，覺得眉心緊鎖，皺紋滋長，最終卻不得不放棄。我把教了四年的學生A叫成學生B，結果兩位都生氣，覺得被記成對方是恥辱。再熟悉的人名和地名常在開口的那刻消失，先是尷尬，然後焦慮。

同事說我一定太忙。忙，令人健忘，得好好休息。我把兩份舊報紙，一疊廣告單七八張，一起丟進黑塑膠袋。嘆息一聲，那疊印刷精美的雪銅紙我沒翻動過，尚未達到廣告效果，就得送去做紙漿。前兩個星期老榮民才來回收，一眨眼，又是廢紙滿袋。想起同事善意的建言。不對，刻意不忙。跟別人說了許多不，換來的時間卻老嫌不夠用。時間在前面跑，我還按著自己的節奏閒晃，每年年終清算自己，總是一筆糊塗帳。

其實我覺得緊張。我的匆忙表現在行走的速度，步子快而碎，常在走廊轉角撞上學生或工友，把悠閒踱步的同事嚇一跳。學校有開不完的會，開會時記掛著桌曆。那上面有火燒眉的事情等我。於是神經質的把筆放在手指上轉，愈轉愈急。年年這樣周而復始，從沒弄懂那本複雜的帳怎麼個算法。

譬如今年吧，照例把自己的桌曆再回顧一遍。早已沒有寫日記的習慣，桌曆成了外務日記，演講評審截稿日以及無聊的會議。我掠過那些事，質疑自己，發呆。咦！去年此時我在哪裡做了甚麼？一月事情多得可怕。三月呢？為甚麼竟是幸福的空白？有時再把前年的拿來對比，發現更多忘記的曾經。

接著是長長的沉思和一貫的猶豫。丟，或留？桌曆和記事本整整一箱，包括去年前年大前年，以及好多年以前的。留著，本來是提防年老時萬一失憶，還有文字指認活過的痕跡。誰知世事難料，紙箱底下幾本印刷精美的行事曆一打開，蠹魚四散。吃了一驚，劈啪一陣亂打，死的死，逃的逃，本子早啃得斑爛。不必等到失憶，文字先就成了廢墟。防患於未然在這甚麼都可能發生的時代，委實可笑，早該做了紙漿實在。

就像那些房屋廣告，起先都留著。賃屋而居的那幾年，廣告單子是報紙的句點。讀完新聞我拿著中壢市地圖比對，尋找房子所在，托它們的福，因此認識了不少路名。也僅止於紙上認路，我一個人開車絕對到不了那裡。那時景氣尚好，隔不久總有新案子，週末無事，便把看房子當娛樂。沒打算買，先打電話投石問路。我們志在逛大街。我在朦朧的預感，可能得在這裡待上大半輩子，所以必得摸熟這城市的脾性。喜歡坐車逛街，車子的玻璃讓城市產生距離，隔開令人頭昏眼花的人群和車流，商品和店招，讓我免於被淹死的窒息。

本來極討厭這個不鄉不城，檳榔攤林立的亂城市。得感謝傳單，自從開始看房子，對中壢竟有那麼一點小小的喜歡。只要離開市中心，總有渴望的綠，大片大片的，不是被夾在馬路中苟活的路樹。

商店附近隨時有稻田和菜地安靜的窩在馬路旁，岔入繁忙的環中東路支脈，只要一分鐘，便是人車稀少的小路。這個季節有大片的芒花和向日葵，探手就可以摘到花白和澄黃的一大把，帶回家送給那只木訥老實的陶瓶，讓它們在落地窗前共沐溫暖的冬陽。

重複的廣告單子逐漸多得令人心煩，房子近乎逛盡，紙上建築便也失去魅力。本來以為這些漂亮的單子收著，久而久之，便成為一本中壢房地產發展史。從小喜歡跟大人唱反調，唯獨對紙這一項，心存敬意。大人最忌小孩坐書坐報紙，說會因此而變笨，其實是對知識和文字的尊敬。

小時候也沒有資源回收的時髦想法，廢物利用是因為物資缺乏，或者省錢。印度小販賣一種水煮豆子，叫kacang putih，就用報紙捲成漏斗狀，熱騰騰的軟香豆子連同未濾乾的鹽水也一併倒入。吃得慢，報紙浸透軟爛，剩下的豆子只好握在掌心，不捨地一顆一顆拈入嘴裡。有些恰好印了鉛字，吃前先仔細認字，再把字和豆子一併送入口。認字這個動作延緩了吃完的失落，口腹彷彿因此更加滿足。

後來當然知道不衛生，報紙經過人手沾染無數細菌，鉛吃多了會中毒。可是，誰管呢？報紙還用來包豬肉，照樣有碎紙黏著涼軟的肉身，雪白的豬皮寫著當日的新聞或小說連載，清楚的一整段，夠一個小孩讀半天。再後來，印度人用撕下的日曆，以及小孩寫完的練字簿包豆子，我們照樣吃得盡興。最沒用的是大小楷本子，水一沾，字化成黑水，染一手髒髒的墨。只好用完就丟，覺得很可惜。

現在紙張簡直氾濫。選舉、新店開張、老店折扣、大賣場特賣、化妝品促銷，全都有專人在熱鬧的路口派傳單。麥當勞也插一腳，大疊的折價券免費送，儘管三樣五十元超便宜，總不能頓頓吃漢堡，再便宜，也只好資源回收。極少出現的便宜價格對比平時的昂貴，就知道那個大大的M字標誌是個微笑的吸錢袋，同時也讓普天下的小孩因此有所有全球化的童年記憶。我為他們悲哀，又慶幸自己還可以深思，添個全球化兒童是否必要。

這些全球化兒童未來得解決過剩的廣告單子。他們大概不會有我面對世事的多慮——那來自上一輩的價值觀，長輩們借物，讓我即使面對一疊廢紙也要猶豫再猶豫。吃飯時扯一疊墊在桌上，承接濺出的湯汁和骨頭，省去擦桌子的功夫。還是不安。眼神穿透廢紙——它們是漂亮精美的廢紙——看到被謀殺的樹。我也是殺樹的人哪！寫完稿子要列印幾遍，出書，寫信……

通常想到這裡便打住，再往下牽扯是一個龐蕪的推理，太費神，頭痛。這問題最不可能的結論是：紙幣統統廢除，回到物物交易的時代。

冬日午後，長空很寂寥，安靜的浮雲在遠方堆疊再堆疊，澄黃的太陽從落地窗和側窗爬進書房，映得安靜的書房像塊凝固的橘子果凍。拔掉電話，沒開燈，就著冬陽在落地窗前讀書。其實沒有用心讀，因為新買的書夾了一張卡，復又勾起我的廢紙思索。

貓睡了，打著很重的呼嚕。貓不必為這事煩惱，因為牠不製造問題。唯一沾上邊的，是用舊報紙釘成的貓廁。然而，那也不關貓的事，不用貓沙用報紙是我們的選擇，廢物利用的方式之一。小肥未送走前，我們的舊報紙全釘成貓廁，兩份報紙足夠三天份，連廣告單子都填進去，一次釘一個月的分量，根本沒有廢紙回收這碼事。如今剩下小女生，廢紙忽然變成每隔一個星期就得處理的煩事。

當然，廢不廢紙純粹是主觀認知，圖書館的舊報紙就得稱為史料。曾經在台大研究生圖書館翻資料，幾十年前的報紙發黃變脆，即欲回收也不易吧！翻出來的資料帶著灰塵，那些歷史遺跡誘發猛烈的噴嚏，一時涕淚俱下。看在資源回收的老榮民眼裡，這些都該壓了紙漿補貼生活，怎麼還可以佔用整整一層樓？舊書攤論斤斷兩的老書，命運跟廢紙無異。大學時代常在舊書攤流連，不經意看到作者的贈書落款，總是令人唏噓，而賣書的人連撕下扉頁的良知都沒有，人格可知。如果他也是寫書人，這仇不難報，如法炮製即可。但是我會記得撕下扉頁。不幸這人著作歸零，那就只好摸摸鼻子反省反省，自己沒有帶眼識人。若要作選擇，寧可把自己的書壓了當紙漿，也不要淪為次貨。

一個朋友專門收集出版社的書訊和各報副刊近四年，按時間順序摺疊整齊，一月一疊，收在床下的紙箱裡。哪天缺了某報副刊，他會打電話來叮囑，你們家如果有，千萬給留著。他那小小的斗室連轉身都難，四處廢紙，虧他還活得下去。蟑螂最愛報紙，我說，你床上鐵定養了不少，小心睡覺時牠們在你臉上溜滑梯。朋友很認真的答：我一個星期搖動紙箱一次，絕對沒有。

呃！這樣的人，你還能說甚麼？

我有個積習，喜歡留下旅館的信封和信紙。長年下來，使用的速度永遠比不上累積的，於是也成為一種廢紙，擠壓著其他物件的空間。這年頭，信封信紙代表的緩慢和悠閒漸漸成為過去式，信件，成了手工業時代的遺產，帶著復古的況味。

自從家人不再給我寫信，那兩大箱信件和卡片變成我跟家人的斷代史。常常覺得應該找個時間，把幾百封來信順時序分類排好。好幾年過去，卻從沒找到這個合宜的時間。它們就像沒有回收的廢紙，靜靜的藏在時間遺忘的角落。

還有情書。滿紙荒唐言，簡直不忍卒讀。時過情遷之後，情書就像分泌旺盛的頭皮屑，有礙觀瞻。我曾經在一本借來的書裡發現一紙短箋。那是粗心的收信人遺落的情書，遣辭用字令人難為情。何況，他們皆為我所識。情人之間的語言，一言以蔽之，不可說。西蒙・波娃給艾格林的《越洋情書》，令我真確體會到兩個真理：情書絕對只是兩人之間的暱語。而率真，有時也會令人難堪。當然，這種說法極可能是我不夠浪漫的緣故。我的結論是：聰明人應該拒寫情書，早晚，情書也會變成廢紙。所以，在情書變廢紙之前，適可而止吧！

——原載二〇〇二年三月號《聯合文學》

小女生

小女生老了。

整個冬天，小女生用她前所未有的沉重鼾聲提醒我，她老了。

我詫異的發現，老貓打鼾的節奏和聲息，竟跟人熟睡時的呼吸一模一樣。吸進夢裡的空氣化成抽象的囈語，唏，噓！唏噓！都說些甚麼呢？那唏噓的夢境，那些長長短短的輕聲嘆息。我不時停下手邊的工作，久久地觀望蜷縮在墊子上的圓球體。

這隻七點五公斤的母貓，今年四月滿九歲。豐潤毛皮讓她容光煥發，看起來總也不老，還有些豔光四射的模樣，儼然貓中尹雪豔。因此得出結論：老了，得長點脂肪長點肉，豐腴些，才不會一笑就牽扯出一把刻劃生命深度的皺紋。然而年輕的外表下，包裹著正在老去的身體，小女生畢竟上了年紀，當鼾聲響起，我不得不慨嘆，我們的感情，竟然有了九年的重量。

以人的年齡換算，小女生早該是歐巴桑含飴弄孫的年紀。長長的九年，我們的故事應該一大籮筐。認真回想，那些細節卻又稀鬆得很，不就是人貓之間的尋常日子嘛！我常常在樓下揚聲叫，小，女，生。她不應，我就泡茶洗水果翻報紙，邊唱歌似的，變化著音節組合成十幾種不同的小女生叫法，叫到最後，小女生的「生」字不是帶著不耐煩，便是透著求饒的語氣。反正，軟硬兼施非把她喊下來為止。

這是我們的相處模式，人貓不離的配對。我的依賴性很強，小女生的寬容則帶著寵溺的況味，這點通透也是尹雪豔式的。只要喊她，哪怕正酣眠，也會睡眼矇矓晃下來。不過她走路奇慢，跡近遲緩。從四樓到一樓貓影現身，足夠我唱上十遍以上的小女生。心情好時，她會邊下樓邊應，我叫一聲她喵一下，那喵可是高低起伏，節奏韻律次次不同。心情不好，無聲無息直接踱到一樓，仰起貓臉，翻個大白眼，露出「這不就到了嗎？叫甚麼叫？」一副沒好氣的表情。這一刻，我常弄不清楚到底誰是主人，誰是寵物。幸好我們之間沒有面子問題，有幸當貓的寵物，我也十分樂意。

其實大可不理我的耍賴，但她總是順著我。她是一隻膠水貓——很黏。這點我們彼此彼此，沒得怨。只要她醒著，沒見到人，必然不滿意的鬼叫。上洗手間，她喵。泡澡時門一關，喵得更兇，似乎明白我泡起澡來耗時曠日，又得好等。她像鄭愁予筆下的情婦，是「善於等待」的——我出門常一整天，她不得不等。可是只要在家，就得被她跟監。否則她會發出被忽略的生氣吼聲，標準的潑婦罵街式。七個月大結紮時，她的怒吼把一隻等著洗澡的貴賓狗嚇得直抖。沒養過這麼慓悍的貓，也第一次見識到狗怯懦至此，覺得我們小女生當真是貓中英雌。

向來吃軟不吃硬，小女生要我事事順她，我就存心跟她嘔氣。憑甚麼就得隨時讓妳看見？有本事就叫個夠吧！她隔著浴室的門抑揚頓挫開罵，我泡著熱水心裡暗樂。實在不耐煩，便回吼：小女生鬼叫甚麼，煩死了！音量一提高，她知道我動了氣，立刻住嘴。這是九年的生活默契，真不容易。最難的相處哲學莫過於退和忍，以及不計較。小女生就這點好，善忘且寬容。

我最常跟她講的話是：小女生，等妳死了，做成標本好不好？似乎巴不得她早死。其實這話裡有隱憂。從小家裡養貓狗，我最怕生離死別的裂痕難癒。不告而別和病痛亡故，同樣令人難過。傷痛最深那次，是養了八年的黑狗病死。母親趁我上學，埋入紅毛丹樹下。黑狗去了，留我獨自穿越黑漆的油棕園上學；黃昏，少了看落日和說話的夥伴，只好對著夕陽憑弔往昔相伴的時光。每見狗墳，仍止不住淚。

小女生的手足小肥跟我們一起生活六年，不幸應驗了生離。分別三年，我仍深深懷念他柔軟好聞的肚腹。啊！那段枕在小肥肚腹的時光，那令人懷念的「小肥之味」。而今終於明白，為何所有的香水都無法觸動我。原來，獨一無二的「肥之味」是我的最愛，那裡面有生命的溫度和熱能，以及失落的依戀，又豈是量產的氣味所能替代？雖然小肥終將不朽——我們的故事已永藏繪本。可是，要繪本做甚麼？若能選擇，我毫不遲疑要換回那個可觸可枕可聞的貓肚。

生離的痛已嘗過，我懼怕死別突襲，所以早早給自己做好心理建設。小女生自小有氣喘，哪天她毫無預警的死了，至少還有標本陪著。她黏人卻從不給抱，做標本最合適。這事小女生是贊成的。每回我說，把妳做成標本。她答，喵。聽起來像是「好」，黃褐色的大眼雪亮，為這個點子喝采似的。據說貓最老可活到二十三歲，我該拿小女生的八字去算命，看看她陽壽多少，心裡也好有個譜。

這隻貓極度放鬆的姿勢是四腳朝天，袒胸露腹，一副推心置腹掏心掏肺的不設防。這姿勢太誘惑，我忍不住用腳輕揉她的肚腩，邊說：「踩死妳」；或者用手圍住她脖子，說：「掐死妳！」根據她的反應和表情來判斷，一定以為那三個字是「愛死妳」，所以放心的任揉任掐。我怕哪天邪心一起，當真把她給踩扁掐死，遂努力克制自己，不再玩危險遊戲。

小女生原來叫雌咪咪，小肥叫雄咪咪。很沒想像力的名字，天下的貓一律可以咪咪稱之。後來雄咪咪長得胖又壯，改名叫小肥。麒麟尾的小女生冰雪聰明，像鼠鹿，便用上這個可愛的乳名。那時還住新店美之城，小肥是過動兒，老學鸚鵡穿過鐵枝爬到隔壁去，小女生會發出急促的叫聲通風報訊。小肥闖禍受罰，她靜坐遠觀，待我們走遠，才敢去舐小肥安慰他。

小肥勇於嘗試，小女生則行事謹慎，凡事先禮讓小肥。小肥走後，她一改當旁觀者的個性，開始撒嬌和黏人，接收所有小肥的習慣，包括阻止我講電話。電話鈴響，她會踱到身邊，前腳搭在我椅墊上。我講，她也講，不是罵人時強勁有力的「喵」，而是輕輕顫動的一連串「咩」，乍聽之下，真像小孩撒嬌叫媽。曾經有個朋友話講一半，語帶歉意的問：「妳要不要先忙小孩？」所以我講電話，還得拍她的貓頭讓她閉嘴。該死的是，那張仰起的貓臉分明寫著「我很滿意妳沒有忽略我」，而非「謝謝妳重視我」。

小女生佔有慾強，且憎恨同類，除了手足小肥。以前餵野貓，老是有三隻兄妹喜歡跟我們上樓。不巧有一回木門關得慢，被小女生撞見，當場跟我們翻臉，連人帶貓一起罵，還發了整晚脾氣，不理我們，小肥也成為出氣筒。那晚二人一貓皆不敢吭聲，領教了母貓醋勁的可怕威力，當然再不敢造次。餵貓回來，只要手上身上沾了野貓的味道，她會翻遍家裡每個角落，試圖找出那隻不存在的假想敵。回家或出國旅行，不敢把她寄養寵物店，怕她見到同類會發瘋，總是得勞煩她乾爺胡金倫來家裡小住。除了我們，小女生最黏乾爺。他來了，小女生跟他講整晚的話，親熱得很，胡金倫叫她「肥婆」，她竟沒意見。

小女生原來十分嚴肅拘謹，跟現在的膠水貓形象差距甚遠。因為小肥跟我「對味」，成天我總是肥呀肥的叫個不停，老膩在一起說話，耳鬢廝磨，小女生則蹲得遠遠的觀察，表情很複雜。我納悶，在想甚麼？這隻冷淡而不近人情的貓。如今回想，她大概在觀摩人貓相處之道，因此小肥走後，她把偷學的招數全使上，稱職的取代了小肥，讓我們心甘情願安於二人一貓的世界。沒有辦法取代的是「肥之味」。她身上的氣味和貓毛奇怪的只會讓我打噴嚏眼睛發癢，我拍她撫她把毛掀亂，卻絕不敢拿自己的鼻子和眼睛開玩笑。

有些怪癖我始終不明白，譬如，小女生喜歡我們拍打她——用手掌大力拍打貓腿子，力道愈大她愈愛。「生命中不可承受之爽」大概就是她被重打時，不知該如何發洩快感的樣子。我想她有被虐傾向。

對吃，小女生極有個性。她只吃貓餅和水果，不吃魚，大大的顛覆了貓吃魚的刻板形象。至於水果，喜歡跟她毛色一樣的柿子和木瓜。說不定，正是水果頤養出小女生豐潤毛皮尹雪豔式的風華。曾在馬來西亞養過嗜吃榴槤的貓，吃紅毛丹會吐核的狗，到了台灣，寵物改吃土產水果，那是理所當然。榴槤貓和紅毛丹狗都長壽，我因此希望小女生當柿子貓或木瓜貓，永遠不老。

——原載二〇〇二年六月十九日《中國時報》

蝨

每次穿上那件上衣，在台北匆忙行走辦事，彷彿就真的變成了異鄉人。豔黃的蠟染布，七分袖和下襬各縫接著寸餘長的金蔥，再加上一件下襬也鏽著亮彩圖案的八分褲，從路人好奇的目光，我知道這身裝扮太過招搖，即使在馬來西亞，我也不敢穿這身衣服出門。可是穿著它在台北遊蕩，卻有生活在他方的愉悅，還有，一種隱約的鄉愁。

模糊的，我從來不承認的鄉愁。不痛，有些癢，就像頭上長了蝨子，不時總要搔一搔。那件衣服總是令人想起頭蝨，和張愛玲長滿蚤子的華麗袍子無關，倒跟印度人的頭蝨脫不了關係。

記憶裡的印度女人總是在捉頭蝨。她們蓄著長髮，長髮編成一條結實的長辮，長辮抹上油亮的髮膏，背後看去，一條黑蛇隨著人體款擺，髮尾尖尖的像蛇信，讓人不得不注意她們豐厚的臀，因為那條妖嬈的黑蛇，就貼著她們的臀搔首弄姿呢！頭髮太長清洗麻煩吧，肥潤的油膏和汗水因此滋養出大把大把頭蝨。捉頭蝨，成了她們在家務以外的娛樂。

孤獨的童年時光，常常站在鐵軌邊發呆。鐵軌很長，延伸到我無法想像的地方。它送來一列列火車，送走每一個安靜寂寥的午後。鐵軌旁邊一棵結滿黃果子的大樹，樹葉篩出細細碎碎的陽光，風起的時候，寬大肥厚的葉片翻滾起伏，發出嘩嘩的水聲，讓人以為大風同時帶來了急雨。那家捉頭蝨的印度女人，也許是母女吧，就住在鐵軌旁邊。她們在無所事事的午後，開始旁若無人的捉起頭蝨。

打散髮辮後的印度女人頓時失去了光采，尤其是步入中年的媽媽，陰霾的眼神總是令人害怕。她披散著亂髮伏在女兒膝上，臉半掩，依稀可見的側臉有些憔悴，晶亮的鼻環因此成了我眼神降落的地方。她的眼睛閉著，全然放鬆，任由女兒把她的頭髮翻來翻去，只偶爾睜開眼睛，從髮茨間拋來一個讓我不能迴避也不敢相對的眼神。那半睜的眼神總是看得我很無助。因為那陰鬱的眼神，遂使兩個女人相偎的模樣，成了記憶裡永恆的雕像，伴著風吹樹葉如雨，以及火車悠遠的鳴聲。經過一次又一次回想，那情景竟然被記憶修改為彼此相依為命的景象。

也許那是我的錯誤詮釋吧！寧願相信她們很幸福。懶洋洋的下午，當大部分村民被太陽烤得昏昏欲睡時，她們專注的神情，像在舉行神聖的儀式。頭蝨從濃密的髮叢裡被揪出來，女兒兩指使勁一捏的剎那，我腦海浮現的是狗虱被拖鞋拍得血肉模糊的樣子。雖然頭蝨比狗虱小太多，那種殺戮的快感應該很接近吧。

我們從來不打招呼。在那個以華人為主的村子，印度人成了少數的邊緣人。在我眼裡，華人和印度人可以簡單的分為不長頭蝨和長頭蝨。在沖水馬桶尚未普及時，這家人的先生挨家挨戶挑糞。過年時他會特別帶著兒子，慷慨些的華人就會大人小孩各給一個紅包。他們打赤腳，再大的太陽，也是那雙肉足赤裸裸走過滾燙的柏油路，好像也沒有看過鞋子散置在他們家門口。那個印度媽媽看我的眼神裡，不知道是不是混合了一種怨懟的不平情緒。當然也有換成媽媽捉頭蝨的時候，可是我已印象模糊，只有那令人驚慌的眼神，使那幅捉蝨圖成為生命永遠的烙痕。

搬到油棕園之後，緊鄰著隔壁就是一家印度人。捉跳蝨的場面沒有重演，取而代之的是凌晨時分女人的哭喊，伴隨著牆壁清楚傳來的撞擊聲。那真是令人頭皮發麻的聲響，只要想像頭顱狠狠的與牆壁對撞，痛楚立刻神經質的傳導到我的頭上。才國小二年級的我無法理解，喝醉酒的印度男人為甚麼要打太太？馬來鄰居說他們早已習慣了，採收油棕的印度男人把辛苦賺來的錢，拿去喝廉價的椰花酒。喝過頭了，便發酒瘋打太太。他們喜歡撞擊的聲響。鄰居串門子時說，也許和油棕落地時的撞擊聲一樣吧。莊園裡也有工人因為喝了私釀的椰花酒，而中毒身亡。被夜半哭聲嚇醒時，我便祝福那個印度男人早日中毒身亡。

那家印度女人也留著及臀的蛇辮，聽說印度男人都扯著辮子，用力把太太的頭往牆壁敲，使得那條辮子看來份外邪惡。無法想像那個看來很溫和的男人，夜裡會變成一頭野獸。頭蝨或許因為無法承受撞擊的力道而紛紛墜落，所以沒有見過她們捉頭蝨？

跟他們高中二年級的女兒熟悉之後，我也沒敢提那個困惑：她怎麼可以忍受那樣的爸爸？聽到她喊爸爸吃飯時，耳際總有女人悽愴的哭聲響起，與那幅捉蝨圖交錯疊合。直到搬離那間房子，我仍然常在半夜驚醒，豎起耳朵尋找不存在的哭泣，彷彿又再看見陰霾的眼神，受過驚嚇的靈魂很長一段時間不得安息。

我不知道是否每一戶印度人家背後都有悲劇，跟華人祖先一樣飄洋過海討生活的印度人，似乎有著相似的生命情境。華人說起印度女人的鼻環，都說那是壞了她們命運的不祥之物。穿了鼻環的女人就像牛一樣，一輩子勞碌，受制於男人與不可見的命運。耳洞之外再加上鼻環，即使再輪迴也要當個苦命的女人。從小接受這樣的教誨，我連耳洞也不敢穿，打定主意下輩子要當男人，絕對不可貪圖人生小小的美麗，而破壞了來世的男相。那麼，跟隨著潮流穿耳洞戴鼻環的男人，也許一輩子是想當女人的吧！

我在油棕園度過童年的後半期和青春期，前後搬了四次家，搬來搬去，總與印度朋友為鄰，他們是善於利用美感征服貧乏的民族。即使住處那麼狹小，屋前總也種滿繁茂的花草。餅乾桶油桶牛奶罐子當花盆，栽出豔麗搶眼的花色。他們偏愛濃烈的花色，家家都有那麼幾蓬大紅大紫的九重葛，花太重，以致不支垂地，很有散漫慵懶的情韻。花質厚重結實的雞冠花也是他們的最愛。不過那質地太過剛毅，顯得火辣辣的紅色有些殺氣。奇怪的是在油棕園住了那麼久，很少看到有人捉頭蝨。花下捉蝨，應該有點怪誕的美感吧！

印度朋友古瑪一家，是屬於雅利安族的北方印度人，皮膚較白皙，身上總有一股淡雅的清香。她家前院種了幾棵盛放的紫薇，屋子裡終日薰著印度香料，在她家待久了，渾身上下都是印度味。我們原來用彼此都懂的馬來語和英語交談，可是她促狹的個性一來，便教我淡米爾語的三字經。征服淡米爾語實在很有成就感，那是一種專門刁難舌頭的語言，要一條很軟很有彈性的靈活舌頭，才能把那些乖舛的卷舌音馴服。我故意把每一個三字經都說得很標準，她笑得和院子裡的九重葛一樣倒在地上。

有時我也學寫淡米爾文，例如數字和單字，就像她要我教她中文一樣。後來博士班上西藏文，那些像圖畫一樣的文字，總讓我想起古瑪笑得在地上打滾的模樣。我曾經悄悄的問過他父母親打不打架。她瞪著原本就已經很大的眼睛說，噢！當然不。

她的父親個子很高，灰白的頭髮梳得一絲不苟，高挺的鼻樑上坐著厚重的眼鏡，薄薄的唇上撇著很威嚴的八字鬍，一把長傘當枴杖，走起路來篤篤篤，像英殖民地時代的紳士。他是莊園裡的高級職員，跟女兒也用英語交談，不太說淡米爾文，就像莊園裡那些從小受英文教育的華人，習慣用英文思考，讀英文報，收看全是英文電視節目的第五頻道，宛如還活在英殖民地時代。

古瑪吃飯用刀叉，不像以前的印度鄰居用手抓飯。我覺得很可惜，按照古瑪那種文明的方式，吃飯不過是生理需求，可是用手抓，那就變成遊戲，飯也因此可口多了。尤其是印度囍宴，在臨時搭起的簡陋布篷下，跟一群印度朋友排排坐，伴著連說話都要大聲嚷嚷的樂音，和濃烈的印度香水味，吵雜的環境和簡單的兩樣咖哩菜色，都無損於每一口經過「手工」的飯。我一直不明白，為何黃油飯經手指捏過之後，特別香甜？

在油棕園住久了，我慢慢的發現印度人明顯的階級意識。就像以前住的新村老家，華人與印度人宛如分住兩個世界。莊園裡的一些印度高級職員，就像古瑪一家那樣，不太跟採收油棕，或是做苦力的印度鄰居往來。

只有女人的衣服不分階級。那些觸感輕柔飄逸的紗麗，搭在女人黝黑的膚色上，對比出強烈的色彩。上衣和裙子之間露出中空好大一截腰圍，紗麗乖順的滑肩而下，顯得腰身很靈活嫵媚，尤其是穿在姣好身材的女孩身上，配上發出銀亮聲響的手環，常常讓我看痴了過去。

母親稱那些濃烈的民族色彩為印度色，神色間有點輕蔑。於是羨慕歸羨慕，我卻從來沒有表達過想把那些印度色穿在身上的渴望，總是偷偷的想，如果有一天，額上點個紅痣，手腕套一大串七彩的手環，讓紗麗和長辮子在腰間勾搭碰撞，不知道是甚麼模樣？不過少了那些造型誇張的耳飾，和鼻子上那顆顯眼的鼻環，印度裝扮必然失色不少吧，無論如何，我可是下定決心下輩子要當男人的喲！

至於那些彷彿是印度人正字標記的頭蝨，我可從來沒有想要領養牠們。也許是那幅捉蝨圖總是帶點悲愴的意味吧！聽過夜半撞擊的聲響和女人的哭泣之後，總讓我錯覺那對母女彷彿也有甚麼委屈，藏在我無法看見的暗夜裡。如今她們連同那些被掐死的蝨子，和孤單的童年，隨著被鐵軌送走的火車，全都走進了記憶最深處。只有嫵媚的紗麗，還在裸露的腰際款擺，那豔冶的色相，讓人惦念至今。

——原載二〇〇〇年十一月四日《聯合報》

本輯作品均選自九歌版《飄浮書房》

輯五

飄浮書房

我過的日子跟狗一樣。

狗日子裡只有滿腦子瞎想，雜蕪的念頭迸出來，

轉眼又消失，像天上的浮雲聚散了無痕。

狗日子很感官，大量的睡眠、食物和玩樂。

狗日子很頹廢，可是很享樂。

人生該偶爾如此。

不老城

「你是哪裡人？」「怡保。」

每次報出這個出生地，都有微微的優越感。怡保，好山好水，奇岩秀壁處處，號稱「小桂林」，出產美食和美女。馬來西亞人打從心裡喜歡怡保。好水搓出好麵食，那裡是美食天堂。好水也滋長美女，楊紫瓊是怡保人。那裡的土質出產天下第一的柚子，個大汁多，結實飽滿的紅肉滲出蜜香。雞蛋裡挑骨頭的人，也只挑出「怡保很熱」這幾近廢話的缺點。藍天白雲下，火車站、大醫院以及聖．麥可高中這些英殖民地時代留下的老建築，透出淡淡的優越。一條舊舊的休羅街提醒人們它的殖民地血緣。

我喜歡這座老城市。殖民地底子厚，修養深，沒有老態龍鍾的遲暮，怡保老出閒雲野鶴的優雅，透出晚霞般的瑰麗色澤，九重葛在路邊溝旁或庭院裡燒出英殖民地時代的煙霞。

怡保華人多，是座廣東城。香港流行甚麼這裡也跟風，西馬南部是台灣流行文化的天下，怡保小孩卻從小聽香港的流行歌曲長大。港星港劇廣東歌，街場巷弄都是高分貝的廣東話。廣東話有九個聲調適合罵人吵架，有效地為這個老城注入沸揚的生命力。一個不被時間分解的城市，二十年前如此，現在依然。新住宅區當然年年增加，是平房或排屋，不覺刺眼，隔一陣乍見新房又起，只有輕輕一聲「咦」。從六歲搬離怡保，我變成過客，每年回去看它一兩次，一晃二十八年，怡保親戚中的小輩轉眼長大，長輩或老或死，只有怡保沒變。賣「煎堆」冷飲的印度男人十幾年都還杵在橋頭大樹下，只是額頭髮線更高頭髮變白，還有肚子開始吹氣球似的脹圓了。

老城市有太多不老的理由。它有幾個黃昏市集，只賣食物。食物是城市的活水源。二、三十攤大排檔一起出列，看得人眼花。我的胃口平時大得令為夫尷尬。賣彩票的印度人，賣晚報的華人穿梭食客中。怡保人愛吃也愛賭。母親說幸好搬離怡保，否則早晚父親也爛賭，每週跑馬外加兩次開彩，還有「多多」博彩，即便山堆的家財也會敗光。不過父母親打從心裡喜歡怡保，每個女兒的名字都有「怡」，連在南部出生的小妹也是。不知是否「怡」字作祟，我嫁了怡保人，五妹和妹夫後來都定居怡保，父母親理所當然不時要到怡保「食」。五妹夫是洋華人只懂英文馬來文，小外甥從牙牙學語就講英語，住這老殖民地城市正好。

我最喜歡怡保的下午。慵懶的悶熱午後，花白的陽光蜷縮在老建築上，街市寂寂，時間在怡保的巷道空轉，城市抽離了現實感，只有失去重量的歷史躲進陽光照不進的巷弄。

來去匆匆的旅客只知道西馬北邊有個招搖的檳城，以及膚淺的小島蘭卡威，沒有時間好好品味滋味悠長的怡保。

也幸好如此。

濕婆神之鄉

怡保很有異國風情。

老怡保人未必同意這種說法，尤其華人。當然，怡保的名產雞仔餅、香餅、貢糖和萬里望花生都是道地的華人食品。慕名而來的外地人都想「嘆」（即享用）一盅「富山」茶樓的早茶和點心。沒有去過怡保的人必然聽過鼎鼎大名的「芽菜雞」。旅遊景點吧，那就是三寶洞了。且不說那奇詭的地理和大大小小的岩洞，光被山壁圍繞的那個烏龜池就是鬼斧神工，那是諸神的藝術品。

立在井底，天光兜頭灑下，壁上的蕨類閃著微光，是有那麼一點被神籠罩的依稀彷彿。熟門路的人知道該在哪一天去吃好吃得不得了的齋菜，那比甚麼大魚大肉都美味精緻。

這些算甚麼異國風情？分明都很華人哩！

我也以為這樣。直到有一回出去吃晚飯，沿街都是艷異的紗麗，絕少塞車的怡保竟然被這些傾巢而出的印度同胞堵住。原來怡保的印度人竟那麼多，紗麗的熱情燃燒整條向晚的街。車子在牛步，盛妝的印度小姐結伴而行，晚風中的紗麗舞得人目眩神迷。遠處，印度廟傳來不絕的節慶音樂。那一刻，怡保變成了陌生的異域。恍然大悟的我霎時明白，為何怡保簡直到了五步一小印度廟的地步。

印度廟的屋瓦住滿神祇，半人半獸，千手千眼，全漆上搶眼的顏色。華人稱之為印度色的包括艷紫、艷粉紅、鴨屎青、寶藍、橘紅，他們的紗麗和神廟，甚至車子都是一片喧囂的華彩。印度人特別喜歡紫紅九重葛，飲用血一樣的玫瑰露。濕婆神、象頭神、Sarasvati、戴維女神和杜爾加女神在屋瓦上注視著跟祂們一樣華麗的子民。華麗，但貧窮。

怡保殖民地建築多，連店街、華人會館都可能是上百年的英式老建築，燕子最愛在樑上築巢。然而建築裡面的現實生活沖淡了它的殖民色彩，人們到店裡去買炒粉、囉雜（rojak，可以稱之為馬來沙拉）、roti cenai（甩餅），或者到會館打麻將領獎學金，不會想到建築悠久的歷史。頂多被燕子的糞便擊中，抬頭並準備詛咒牠們時，發現老舊的樑上都塞滿了燕巢，牆角也散落著羽毛和紙片，為這些老建築平添幾許滄桑。色彩瑰麗的印度廟反倒充滿活力。

出生在怡保彷彿暗示著我和印度人有著某種神祕的聯繫。怡保美食那麼多，芽菜雞和富山早茶我沒興趣，卻獨愛印度炒麵。炒麵有芽菜、蛤蜊和半個水煮蛋，淋上咖哩，擠點酸柑汁，又酸又辣吃得一身汗。不吃炒麵便吃甩餅，沾咖哩，一樣辣出汗來。怡保火車站有個印度人賣一種好看又好吃的零食，十幾種東西裝成一袋，各式豆子、木薯、香蕉片、麵粉條全炸得金黃酥脆，撒上辣椒粉，脆、辣、鹹，邊看報紙邊丟到嘴裡，不知不覺就把一大袋嚼完。吃完口渴，立刻想到橋頭印度人賣的cendol，冰涼沁心且解渴，這時候得暫時忘記中醫禁喝冷飲的警告。搬到南部後，住在一個印度人口特多的油棕園，神像繞境（murti）時，我們用椰子、香蕉、鮮花和清水拜拜，學印度人在額頭上點灰痣。

或許因此我才成了濕婆神的子民，永遠偏愛祂所賜的食物，以及那神祕炎熱的濕婆神之鄉。

糖水涼茶舖

在怡保常喝糖水，糖水，即甜品，隨手可以列出一串名單：紅豆沙、摩摩喳喳、六味、涼粉、羅漢果、煎堆，還有一種廣東話叫「文頭浪」的涼補，淡黃色而口感滑溜，像愛玉。除了紅豆沙，其餘都是冰品。冰糖水是熱山城的滅火救星。一碗冰鎮的摩摩喳喳飽肚涼肺，不吃正餐也餓不了。雖然熱的摩摩喳喳更能襯出椰漿的濃郁香純，番薯和芋頭因此愈顯鬆軟，大熱天吃得渾身汗水，畢竟不夠暢快。

中醫勸女人勿食冰品，在怡保簡直不可能，到處都是冰糖水和涼茶的誘惑，從來沒有全身而退過。台灣酷暑如此煎熬，我以恪守戒律自豪，一到怡保，立刻破功。

怡保女人愛喝糖水，尤愛冰糖水。姨媽姑姐們從年輕喝到老，夫家八十歲的外婆當年捧著紅豆雪大口吃的樣子猶如昨日。我婆婆跟她的三個兒子一樣，飯後要來點冰甘蔗汁椰水才算完滿。這根本不符養生之道，她卻一輩子用這樣的方式過生活，完全看不出已六十出頭，成天開車忙進忙出，無論體態或健康狀態都在巔峰。她說女人一定得喝糖水，糖水「潤」。潤甚麼？潤膚潤肺啊。

於是在怡保早也糖水晚也糖水。我節制掙扎的喝，小心翼翼的喝，把冰塊挑出來，或者只喝小半杯小半碗，仍然至少一天喝上兩回。二舅是家族裡唯一喝熱紅豆沙的人。他住西馬最北接泰國的玻璃市，每次回怡保，消夜時必定提個大鋼杯，說，走吧！買紅豆沙去。那是他的鄉愁，滾燙的紅豆沙本來就滑濡甜潤，加了斑蘭葉（pan dan）尤其挑逗味蕾，杯蓋哪關得住香味？我心甘情願吃得汗濕。

二舅老說怡保的水好所以紅豆沙特別好吃，只有我猛點頭。見大家沒答腔，他一定要重複那則傳聞。當年可口可樂公司在世界各地設廠，測試水質的結果，聽說怡保最優，做出的可樂無可匹敵。我們都懷疑二舅在玻璃市沒認真幫糖王郭鶴年做事，倒當了可口可樂的臥底。雪水涼呀涼的喝得大家通體舒坦，獨有二舅一額頭汗還直呼過癮。

其實我比較喜歡涼茶，尤愛張伯倫街那家涼茶舖。五六個鐵銀色的涼茶桶一字排開，沒有座位，站著把涼茶喝完。逛完街晚上十點去還有客人，轉過巷弄的晚風吹走了暑氣，涼風裡大家骨碌碌解身體的熱和渴。最常喝的是「茶精」，那是涼茶舖的極品，烏黑的青草茶從大桶舀出來，加一小匙甘草粉和梅粉攪勻，苦中帶甘，回味無窮。菊花茶也醇，我猜那是黃菊花所熬，比白菊芬芳且滋味長。街燈下，玻璃杯裡的金黃液體瑩亮。

小孩應該喜歡烏蔗汁。雖然顏色不討好，但是十分清甜，涼透五臟六腑，每天喝一杯，再熱的天氣也不怕。烏蔗比甘蔗清熱解毒，把烏蔗切段，再剖成食指大小的四分，加上中藥店抓的大把茅根煮上兩小時，那是母親的清熱茶方。青春期我幾乎不冒痘，或許跟喝烏蔗有關，婆婆說得有道理，糖水潤膚潤肺。

怡保那麼熱，怡保人那麼愛吃酸辣，如果既沒糖水也沒涼茶，日子可難過了。

飽死

在怡保從來沒餓過。永遠處於飽足狀態的胃，讓我覺得怡保實在「飽死」。廣東話說「飽死」有那麼一種諷刺別人自以為了不得的不屑。人家都「餓死」，「飽死」當然光采。怡保予人豐足的感覺，可能因為小吃中心太多，食物美味多樣，令人天天發愁要吃甚麼。食「口野」是怡保人的生活重心，精神支柱，怡保人想盡辦法「飽死」。

那麼，怡保人吃甚麼？

最特別的是早餐。在怡保住那麼久，還未試過讓剛甦醒的胃吃冷麵包或硬餅乾。總是熱食，童年時最常吃一種叫「老鼠粉」的米食，瑩白滑溜，可湯可乾，外加兩顆爽口的魚丸。「老鼠粉」跟老鼠一點關係都沒有，長得似台灣的米苔目，只能用湯匙舀食。打從有記憶起，爺爺上街喝完早茶，必然給我和奶奶打包熱騰騰的乾粉，就掛在那輛破鐵馬的把手，一路晃回來。南部不賣老鼠粉，於是它成了鄉愁的象徵。老鼠粉用醬油和豬油拌一拌，連蔥花都沒有，憑的是本色本味，好口感。

非常怡保的另一代表是豬腸粉。豬腸粉跟豬腸也沒有掛鉤，它是寸把寬的粄條，剛出籠時冒著白煙的米香，那吹彈欲破的粉皮擺到碟子時巍顫顫的模樣，簡直性感。最單純的吃法是澆點紅蔥酥，勾上紅色醬汁，白裡透紅好吃又好看。我愛吃帶餡的，裡面裹著蝦米、紅蔥頭和蕪菁，只沾醬油。

這兩種早餐都平常，奢侈點的吃肉骨茶，我爺爺特愛。藥香肉香，配上白飯吃起來，又飽又暖，吃完要耕田似的。那是農夫的豪華版早飯，爺爺過世之後我再沒吃過。

黃昏夜市首推怡保花園。胃口在那裡會迷失方向，心猿意馬每樣都想吃，在每一個攤子前猶豫許久。咖哩麵是重口味，魷魚蕹菜清爽脆口，烤魔鬼魚香辣鹹穌，連骨頭都可以吞下去。要不，來碗酸而辣的叻沙（laksa）？滑蛋河粉？還是炒麵？最後一定吃得飽死，因為拿不定主意於是全點，大夥分著吃也嫌分量過多。結尾少不了來盤紅豆雪。軟甜細雪滑喉而下，終於給晚餐畫上完美句點。

早餐和晚餐都講究，午餐呢？上學的在學校解決，上班的就在公司，怡保人的午餐面目模糊。不過即使是打發肚子，午餐還是可以很有風格。反正怡保的麵食好吃，大排檔吃個簡單的湯麵，或者炒粿條，加幾件釀豆腐釀豆皮，或者釀辣椒，配上醃青辣椒，再怎麼普通的麵食都很滿足。

怎麼怡保人不吃飯嗎？

怡保的好館子不少，只是我偏食，對配飯的中國菜沒甚麼興趣。那鼎鼎有名的芽菜雞至今沒去吃。我是南蠻，只愛南洋式的酸辣。搬離怡保後，在南部吃的多是馬來餐印度餐，熱心鄰居送來的料理徹底改造了我的胃。母親後來也做那種中馬印三種混合的菜，連糕餅也是。混血的胃讓剛來台灣讀書的我十分不適應，很長一段時間處在「餓死」狀態，更加懷念「飽死」的日子。

狗日子

用三個字形容怡保。

「狗日子」。

對了。除了dog-day，還有甚麼更恰當的字呢？住慣南部的人覺得這山城特熱，是三伏天的熱法。dog-days，這個英文字形象感強，想像熱極時，狗趴在地上像軟氈，大力呼吸吐舌頭，連吠人的力氣都沒。

怡保卻不只是熱。狗日子還有那麼一種無所事事的閒散。熱天令人慵懶，然而馬來西亞哪裡不熱？吉隆坡和新山滿街仍是匆匆辦事的人。台北的夏天熱且黏，還是沸沸揚揚，偏偏怡保可以文火慢熬。我這急性子的半個怡保人，一到這裡便跟著慢節奏轉悠，鬥志全無。

曾在怡保住了一個半月，甚麼事也沒完成。別說打算寫的稿，帶回去的書很羞愧的連一本也沒讀。我過的日子跟狗一樣。狗日子裡只有滿腦子瞎想，雜蕪的念頭迸出來，轉眼又消失，像天上的浮雲聚散了無痕。狗日子很感官，大量的睡眠、食物以及玩樂。狗日子很頹廢，可是很享樂。人生該偶爾如此。

我容易失眠。在怡保卻碰到枕頭就入眠，外加奢侈的午睡。有一次竟從半夜十二點賴到隔日十二點半，後面只隔十尺的地方在施工，夫家上下連同兩位同行的朋友七點多鐘就被吵起，唯有恆處睡眠不足的我創下奇跡。起床後從容梳妝打扮，赴遲到的餐會。餓了一晚胃口奇佳，早午餐一起吃可真是難得的美妙經驗。吃完逛街買本八卦雜誌，怡保書店少，也沒甚麼文學書，倒是有幾個頗有規模的購物中心，可以買到設計感很強且十分馬來風格的衣服。這是個不太需要費腦袋生活的城市，讀八卦雜誌和報紙殺時間最好。

怡保人可能愛吃，所以得常運動。羽球場要提早訂位，我總是午覺睡醒去廝殺，尚未入場便聽到一片殺球和吆喝的喧嘩。羽球是馬來西亞的國運，我們打拿筆開始就會拿球拍。我去，必先買隨時補充大量流失的水分。這牌子微酸微甜十分補水解渴，比舒跑單一乏味的口感豐富好喝，奇怪不對台灣人口味，進口沒多久就悄悄撤退。

睡覺和玩樂之外，就是被親戚們請吃飯。夫家的姨媽姑姐太多，總有吃不完的飯。他們愛吃且善烹飪，幾個姨婆和婆婆在一樓的廚房弄得油煙瀰漫，對做大菜一竅不通的我在二樓邊慚愧邊吹冷氣，等著好東西上桌。

這真是十分徹底的狗日子。我果真像隻狗一樣用感官生活，像狗一樣喜歡熱天躲在大樹底下。怡保大樹真多，是很老有著浮突盤根可以當椅子坐的那種，在馬路邊林立。大樹多的地方適合納涼。大汗淋漓時往樹蔭一站，吸一口冰椰汁或甘蔗汁，一陣微風拂面，忍不住一屁股就坐下。這一坐，不知不覺就夕陽穿樹。附近的印度人陸續放工，吹來的熱風裡，混合了柏油路和印度女人們身上的香油味，多麼黏膩膠著的赤道氣息。然後，不知是哪家收音機或電視的捲舌歌開始熱鬧的唱。咖哩的香氣飄出來，晚飯時間近了，橋頭大樹下那個賣煎堆的印度人，此時準備收攤回家。

我考慮在怡保養老。

外星人

教書忽然已七年。

早兩年，學生常鬧著要跟我結拜成姐妹，如今學生笑咪咪說想當乾女兒。七年，歲月逼人的殘酷現實莫過於此。想到終有一天學生說要當我孫女兒，就再也沒有教書的勇氣了。這個答案巧妙反轉了彼此的年紀，學生大叫，老師妳很賊耶！但是仍然不肯放過我，那我降低五年智商總夠格吧？

二十歲左右的孩子介於女人與女孩之間，室友齟齬，戀愛問題，就業，減肥是他們最關心的議題。三十五歲的老師也得揣摩女孩的心情，真正人師難為。我的大學生活平淡無趣，像條孤魂野鬼在同儕中穿梭，不愛群體生活，因此對於人與人的相處苦惱實在無處著力，大部分時間順著學生的意思當應聲蟲。

當聽眾的最大發現是，她們這些手機世代的超新新人類是外星人。地球人有時聽不懂外星人的奇特用語，總要打斷她們，「等一下，很機車是甚麼意思？」有時她們也忍不住調侃我，老師妳是外星人呀？把創意用來創造網路用語，她們扭曲中文同時也扭曲我的表情。

改作業時我無法不皺眉，幾堆作業改下來抬頭紋都爬出來了。開口閉口「屁」呀「屁」的中文系小姐們，長得斯文秀氣，卻把屁當成口頭禪說得臉不紅氣不喘。有一次我忍不住說，妳們是「屁世代」呀？有那麼多屁要放，不覺得粗俗嗎？在電梯裡她們旁若無人「放屁」，邊講邊笑，囚在同一個電梯裡的男老師死盯著門縫，鐵灰臉色中掩不住的尷尬，跨出電梯前還側頭瞟一眼，年輕小姐們一點都不在意，推搡打鬧著步出電梯，繼續屁個不停。身為人師的我可是想鑽地洞，教出這樣的學生彷彿是我的錯。

這些外星人的行為模式令人難以捉摸。她們愛跟我裝熱絡；校慶時借衣服借道具；來不及印作業便來研究室借印表機，還不時把「老師妳太遜」當口頭禪，讓我重享大學的同窗情誼。看在某些老師眼裡，學生對我實在太放肆，接近目無尊長了。終於有一次，當著我和眾人的面「刷」學生，頗有「殺雞儆猴」的意味。屬猴的我頓時覺得臉頰火辣，火焰順著脖子直往臉延燒，那訓話裡好像說，上樑不正下樑歪嘛。事後學生攬著我的手，頭靠在我肩上委屈的說，老師根本不是那樣的，妳說對不對？

我說了一件當學生時的故事。

年過七旬的老師，某天在走廊上遇到一位博士班學生。我的這位博士班學長深深一鞠躬，火速去提老師手上的公事包。老師一迭聲說，不必不必，我自己來。外省老師的「必」字念成斬釘截鐵的去聲，還是沒阻擋學長要搶老師公事包的決心。他當老師是客氣，恭敬又堅決的說，老師我來我來。老師有點急了，把公事包貼到前腿說，不客氣不客氣。「客」和「氣」都念得又短又急促。他是真的不客氣。學長仍然不死心，彎腰伸手過去，老師別客氣，學生來就好。等著穿過走廊的我，只好等他們客氣完畢。

學生聽完故事大笑，說，怎麼有這種恐龍學生？

很快忘了剛才被訓的不愉快。

恐龍是上古生物，恐龍學生即上古學生。

這是我不恥下問的答案。

——二〇〇三

都是朽木

這年頭的學生實在難以形容。有時他們讓我後悔入錯行，有時又錯覺身負重任，興起教書是志業，而非職業的豪情。第一次浮起「志業」這個想法時，著實被自己嚇一跳。這兩個字未免太嚴肅太有使命感，怎麼會潛伏在我的辭庫裡？頭腦短路吧，這學究似的上古想法顯得迂腐又可笑。教書教昏頭，轉性了？還是被孔夫子下了蠱？

志業這古老的超人情懷應該出自孔子，而我是那種聽到孔子二字，後腦反骨便開始作怪的朽木。就這點而言，學生和我其實是一國的。偏偏我們一方得扮演老師的角色，另一方得當學生，這翹翹板實在很難保持平衡。學生也認為我們頂好是朋友，不必為了分數、考試範圍和作業傷和氣，遇到我在走廊放聲大笑，也不必尷尬的假裝不認識。

有一次下課，學生沮喪的說起今年某校甄試鐵定上不了。她面試前踩到某人的腳，沒道歉反瞪人家一眼。進考場時發現，天呀！那人竟是系主任。怎麼會這樣？她懊悔得快要哭出來，我卻笑岔了氣，腦海出現她的超大眼瞪人鏡頭。真是有效率的現世報，誰叫妳平常這樣瞪我，這下踢到鐵板了。我有些忘形，根本忘記安慰，或是數落她沒禮貌。另一個很有同學愛的學生不斷提醒我，老師節制一點，不要笑得那麼大聲啦！眼見情勢難以控制，她稍一張望，立刻說，我先走了，不要說妳是我老師。更離譜的說法是，我在研究室大笑，害得在系圖書室外吃便當的同學差點噎著。而且門是關著的喲，這點才厲害。我認為這是被當掉的學生存心詆毀。系圖跟研究室隔了一個大教室那麼遠，有如此能耐上課就不必麥克風了。我問傳話的學生，可能嗎？她露出可愛又可恨的默認笑容。

學生曾偷偷跟系裡的助教說，老師真是一個難以捉摸的女人。如果他們是老師，最好不要教到我這種愛搞怪的學生。有一回學生搖著頭直接跟我說，妳真怪！豁出去的口吻彷彿我才是她學生，害我瞬間錯亂。看來我們對彼此都有些不滿意，他們希望我如清澈見底的水潭，一目了然，考試點名有規則可循。偏偏我喜歡玩猜猜看的遊戲，拿到考卷那刻，他們的標準表情是瞠目扼腕。我假裝諱深莫測，不露得意之色，否則準有學生會在考卷上寫，我盡力了，請饒了我吧！或者類似這樣的留言：老師，妳何必出這種為難學生又為難自己的題目，我們難答妳也難改。好些學生希望此生跟我結的不是師生緣，不巧卻偏是。因此我們還有一項艱難的功課：好聚好散。這也是我的最大期許，說來容易，其實困難。尤其那種一眼望去黑鴉鴉的特大班，一學期下來教了誰都弄不清楚，要把分數打到絕對公平委實不易。分數是好聚好散的致命傷，後來我學會第一堂課跟學生約法三章，剩下的，交給老天爺吧！

最近我為不經意的承諾傷透腦筋。踩到系主任腳的學生甄試上了碩士班，當然，是另外一所。期末考時她遞上一張紙條，寫著「考上研究所，我的禮物呢？」彼時她在失戀中準備考試，半是鼓勵半是安慰，我在嬉笑中應諾「猛男數名」作為禮物。這下可好，哪來的猛男數名可供徵召？

寒流來襲凍得發昏的新年中，我記掛著沒著落的猛男，不由得嘲笑起自己那極偶然興起的「志業」豪情。看來，學生跟我分明是足以抗衡的朽木，孔子見了都要搖頭。

——二〇〇三

耐煩的牛

寫完第十三封推薦函，累得臉貼在桌上，腦袋一片空白。真想變成桌子的一部分，明天四節課全蹺光。

每年十一月我戲稱為推薦月，學生準備參加考試，我也得陪著做功課。總是在最後關頭，學生遞來緊急催命函，求老師救命。我才要你們放我生路哩！不能早點拿來嗎？每回都邊怨邊認命的接下功課。推薦函不就那麼回事，發揮人性光明面嘛！我認真完成學生交來的苦差，同時懷疑，果然有人會相信這些千篇一律的好話嗎？可是學生總是堅持，一定要，即便只是形式也好。

好吧！學生總是吃定我，這年頭當老師就是這樣了。魯迅老先生的教訓，這行是孺子牛。作為一頭牛，要有吃苦耐勞，只問耕耘的精神。有一次上課我這麼說，學生紛紛頷首。

很早就領悟到不適合當老師。當老師先得學會耐煩，我沒耐性，教妹妹數學習題常常不歡而散。妹妹總是跟母親投訴，大姊講第二遍就擺臭臉。老師跟「道德」關係太緊密，這兩個字特別令人敬畏，特別令人敬而遠之。我的老師還說教書是良心事業，我就更不敢拿這崇高的行業試驗自己的良心。那麼，就別誤人子弟吧！大學畢業我上演「逃教記」，哪一個師範畢業生不教書？同班同學全都分發國高中教書去，獨我成了逃兵。

逃兵逃了幾年，最後還是被送回大學管訓。當年被擺過臭臉的妹妹們一聽我準備教書，嘆口氣說，妳的學生好可憐。教了六年，我也常嘆氣。這事說來話長。每回埋首成疊的報告和作業，令我嘆氣的不是學生的觀點或資料，而是匪夷所思的錯字亂句。這種捉字蝨的工作最沒成就感，總是捉不勝捉，越捉越無力。把字蝨剔出來，捏死，填上正字標記。做這事時總忍不住胡思亂想，有沒有善心人願意發明一種捉字蝨機，幫我解決老被字蝨嚙咬的難題？生命不是華美的袍，我不需要蝨子。老師說的沒錯，教書果然是良心事業，睜隻眼閉隻眼一目十行過去，管他蝨子還是蟑螂螞蟻，反正沒人管——只要良心過得去。

我的良心不放行，只好耐著性子當耐煩的牛，讓一堆爬滿蝨子的作業用掉幾個完整的工作天，繼續邊改邊數作業還剩多少的無聊遊戲。終於我忍不住跟學生討饒。我是這麼說的：你們只寫一篇作業，老師要改五十份，好不好請你們作業寫完多修改幾遍才交上來？最恐怖的習作課是一學期五次作業。每改完一疊我總要買一大盒巧克力犒賞自己，學生都是這麼說的，念書要體力，我改作業也要體力。

最令我難忘的是某次阿Y的答題。那是「台灣文學與文藝思潮」的期末考，考題大約是文藝政策對本省和外省作家的影響。阿Y給我的驚喜是：文藝政策真是讓外省作家「賺到了」。以下申論「賺到了」的意思。

我也賺到一次大笑。

——二〇〇三

無處不貓

偶然朋友來家裡玩，總要對散居各角落的貓玩偶發出問號，還在玩這個啊妳？每回我都急著澄清，哦！不是不是，學生送的。於是指著這個那個細說起它們的故事。它們是我的教學外一章。

玩偶中資格最老的橘色加菲貓在我家五年，算是元老。軟綿綿的身體坐沒坐相站沒站相，抱著覺得是隻性情柔順的貓，卻配上翻眼斜嘴的表情，非常搞笑。它有我三分之一身高，因為大，賊表情愈顯凸出，照面那刻，我跟小孩得到玩具一樣驚喜。然而驚喜瞬間便被疑惑和疑慮取代。這禮物，我該收嗎？學生哪來的錢？學期早已結束，學生成績很好，這禮物顯然無關分數。可是，那隻貓看來並不便宜，不能收。

不收得有婉轉的說辭，因此免不了一翻唇舌之戰。平時個性溫和羞赧的學生原來口才一流，說起話來情理兼具，不時跟我勾肩搭背，唱作俱佳。我一節一節退讓，這事最後起了戲劇性的轉變。我不但收下，尚連帶招供出三十年前的舊帳憶苦思甜起來，開始感嘆沒有玩具的遺憾童年，感謝學生讓時光倒流，老師得以重溫童夢。總之，那隻賊貓最後順利隨我返抵家門。可想而知，心軟點頭收下那刻，它必然暗地裡偷笑，表情於是更加地翻眼斜嘴賊得欠扁起來。

當時我並沒有看出這事的象徵意義。貓老大接著招徠各種各樣的貓嘍囉，貓玩偶貓卡片貓吊飾，大大小小到處亂跑，霸佔客廳、睡房、書房和研究室，數量龐大得必須把它們趕進抽屜，簡直無處不貓。

客廳沙發背後的書架上有粒褐黃色貓頭，正好面對電視。我們看電視它也看電視，不開電視它看螢幕裡自己的邪惡倒影。基於厚道和愛貓原則，我不太願意把「邪惡」二字套用在貓上。然而貓頭有只銳牙，眼露奸光，用「奸詐」太便宜它，「邪惡」恰恰好。這邪貓象徵小如子對貓的整體觀感和評價。小如子特會養老鼠，卻非常怕貓。每回來中壢探親（男朋友和我們），總要從嘉義帶著她的倉鼠肥滋滋。打從大一起，她每年進貢生日禮物，從貓卡逐漸演變到貓玩偶。我記得其中一張貓卡上寫著：「我實在不懂妳為甚麼喜歡貓？喵嗚實在很邪惡，還是老鼠可愛。」說歸說，她送來送去的都是貓。我也回贈她四字：「必送必貓」。交男朋友之後，畢業念研究所之後，每到生日，她便拎著貓與男友一起出現，我好像應該痛哭流涕以示感動。今年她帶來一隻馴良可親的小巧乖貓，一改對貓的惡評。我問原因，她說受我的感化，貓似乎沒以前看來可怕了。

無處不貓是我的生活寫照。有課那幾天，絕對不敢到處亂跑，記掛著隔日的課，出門總是頻頻看手錶；平時丟三落四壞記性，卻絕對不會忘記抽屜躺著的作業和考卷，想假裝眼不見為淨都不行。一位成日待研究室的外籍老師說他用力工作，用力玩（working hard, playing hard）。這話深得我心，實踐起來卻很困難。無處不在的貓們，唉。

——二〇〇三

抱一下

我瞇著眼，順應學生的要求，站在新蓋的六館前拍照。冬日的暖陽太明亮，風又太強，頭髮全翻亂了，學生不斷跑來整理我的頭髮要求我睜開眼對鏡頭微笑。這樣一拍再拍，招來不少好奇的目光，我對著兩台相機開始露出尷尬的笑，催學生，快點快點，好了啦我不要再照了。

還是不滿意。她們開始擠眉弄眼說笑話，要我鬆開僵硬的表情，又比手畫腳擺出怪異的姿勢要我跟著做，老師，我們要《霹靂嬌娃》的招牌動作！搞怪的冷面笑匠小狠邊說邊跑，伸出一隻手作勢要攔迎面來的一群學生，我們老師要拍照，請大家繞一下！這麼一嚷嚷，立刻有六七雙眼睛像機關槍掃過來，連走遠的學生都回過頭，我恨不得立刻隱形。

幾經折騰，個人照好不容易拍完，她們開始輪流合照。當然少不了擺譜，其中一張我和天心背對背，得模仿《無間道》的劉德華和梁朝偉。小狠嚴肅的說，老師，不可以笑，要像這樣。她裝出一臉非常酷的表情，左手托右手肘，右手食指和拇指成V字，比個拿槍的手勢，要求我露出殺手的眼神。

最後，終於，可以圓滿的大合照，我吐一口大氣，笑得如釋重負，眼皮卻有些沉重。回到研究室，肩膀微微痠痛，分不出來是照相太緊張還是上課太累。窗外依然是金黃的陽光，想到即將送走第三屆畢業生，不由得有些感傷。

每年十二月拍畢業照，總要嬉笑狂鬧掩飾曲終人散的不捨。研究室放著前兩屆的合照，一張張笑臉在陽光下洋溢著迎向未來的喜悅。然而我每回凝視，卻總是記起畢業典禮時，學生的淚眼。

說實話，我非常害怕畢業典禮。

第一屆唱驪歌時，全無心理準備的我興高采烈答應學生撥穗。六月初夏的高溫讓身著畢業袍的我汗流如雨，燈光很強，蒸出大量的汗水沿著帽沿淌下，我頻頻用手拭額，不斷扶正帽子，髮角掛著晶亮的汗滴在燈光下閃呀閃。我知道自己的樣子必然十分狼狽，心裡嘀咕，當初沒參加自己的畢業典禮，如今卻被學生逮來活受罪。正想埋怨，卻瞥見眼前微笑等我撥穗的學生眼角閃著光，小聲說完「老師抱一下」，眼角的光便化成淚，溢了出來。

眼淚彷彿會傳染，接下來的許多雙淚眼讓我很無措。最怕眼淚，又不懂安慰人，且以為畢業典禮必然歡樂亢奮，掉淚的場面完全在我意料之外，活該當年沒參加，否則不會慌亂至此。我重複許多遍「不要哭」，結果催出更多淚水，彷彿我說的是「盡量哭」。那晚鎂光燈閃個不停，留下淚中帶笑的記憶。

第二屆為避ＳＡＲＳ，各系自辦，一個月前我便耳提面命，要學生千萬別哭，還是不放心，事前先想好應對招數，又背誦笑話以備不時之需。氣氛比想像中歡樂，只有很少的淚水，我的準備幸好不必派上場。然而事情未完，典禮進行一半便因故得離開的一個學生，認為沒有撥穗便不算畢業。結果我們找了一天聚餐，就在車來人往的老溪街大停車場，她慎重套上袍，戴上帽子，讓天地見證了她的畢業。禮成，她說，老師，要抱一下啊！我們就在人車當中結實一抱，我只覺得臉發熱，說不出是尷尬還是感傷。

——二〇〇三

只是路過

開始教書後，我的生活就擺盪於家與研究室之間。只有在家，疲累的身心才可能放鬆與休息，在研究室則跟上戰場沒兩樣。不管前晚睡得多零落，精神如何不濟，一進學校，便得給自己大力加油，武裝士氣。除了上課、開會和準備教材，在研究室最主要的工作是「接客」。我的客人，是熱情且過動的學生，同時也是我的衣食父母。沒有他們就沒有教職，我哪敢怠慢？

彷彿像傳染病，從第一屆畢業生開始，學生從學長姐那裡感染了病毒，一屆比一屆更過動。上課抬槓，不同意我的意見時便歪頭嘟嘴，或在底下竊竊私語，寫作業、考試跟做買賣一樣，總要討價還價。我出的價錢他們永遠不滿意，低一點還要低一點，他們七嘴八舌興奮的把課室變成菜市場。

走下講台時，我常是爛泥一攤，跟學生哈啦也有氣無力。學生發現我上課時神采飛揚，等到一日將盡，便像落日餘暉耗盡光采。一天四堂課是極限，休息十分鐘午飯時間以及下課後留校的幾個小時全算進去，將近八小時，舌頭與嘴巴動個不停。我也被學生感染了過動病毒。中午學生提著便當，探頭探腦的說，老師我們要跟妳一起吃飯；放學了賴在研究室聊天喝茶。我說我累死了應付你們。學生答這是我們系的傳統，學長姐不都這樣，他們可以為甚麼我們不可以？妳偏心！

好吧！看來都是我的錯。

那年正式教書正好中語系成立第一年，滿腔教學熱情對上第一屆沒有傳統可循的學生，師生都玩得不亦樂乎。上課見面，放假也相約吃飯逛街，我不像老師倒像他們的同學，一時之間彷彿時光倒流，大學生活重現。學生都有綽號，我記得他們的小名，卻常常忘了姓啥名誰。他們在ＢＢＳ留言版上給我取綽號Mary，到底伊於胡底我至今沒弄清楚。上台北總要隨身帶幾個搭便車的像帶保鏢，就像以前住新店美之城時，散步總跟著一串野貓，甩都甩不掉。

混熟了他們放肆得很，路過研究室，見燈亮著便敲門。常常我抓著話筒或在回電郵，頭也不轉大喊，進來！門開了，探進半個或三分之一個頭，又急又快的一串話撂下，我只是路過跟妳say一下hello 拜拜囉！有時臉還沒看清楚人就閃走了。研究室是往系辦公室的必經之路，他們路過順便來敲門，有時講一個電話被打斷幾次。終於我跟他們說，我不是打卡機不必來報備，上課準時出現就好。

這種「敲門然後閃人」的遊戲學生似乎玩得很起勁，一點也不理睬我的提醒。他們的學弟妹更變本加厲，研究室徹底變成接待室。衣食父母們有時指定要喝上回喝過的某某茶，我壓根兒記不起來。進出的學生那麼多，怎麼記得誰喝過甚麼？學生竟說，哎呀！老師妳果然老了，記性這麼差！累得話都說不出來時，我倒寧願學生敲門然後閃人，留下一句：我只是路過，拜拜囉！

——二〇〇三

本輯作品均選自聯合文學版《野半島》

輯六

野半島

現形的命運跟自由有莫大關係。
是的，是自由決定了我的命運。
決定了，現在的我。

北緯五度

1

我從沒算過命。從前系裡一位同事擅長紫微斗數，家傳三代的算命之術具有精準的爆破力道，那神準和幽微，給算過命的人巨大的衝擊。命運被破解，個性被摸透當然令人震撼，那是老天掐在手心的祕密。人，而且是關係那麼遙遠的人，怎麼憑一張圖就能探得自己的天命？我的同事是好好先生，只要有空，來者不拒。他算過許多學生和同事，獨獨拒絕我。妳不用。我不死心，為甚麼為甚麼的老是逼問。直到這位聰明的好好先生離職，我始終沒得到正式答案。他總是用各種理由推搪。他不算我的命，而且不肯給理由。我對算命其實沒那麼強烈的好奇，倒是對不算我的命這事很感興趣。為甚麼？

那是八年前，他還沒離職。現在即使他主動開口，我也不想。這幾年來，我看到命運一點一點現形，失眠的時候，跟家人講電話的時候，處理事情的方式和情緒反應，諸如此類，點點滴滴。現形的命運跟自由有莫大關係。是的，是自由決定了我的命運。決定了，現在的我。我不需要算命，我的命運不要在他人之口說出，我要它在我的眼底現形。

高中時離家半年，因為受不了家的管束，受不了油棕園把我當犯人一樣囚禁在無邊無際的綠海，受不了溺斃和窒息之感，遂成為逃家的人。父親在家族裡找不到前例，找不到應對的方式，他最恐懼的，大概是不知道如何給他父親，我的祖父一個合理的交代。說到底，傳統華人家庭長大的男人對叛逆女兒無法可施。女兒竟然這麼難搞，尤其是大姊作的壞榜樣，底下那五個妹妹是要怎麼教？唯一的兒子怎麼辦？

當初我的反抗其實很單純，我嚮往油棕園以外的世界。我不要被綁在家裡。

父母不理解他這輩子的痛苦來自祖父有效的教導，聽從，順服，鍾家斯巴達式的家規。祖父的痛苦來自曾祖母的遺傳，如果我當乖女兒，那麼，我的下場就跟父親一樣：他嚮往自由，卻聽從順服祖父，遺傳曾祖母的瘋狂和極端，這些條件的組合成為父親的宿命。唯一一次的叛逆，是離開錫礦湖離開老家南下自立門戶。祖父罵了幾個月，說他沒出息，比不上坐寫字樓的大姑丈，也不如當警察的二姑丈。做粗工哪裡做不都一樣？跑大老遠幹麼？

那年父親二十九歲，祖父藉酒罵人，酒後瘋言其實是內心話，他打從心裡覺得這唯一的兒子沒讀到書沒路用。父親離家是忤逆他。母親為此很不諒解祖父，他看不起妳爸，看死他一輩子不會賺錢，妳大姑丈坐office毋使曬太陽，二姑丈做馬打（警察）威水，轉來就買洋酒給他喝，妳爸沒鐳。哪有阿爸看不起自己仔喔！祖父早就返唐山跟列祖列宗團聚去了，母親說起來還是怒氣沖沖。

父親的自由意志可以伸展的空間那麼小，因為他沒讀到書，因為祖父要一個孫子。父母也想要吧，基於養兒防老的安全感，或者無後為大的老觀念。身為獨子的他連生六個女兒還有勇氣再賭一個兒子，以他的薪水和能力，七個小孩實在超出太多太多。我的農曆生日隔天，小弟出生當晚，從醫院回來的父親開懷痛飲。他舉起啤酒杯跟來賀喜的鄰居說，等了十二年，這個兒子。到處在慶幸喜獲姍姍來遲的麟兒，還是如釋重負，冷眼旁觀的我很想知道。

反正，應該，不會再有小孩在我們家出生了吧？其實我有點不確定，很怕有賭博記錄的父親把賭性用在生兒子上，再兩年又妄想多賭出個兒子。那時候我十四歲讀初二了，還有小嬰兒出生可真的冇眼睇。那些八卦鄰居的嘲笑和嘴臉我真是受夠了。還好沒有。母親生小孩生怕了，何況她的身體狀況不允許。整個華人社會都要男生，難道沒女人男人們自個兒能繁殖嗎？堂嬸連生七個女兒，生到後來簡直把產房哭翻。馬來助產婆很疑惑，我們馬來人很喜歡女兒的，多生幾個可以陪父母，兒子整天往外跑，有甚麼好？

就是不好。從母親和堂嬸的激烈反應就知道。當年生在鍾家的女兒，尤其不好。

2

從小我就喜歡往外跑，從新村、小島到油棕園，外面的世界永遠比較美。母親說我是野鬼。豈止，我還是孤魂哩，非常喜歡獨處。馬來助產婆說的話不準，女兒也有像我這種愛冶遊的。我筷子握得高，快握到尾端去了，預言日後的遠走高飛。母親說女兒早晚要嫁，反正不住家裡，嫁遠嫁近沒差。筷子握高握低她不在意。高中沒念完我就想離家，跟父親激烈爭吵後把話說絕了，雙方都沒留餘地和退路，不得不走。

還好有那次的重要經驗作指標。離家的好處是，距離產生美感，跟父親沒有短刀相接，再見面時雙方都收斂客氣許多。短暫的離家經驗讓我打定主意，高中畢業之後，無論如何，不管三七二十一，我要走遠。最先想去倫敦。家裡沒人贊成，祖父知道我要喝洋水很光火，罵得昏天暗地。妹仔早晚要嫁人，讀那麼多書做甚麼。沒頭腦呀妳，去做工搵點錢，幫吓妳爸養幾個弟妹。罵完我訓父親，祖母沒有例外也被颱風尾掃到。祖父才是一家之主，他是太上皇。

只好作罷。當時連我都不相信倫敦去得成，那麼貴那麼遠，比夢還飄渺。那麼，台灣總可以吧！機票錢不多我自己打工就有了。只買單程，我硬下心腸，打定主意沒錢回家就飄泊異鄉，沒甚麼大不了的。父親希望母一個女兒都獨立自主，我們家姊妹從國小就會自己跑銀行，開戶存款或領錢，管理自己的獎學金或紅包。國小三年級我跟妹妹三人坐火車去新加坡找三姑，住了快一個月再安全回到油棕園。六年級再跟兩個妹妹坐八九個小時的火車北返萬嶺老家看祖母，連祖母都說，妳爸這麼放心啊？小人走按遠他都不怕？大妹國中畢業跟三個同學自助環島旅行，用少少的錢走遠遠的路，父親二話不說就放行。他對小弟比較有意見。女兒當兒子養，兒子當女兒管，不知道小弟有甚麼感想？

從小出慣遠門，我不在乎走得更遠。當時對台灣一無所知，一心一意想離家，如果有人提供免費機票，非洲我也去。我的成績文商組全馬排第八，第一志願填下有公費可領的「吃飯大學」，省吃儉用應該不愁生活。很多年後妹妹才透露，當年我偷偷出國，不知情的祖父把父親罵得慘死。妳爸爸每天唉長唉短，妳媽也是，妳妹妹快煩死了。小妹提到這事，邊說邊嘆氣，當時她才小學三年級。阿姊妳不記得囉？那天妳要走，只有媽跟我坐bus把妳送到火車站。妳提一個很大很大的皮箱上火車，都沒有跟我們揮手，好像不想回來了。

我不記得。為何小妹記憶如此深刻？為甚麼我偏偏忘記離家細節遺失關鍵時刻？我只記得在新加坡樟宜機場上機，那個大皮箱如何提上公車，再坐火車，過新柔長堤，我又是怎麼一個人把它拖到樟宜機場的，這些那些，竟然徹底在我記憶消失。看起來像刻意遺忘。我要再多一點細節。小妹很訝異反問，真的假的，妳一點都不記得？

可見我有多麼想離家。老天爺也希望我走。出國前從沒中過彩票的父親中了馬幣五千元，他給我三千，那是我高中畢業之後，唯一一次伸手要錢。為了自由。父親不知道那三千元對我的象徵意義，那是自由的本錢，日後他跟女兒得以彌補裂縫的代價。若非遠走，我們的摩擦大概會讓彼此體無完膚，老在淌血的傷口會流膿出水，新傷舊傷反反覆覆永遠好不了。最後，成為殘疾。

幸好。

父親把一疊沉沉的馬幣放到我手上的鏡頭，多麼歷史性。我凝視，我低頭，對命運合十。

3

時間和空間拉開距離。因為離開，才得以看清自身的位置，在另一個島，凝視我的半島，凝視家人在我生命的位置。疏離對創作者是好的，疏離是創作的必要條件，從前在馬來西亞視為理所當然的，那語言和人種混雜的世界，此刻都打上層疊的暗影，產生象徵的意義。那個世界自有一種未被馴服的野氣。當我在這個島凝望三千里外的半島，從此刻回首過去，那空間和地理在時間的幽黯長廊裡發生了變化。鏡頭一個接一個在我眼前跑過，我捕捉，我書寫，很怕它們跑遠消失。我終於明白，為何沈從文要離開湘西鳳凰，才能寫他的《從文自傳》。

有時我只看到時間的摺痕，在摺痕裡看見難以改變的宿命，來自遺傳和血緣。譬如頭瘋，看見了也無濟於事。我們家代代皆有gila之人，馬來文gila指瘋子。瘋狂的基因是鍾家的遺傳，從廣東南來的曾祖母吸鴉片屎，她本來就個性古怪，祖父和父親都得她幾分真傳；我的表叔從青年起便關在「紅毛丹」（瘋人院）關到現在，上回出來後把他老爸鋤死，沒人敢拿自己的命開玩笑再放他出來；三姑在我小學時住過精神療養院。大姑的獨生子，我那長得像混血兒的萬人迷表弟，二十歲出頭便進了精神療養院，十幾年了時好時壞，大姑心疼唯一的兒子，千里迢迢把他送到澳洲醫治。兒子的病沒好轉，反倒是她在六十二歲之齡得了憂鬱症。二姑就更別說了，一家四口簡直被下降頭一般。她三十歲左右出車禍之後精神狀況不穩定，五十歲鬱鬱而終。如今她的兒子也是，唉！

這種隱形的威脅讓人很沒安全感。生命的陰影無所不在，即使逃到天涯海角。我恐懼，可是我得克服它。野大的生命，老大的特質。以前村裡的混混每回跟人吵架吵輸拉不下臉便說，爛命一條，嚸啊？有時我也用這種語氣，你給我試試看？很賭爛。

可是面對時間，賭爛無用。前年我回油棕園和萬嶺新村去，白頭宮女的心情。所有的物都抹上時間的光暈。房子老了，椰子樹、紅毛丹、芒果、酸仔還在，連油棕樹上的蕨類都變少。樹木亦有暮年之人的形色，像祖父祖母大去前那種缺乏潤澤的枯竭之感，我因此知道生命會變輕靈魂會變薄，為了死後便於遊蕩的緣故。

過往之物是時間的廢墟。

油棕園那條唯一的對外道路還是黃泥路，文明的風暴沒有掃進這裡，也沒有掃進萬嶺新村，相反的，它們跟時間背道而馳，一種被遺棄的落後和老舊。萬嶺新村甚至連火車站都拆掉了，因為錫礦開採完畢，村民失去生存的依靠，遂成為跟我一樣的離鄉之人。再沒有誰需要坐火車返家了。

過往的世界遺棄了我，我卻在文字裡重新拾起。World lost, words found，《作者身影》片頭說的。那天離開油棕園時，依然是我極為厭惡的久未下雨的場景，黃塵滾滾。父親的車快速駛離，我的腦海忽然出現一段久違的旋律，當年校車的馬來司機最愛播的〈Take me home, Country Road〉。歌詞裡的Virginia洲在哪我不知道，最遠的外國我只到過新加坡。我用油棕園那條水牛洗澡的溪水想像歌手吐出的Shenandoah River，同時聯想起音樂課唱的印尼民謠Bengawan Solo，那梭羅河長甚麼樣有沒有兩點麻雀？清晨昏暗天色裡，聽那充滿時間質感的滄桑男聲在唱：dark and dusty, painted on the sky / Misty taste of moonshine, teardrop in my eye，看不見的未來哪。遂有一點欲淚的悲涼。

此刻，我的未來已經慢慢成形，我無淚，反而悠悠的想起另外一段歌詞：

I hear her voice in the morning hours she calls me
Radio reminds me of my home far away
And driving down the road I get a feeling
That I should've been home yesterday

彷彿，才昨天，還在北緯五度。

——二〇〇七年七月六日寫於中壢

我們的問題

最近常常凌晨四點多醒來。醒了，便再也無法入睡，雖然身體靜止，睡姿持續，意識卻開始往外攀沿。父親這時候也該起床了吧！多半也是渴望入睡而不得，跟我一樣。想到父親，忍不住歎口氣。這下完全清醒了，只好掀開被子，跟床告別。在兩個島下，我和父親各自開始一天的作息。

我得父親神經質且不易沉睡的遺傳，辛苦入睡了仍離不開顛倒夢想，睡著和醒著沒甚麼兩樣。於是每隔一段時間總要想辦法抽離日常生活到國外去，享受身為「人」該有的基本權利。絕不能返馬。回家情況更糟，只能在全然陌生的環境中忘了我是誰，行旅中就只吃、睡和亂走三件事，如此不用大腦的把生物本能喚回，於是上車睡、走累就在路邊睡、碰到床更是不省人事。睡醒那刻，偶爾會閃過「不知道父親旅行能不能睡好」的想法，有點於心不安。

父親早已讓日常生活馴化得服服貼貼。從小到大被睡眠不足折騰，他習慣了也很認命，不像我那麼計較這應得的天賦人權，而且奢侈地專門飛到國外去睡。父親是那種凡事太過認真的人，從他對旅行的態度就知道。出國增長見聞這種小學生才相信的說法，父親可是深信不疑。前兩年他跟母親以及兩個妹妹結伴遊北京，至今仍然對這古都讚不絕口，老說有機會要重遊。北京，不得了，那些古蹟呀，看都看不完，腳下到處是歷史，走得腿都快斷啦都還沒走完，真是可惜。小妹說他明明就累得走不動，還硬撐。妳爸就是咁啦，妳不了解他嗎？無可奈何時小妹就會使用這種調侃語氣，她也說過「妳弟弟」、「妳媽」等與她無關的措辭，令人哭笑不得。父親去年到上海，回來後只淡淡地說，早知道，再去一次北京。

難怪父親睡不好。

母親說父親小時候書沒讀好，是因為睡不好，又貪玩。精神都玩完了，冇精神，讀甚麼書？聽到先生的聲音頭就點，上課不是睡覺就是被先生打，讀到中二就不想去了。聽起來好像父親沒讀書命。從祖母那裡，我得到另一種令人心酸的說法。

沒得睡呀，讀小學就同我去割膠，收膠後趕去上學，手還糊滿膠屎來不及拔，哪有精神讀書？睡沒幾個鐘頭就起身，妳大姑騎一輛腳（踏）車，我後面載妳爸，才三四點鐘，天還烏烏的。割沒幾個鐳（錢）苦得要死，都是妳阿公。老不死真真沒用，沒鐳拿轉來，我這一生人就是沒看對人才盲眼的。祖母一扯到祖父，我就知道該打岔了。

原來，父親打從開始握筆，就開始拿膠刀。他的膠刀拿得比筆穩，割膠的技巧比寫字的技巧高，因為他的精神和體力主要用來劏膠，填飽肚子到底比讀書重要啊。父親的睡眠和學歷之間的曲折關係，我想知道的祕密。我不敢問父親，更沒膽問祖父，只好在祖母和母親之間反覆探問。我認識的父親語言能力強，中英文讀寫都好，寫得一手工整乾淨的字，客家、廣東、福建話很溜。由此反推，他應該是個愛讀書的小孩。他的童年和中年之間，究竟發生了甚麼事？

彷彿有模糊的印象，父親輪夜班回來草草睡兩三個小時便匆匆出門。有一段時間他曾開計程車賺外快，下午則紅著雙眼讀英文文法，寫英文作文，再紅著眼去上夜班，帶著作文在工作空檔的時候改。週日的時候給他的印度老師，也是我的印度老師過目。彷彿他曾經問過我文法，非常認真做筆記。彷彿，我曾經想問。終於沒開口。我怕問出讓我不知所措的答案。

必然有不為人知的心酸。必然跟生活、跟我們有關。若非一群像階梯的小孩，他大概不必老掛著一張欠睡的灰濛濛的臉。以前我總以為那是油棕園的灰塵太厲害，開始失眠之後，我終於瞭然，喔，原來如此。

父親脫離日夜顛倒的輪班日子多年，他的睡眠狀態卻始終沒好轉，而我則時好時壞。失眠時邊怪遺傳，邊覺得與父親同在；睡飽時便想，要是父親能夠放下一切，渾然忘我的飽睡一頓，該多好。

——原載二〇〇六年十二月五日《中國時報》

他以為他是一首詩

跳過父親在家的時間給母親打電話總有些心虛，於是每隔四到五次，我便得跟父親聲氣相通。跟父親說話很有壓力，他老是話中有話，不像母親直來直往。有時他的氣搭聲音的順風車過來，聲氣相通的結果是不歡而散。父親看不到我臉上滿是懊惱，當然更不知道每回收線之後，女兒陷在語言的泥沼裡，反覆尋找剛才那通電話裡的象徵和隱喻。

這樣說話實在累。父親經常話講一半，要不然就把想頭收心裡，表面上聲東擊西。譬如他問，甚麼時候回來？嗯了半晌，我給個不太確定的日期。他立刻說，忙就先別回來，冇相干啦！明快，無所謂的語氣。既然他說冇相干（不要緊），理所當然的我信以為真，拖過暑假匆匆開學。這事沒在我心上留痕。

某次跟母親聊天，她忽然岔開心花怒放的正題，收起開心的聲音說，別怪妳爸，那個人的死脾氣就是這樣。她常稱父親「那個人」，聽起來像路人甲路人乙，跟她跟我都沒關係，這樣她好公正論斷對錯，給父女二人解冤解結。

母親急轉直下的語氣讓我一頭霧水，問原因，母親沒聽對，自顧自講起「古仔」。古仔在客家話裡指故事，母親的故事是「從前」發生在我們家的真人真事，絕無杜撰。只讀到國小三年級，她從沒弄清楚過白雪公主和灰姑娘的差別，一律稱之為「公仔」（漫畫人物）。long long ago，或者「很久很久以前」這類童話開頭，從來不曾出自母親的口。

這次她講的是父親的古仔。我盯著電話液晶螢幕上的通話時數，愈聽愈迷糊。「那個人」的從前，跟母親剛才的開場白有甚麼關聯嘛？

所以呀！妳要抽空回來。

終於。

我努力還原那次對話的每一個小細節，情境和語氣有些模糊，只記得父親分明說「冇相干」。到底我哪裡招惹他了？父親的情緒顯然影響到母親。只好打給小妹。我準備開會，去問二姊。小妹收線收得乾脆俐落。她在銀行工作，對錢特有概念，大概體諒我還得再講一通頗長的越洋電話。這就是姊妹多的壞處。放下電話我多心的想，小妹該不會覺得這是燙手山芋，所以丟給大妹處理？揉揉耳朵，伸展一下久握電話的手。講電話之前它敲了兩個小時的鍵盤，現在我的太陽穴跟手一起隱隱作痛。

事情講明之後，我一時啞口。原來父親偶然讀到我寫的〈回家的理由〉，突然了解女兒並沒有他想像中的忙，不回家的理由純粹是「不想回家」。日思夜想的結果，他歸咎於自己難搞的個性讓女兒視回家為畏途，於是不快的陳年舊事重新又在他腦海浮沉。他對母親發飆，又對幾個妹妹訴苦。都是妳的筆闖禍。大妹的結論像告誡，她的臉一定很黑。

我跌坐在椅子上許久，被那種非溝通狀態弄得很疲憊。怎麼會這麼曲折，這麼意在言外？原來，父親以為自己是一首詩，一首晦澀難懂，充滿象徵和隱喻的現代詩。現在我才懂，我得拿讀詩的方法去讀他。

——原載二〇〇六年五月三十日《中國時報》

無所謂

當父母親以沉默面對生活的責難時，我隨即也摸索出應付世界的態度。聳聳肩，頭一撇，流氓似的抿嘴，一個字一個字慢慢的告訴自己，無，所，謂。無所謂。多說幾次，經過許多次練習和實踐，彷彿就真的把不快化成渺茫輕煙，變成樹梢微風，三兩下便消散無影，啊，果然無所謂了，陽光穿透烏雲，散下神的光束，有鳥鳴如歌。

剛開始，事情沒那麼順利，嘴上說了，心裡還是很不痛快。無所謂可真是艱難的修行啊。就這點而言，我實在是不討人愛的早熟小孩，內心像個黑色泥沼，盡是些漿糊泥巴和細菌，醱酵出來的鬼主意怪念頭說出來準教大人嚇一跳。好在我們從不聊內心世界，他們被生活磨得疲憊不堪，沒多餘時間管我們的內心是髒臭泥沼抑或明淨水塘。這樣也好，我討厭約束，熱愛自由。

記得有一次闔家出門，父親開車到B芭找朋友。那時我們已經到了尷尬年紀，不大樂意跟大人出門，卻又不敢忤逆。二來實在也厭倦別人總是重複「你女兒真多」的那套老話，以及父母親很無可奈何的苦笑和笨拙應對。開始看甚麼都不順眼，尤其討厭認識的大人談「女兒」。你女兒真多。父親笑了一下。很少人生這麼多女兒的。是嗎？父親又牽動嘴角。聽起來嘲諷做父母的，又嘲笑做女兒的。那「生」字尤其讓人不舒服。話裡帶刺欸，父母親怎麼可以不動氣不反駁？我詛咒那沒口德之人起碼一百次了。黑色泥沼。怨力。

父親是工作狂，沒上班的日子百無聊賴，他堅持出門。假日出去走走吧！順便去收錢，不要拖著。父親強調，大概是嘉應會館或客屬公會樂捐甚麼的，他是總務或財政吧，不討好的苦差。我實在不了解父親，沉重的家計不嫌累嗎？這種義務性的差事貼錢都沒人要幹，他卻老好人一個單獨攬下。母親有時虧他，有時間不會睡覺呀，去收錢，人家有補貼你車油嗎？

總而言之，就是非出門不可。我不敢不去。折衷之法是，去，但是不下車。

父母親跟妹妹很快就回來了。很大的甩門聲，砰！車還沒發動，火山爆發，車內盡是滾燙的岩漿。妳們三個在車裡躲躲藏藏做甚麼？人家說妳女兒那麼怕醜看到人就埋下身。見不得人出不了世面以後別跟我出門，駝衰人。心臟噗噗噗跳得很厲害，不是害怕，是怒極攻心。黑色泥沼就快潑到父親臉上了。完全不是那樣，完全不是。我反駁了很多遍，在心裡。

多事多嘴之人，父親，這世界。唉！

然後是母親。回到家再度被訓。聲音很低，被壓抑的怒氣密度大得有點可怕，鑊鏟敲出鏗鏘的炒菜聲。火候一定很夠，這蝦醬空心菜。我盯著母親快速揮舞的手，漸漸聽不到她的話，《苦女流浪記》的文字在腦海轉換成畫面。

無父無母的苦女覓得無人之島，島上有荒廢空屋一間。白日她在工廠謀食，剩下的時間便自囚於小島，甚至把木板橋抽掉，徹底切斷跟外界的溝通，以竹竿撐著跳越小河。那與世隔絕的決心啊那自由，讓我無限嚮往。

這本書是某一年回新村老家，在舊櫃子翻到的。那時大概小三吧，三姑的書。沒有封面，內頁泛黃且紙質近於脆裂，我把許多細節記熟，以畫面儲存，時時翻閱。那島那屋，那無牽絆無約束。有了與世隔絕，再苦的生活都無所謂。我有祕密基地可以躲喔！快樂的苦女笑著說。安靜的夜晚，雨打香蕉打在椰子葉上，貓臥於腳邊。我在床上複習那畫面，在小島邊緣入夢。

現實裡沒有小島可居，只有無所謂。當我說了千百次的無所謂之後，那島的烏托邦，彷彿就存在了。至於它要不要在現實裡成形，嗯，說實話，無所謂了。

——原載二〇〇七年四月三日《中國時報》

甚麼都不說

從小挨罵慣了，對大人發脾氣沒特別感覺。也不怕打，因為挨打之前大多心裡有數，玩過頭了嘛，明知故犯，沒吃籐條才怪。打罵孩子是為人父母的權利，某些時候，也是責任和義務。所以，從前的父母比較幸福。他們宣洩怒氣的方式直截了當，肝氣暢通不鬱抑，很少得憂鬱症。當左鄰右舍的父母一族叫囂著我打死你打死你看你死去哪裡，我們對那排山倒海的怒吼報以嘻嘻一笑，很沒同情心的猜測，是哪個倒楣鬼出門沒燒香，讓衰鬼跟回家才沒飯吃，得吃那頓痛入心肝的「指天椒炒麵」。炒麵，被籐條打之意；加指天椒是勁辣版，打過必留痕，有時還能從紅紫色的籐條痕看出流霞之美。

指天椒炒麵夠犀利了，但畢竟屬於爆發性痛楚。慘烈是慘烈，皮肉之痛而已。我的父母親有一招更厲害的撒手鐧，不痛不癢，卻比指天椒炒麵的影響深沉久遠，像是一種代謝不掉的頑強藥劑，沉積在血液裡，回收成為生命的一部分。我每回要形象化那種抽象感覺，總會現出黯夜場景，打開的門縫劈出一角刺眼的光，一張無光無五官的臉轉過頭，背光的身影顯得異常憂傷。無言以對的憂傷。有時是大片烏雲罩頂，走到哪跟到哪，甩不開躲不掉，成為生命永恆的背景，別人看不到，可是你很清楚感受到沒有陽光的陰鬱，生命無論如何都開朗不了。我從來沒仔細分析過這兩個畫面的心理意涵，太複雜太傷神了。即使得出結果，除了無言以對，還能怎樣？

那具有撒手鐧效果的強力懲罰，叫沉默。指天椒炒麵和沉默的差別，就像長瘡跟長癌。外表和內在，短痛和長痛。現在我懂得比喻，才說得清它們的差別。唉，沉默。

沉默以對。有時只是搖頭，歎氣，看起來甚麼都沒發生。多半是父親，這是我一生的陰影。離島時期，父親話最少，氣歎得最多，我隱約感覺到生活的艱難。大人的沉默讓我快速長大，還不到七歲呢，開始跟童年漸行漸遠。母親不太打人了，在那原始的荒島上。每回父母親關在房裡刻意壓低聲音交談，我便知道將有一個低氣壓的夜晚，窗外猖狂敲窗的海風，是夜晚起伏的內心。

沉默會改變空氣的密度，讓人如臨大敵，我們盡量避免行走和說話，連呼吸都很輕。打個噴嚏都可能驚起駭浪的，沉默之夜。畫圖的就專心畫圖，玩公仔的乖乖玩公仔，大家看來若無其事。我悄悄跨過童年的柵欄，在那遙遠的海角。

那一年離島生活送給父親兩樣禮物。搖頭，和歎氣。當他獨處，或者吃飯，搖頭和歎氣成為他無法控制的，對生活的責難，也是對我們的責難。這輩子，我們欠他一個快樂不起來的人生。也許是我們甚麼地方沒做對沒做好，或者不符合他心意。這種情況常有。事情沒到當面發脾氣的程度，他便埋在心裡，吃飯或獨處時拿出來想一遍。又一遍。冗長的沉默。

開飯沒多久，搖頭。母親跟我使眼色。再一會兒，那歎了幾十年的長氣竄出來了。唉，深沉的，發自內心的感歎。母親忍不住笑了。母親年紀愈大愈愛笑，老小孩的樂天個性。喂，喂，你想甚麼？她叫父親「喂」，沒名沒姓，發語詞成為專有名詞。父親的沉思被打斷，笑一笑，還沒從烏雲或黑暗抽身的樣子。

於是那兩個畫面就出現了，在我腦海。我掉入父親的沉默裡，被烏雲罩頂，黑暗圍身。父親不可能再給我指天椒炒麵了。我們已經被時間遺棄，回不到很久的從前。他只剩下沉默。我，我只好無言以對。

——原載二〇〇七年三月十三日《中國時報》

一家人的夢

春天，一切都顯得太匆匆，譬如春夢了無痕。這句詩的惆悵來自夢的空無，卻又形象得很，像離別的背影走遠了，猶回過頭來望了又望，想要留住甚麼，卻甚麼都不留住，也就只好悵然轉身。從前在馬來西亞時我無從體會，只能想像。春夢跟夏秋冬之夢有甚麼差別？難道這三季的夢有分量些，能留痕嗎？如今在台灣歷經十九春，這詩又美又愁的情緒仍然跟我無緣，我的夢不分四季總是非常清晰，多半是現實殘渣，不愁也不美，沉甸甸的，倒是巴不得了無痕。

事實卻是，我在春雨裡做著慘淡的夢，整個春天，夢裡比陰雨的天色更灰更沉。灰沉的春雨的某一個早晨，收到沒感情沒熱度的簡訊：call me。是小妹，上班途中等紅綠燈傳的吧！看來不像有急事，先擱著。吃完早餐再看，又一則，it's urgent。我還在判斷，越洋電話來了，阿姊，打給我，快點。明知道不會是火燒眉，我還是乖乖掛了手機抓電話。幾個妹妹全這樣，分明她們找我十萬火急，就是要我再撥回去。為了父親再犯的風濕，一頓很猛的火爆脾氣；或母親的假牙沒做好，又或者託買幾本書。最後這件最是賠了夫人又折兵，出錢出力出時間。有時，譬如這次，就只為了要我聽夢。

奇怪了，我上輩子欠妳呀？為甚麼要我付電話費聽妳說夢？小妹不理我的埋怨，急切的講起來。關於祖父。付費聽夢，該不會這也是個幻夢吧。末了，小妹意猶未盡的發表她的夢後感，哎喲，阿姊，我哭到，真是。

斷裂，破碎，沒說出來的我都能體會能看見，一如當年同房之時。必然半夜抓著被子淚流不止，那樣的夢。祖父在夢裡用力拍她的肩，笑著說，阿公在這裡很好很好呀！生前少有的幸福和安詳溢於言表，拍打的力道非常真實。阿公要走時還抱我一下，很慈祥很慈祥的笑了。

就在那一刻，我彷彿進入了小妹的昨夜之夢，看見祖父拍她抱她，揮揮手，臉帶笑容，很快沒入明亮的雲霧之中。阿姊，阿公過世時我都沒哭，昨晚我哭到早上起來兩個眼睛腫腫。現在還腫。小妹吸鼻子，鼻音變重了。我望著那團逐漸消散的白霧，霧裡隱沒的祖父背影。熟悉的白背心寬腳褲，久違了。

那是真的，豬頭蘭。不過我不明白阿公為甚麼只跟妳講？妳比我美咩？電話那頭立刻換上笑聲。長姊如母可不是好當的，得了便宜還賣乖的傢伙逮到機會又虧我，of course，妳是四張快沒得找的阿嫂了。

多麼溫馨的夢啊，連握著的電話都變熱了。突然就想起祖母過世那天，打開手機跳入眼簾的簡訊，一樣宣稱urgent的緊急催促。夏日早晨九點，陽光明媚，蟬聲如浪一波波。我習慣睡覺皇帝大，關手機拿起電話，再大再急的事都進不來。有時起床忘了開機也沒放回話筒，常把尋人的急死。

沒想到這回是祖母離世。阿婆死了，阿姊。正準備回家的小妹在電話那頭開始哭。我啊了一下，沒意會過來。吃麵哽到，一下就沒了。我再啊一下。某些時刻，是沒話的，譬如這種天打雷劈的瞬間。本能的反應，只有啊可以傳達我的疑惑和驚訝。這烈性子的女人，連死也這麼意外而嚇人。她想死，便死了。誰也阻止不了。

隔年我回去見她跟祖父，赫然發現連死亡日期她亦已挑好。農曆六月十二。６１２號，祖父的牌位號碼。我當著眾多逝者的面，大叫。遲來的發現。當時祖母的牌位預留在祖父隔壁，先貼著紅紙。等了兩年，我們都沒發現數字有暗示。不是跟你們說六月十二嗎？照片上的祖母臉有慍色。沒一個讀出來，蠢人。

父親心懷愧疚，因夜有所夢。祖母坐在油棕廠的超高溫火爐裡，直挺挺瞪他。妳阿婆眼睛看到了，沒盲，好像怪我把她一把火燒掉，沒入土。父親的聲音聽來很沮喪。又一個被夢困住的人。一樣戲夢人生顛倒夢想。果然是一家人欸。

我想養隻食夢獸，把父親的我的所有人的噩夢全吃掉。窗外，吉野櫻的落花滿地，這夢般的幻念，瞬間便隨著落花春雨去。

——原載二〇〇七年四月十七日《中國時報》

鍾氏出品

去年新拍的全家福照片洗出來，我不由得會心的笑了。哎！難怪父母親那麼愛全家福，每隔幾年拍一次，我們臉上全寫著誰和誰的出品字樣，那是父母親宣示領土的光輝時刻。時光停頓剎那，打上父母的註冊標記，耳邊猶留著卡嗒的輕響。照片裡，我們的中性穿著反映父母親的喜好和管教，多麼易於辨識，一眼就看出誰姓鍾誰不是。父母親的基因勢力顯然旗鼓相當。我、老五和小妹像父親。老二和老四愛母親多一點，老三像祖母和母親的綜合體。老實說，這組合最怪，大概我選了父親，老二選母親，老三只好別出新意。排第七的小弟則是牆頭草，父母親各一半，誰也不得罪。

然而沒關係，我們在衣著上大致統一。要不是小妹，那就是完美的大一統了。從我到老五全是褲裝，牛仔或西褲，小喇叭、直筒，中腰或低腰。平常也是中性打扮的小妹，那天刻意著裙，為了顯示她與眾姊姊之間的年齡距離，以及未婚的優勢。於是照片裡的她看起來有點怪。

那張臉，明明屬於我們家父系一脈。鵝蛋臉，粗眉大眼，父親嫡傳的高個兒，可是配上暖色系背心裙。不對就是不對。我說全家福裡就數她穿得最不像我們家人，她承認。

她承認了我反而不安，這不像她。果然，後勁立刻就上來了。我比怡珊小五歲，小妳十歲，搞清楚。我跟妳們不同的啦，阿嫂。小妹把所有進入前中年，或當母親的姊姊們，一律戲謔為「阿嫂」。只是，再過三年她就三張沒得找了。就這三年，姑且容忍一下她短暫的囂張和驕傲吧！時間才是勝利者，這道理她目前大概理解得還不透徹。從小父親就老么老么的喊她，當著朋友的面毫不吝嗇稱她是my young lady，父女一向非常親暱。只有她會摟著母親痲長痲短的連哄帶騙。那痲叫得特別纏綿，非常撒嬌，不像我們短促的去聲叫法，把媽喊成罵。言為心聲，不知道跟小時候我們老挨罵有沒有關係。

小妹因此有一種大無懼神情乃五個姊姊所無。得寵的人對時間特別有恃無恐，她有背景有強大的靠山。小時候她是姊姊的洋娃娃替代品，梳頭打扮著蓬裙，碰到她要上台表演，我們全搶著給她化妝，一邊嫌她臉小眼大，瘦得像越南難民。那時候我們對周潤發和繆騫人演的《投奔怒海》印象深刻，難民前面一定加「越南」，高中時順應時勢換成「非洲」。小妹那張臉的焦點全聚在眼睛上，臉頰都快沒餘裕上胭紅。

她小時候的照片多半卡哇伊的小公主扮相，我們則是短褲長褲七分褲女扮男裝，站在她身邊像成串等候命令的僕人。從前父親很不喜歡我們著裙，說拖拖拉拉不乾脆，走路不方便，要母親以後別買裙。我始終想不通，父親沒穿過，憑甚麼那麼武斷獨裁？大概有種無魚蝦也好的心態吧！沒兒子，就讓女兒穿得中性一點，連母親也不自覺的被同化。有一回她剪了一塊布要給我和老二做衣服，沒想到最後成品竟是短褲，我和老二各自生悶氣，很有默契，不穿就不穿。多少年了，褲子還跟新的一樣。

好命的傢伙。小妹出生時，父親年過三十，懂得怎麼放下身段當個會說笑的慈父。再兩年，小弟出生，他有個貨真價實的兒子，再也沒心思生裙子的氣。倒是經過多年的調教，幾個女兒早已拜倒褲子底下，連小妹都向姊姊看齊，成為「鍾氏」出品。

所以，千萬別小看童年，別看小了心思縝密的小人兒。每個靈魂的光暗，色澤和輕重，早在童年時，就悄悄被一層一層上色、打磨，變成一種叫作「差異」的形狀和個體。那些雞毛蒜皮的小事，無心的話語，大人的喜好，常被小人兒轉化到他們的人生裡，成為一輩子。父親大概沒料到，他的鍾氏出品，風格竟如此鮮明。

——原載二〇〇七年一月十六日《中國時報》

聲氣

我在台灣快二十年，總共接過兩個親戚的電話。一次是小姑，人在台北；另一次是桃帶姨，人在台中。剛好父母親兩邊的親人各一位，平均十年一次。就只通過簡短的電話，時間不對都未見成。然而，她們說話的方式和語氣，聲音的質地，乃至句與句之間的停頓，那些聲音表情，都跟她們手足，我的父母親，有著驚人的相似。如果見面，必然還會有更訝異的發現。

這幾年來，那神祕的遺傳基因，一樣接一樣的在親人身上發作，彷彿有隻看不見的手設定好了程式，時候到了，它便按時出現，給你瘋狂，暴烈，怕吵，酒癮，糖尿病，地中海型貧血等等大大小小說不完的，這種那種，好的壞的，家族送給子孫的正字標記。集壞之大成的可憐倒楣鬼，只好回去怨父怪母。

還有更幽微的。除了家族遺傳的疾病，除了神氣語態，小至皺眉，或者彎腰撿東西的方式。難道，連這些都會遺傳？

跟小姑上一次見面是在機場。五年前回去探望病重的祖父，我在新山下機，她準備飛回沙巴。小小的候機室，在頭巾、峇迪和紗麗洶湧的人潮中，各色人種的雜沓氣味裡，匆匆話別。再上一次相見，是我初中，少說二十幾年前。她嫁到東馬，就跟離家之後一樣，跟家人打電話的時間，遠比見面長。

那回她跟父親並肩站著說著話，眼神無意識的對著來往人潮空望，兩人臉上都有一種出竅的架空表情。這兩個元神不在的兄妹，連牽動嘴角，回應對方，歎口氣的神色都像是從祖母那裡學來的。特別是小姑，多年不見，她說話的抑揚頓挫和措辭，她年過五十的臉，甚麼時候變得跟祖母這麼相似？那三張憂傷的臉，很久以前只是輪廓微似，不細看亦不察覺他們的血緣關係。新山機場那次駭人的發現之後，我神經質的對鏡許久，很怕自己眉宇之間也會流露遺傳性的張惶和憂傷。

還有更吃驚的。電話裡小姑說在台北看可不可能見面。我問她何不跟姑丈去花蓮。她猶豫幾秒，終於小聲的，不太好意思的說，我，我又不想去喔。電話那頭的她必然也露出抱歉的笑，陪罪似的，覺得不太應該，但又不想勉強自己。父親有時就這樣說話，特別是那個討饒的「喔」，我的天！一模一樣。

一模一樣出自祖母。有一次給祖母帶了一盒綠豆糕。我附在她耳邊悄悄說，就妳有，收好一點。她皺著的眉立刻舒開，笑不攏嘴。不好意思喔！拿一點給妳媽，啊？我要是把她的話當真，綠豆糕和悄悄話就都做白工了。那個意味深長的「喔」，在我腦海留下深長的餘波始終未散，專門等我去發現小姑和父親跟祖母之間相通的聲氣，好印證遺傳的頑強。

桃帶姨則是母親的複製版。十三年前婚宴上見過，沒說上話。亂糟糟的一大團親朋戚友，對誰都沒留印象。感覺上仍是初中三見過到現在，匆匆又二十幾年。那回是大表姊結婚，她忙進忙出幫大姨張羅茶水招待親友，胖大身影是她的註冊標記。打從我有印象，她就是那身打扮，無袖上衣配寬腳褲，跟大姨一樣，很年輕就遺傳了外婆那邊的糖尿病。桃帶姨很有喜感，做小姐時她就圓身圓臉，胖子無心機，喜歡大笑。

母親排行第六，下來就是她。我跟母親那邊的親戚不熟，從來不覺得母親跟哪個阿姨像。可是台灣講的那通電話讓我徹底改觀。桃帶姨跟旅行團走，大概台灣的形狀和各縣市的地理位置都沒弄清楚，我說我住飛機場附近，她立刻大叫，哎呀！一下飛機搵妳就好了。沙央囉。

我愣住了。搵。沙央。「搵」是廣東話式的客語發音，外婆就是這樣說的。她說這個字時眼睛很快眨了幾下。瘦小的外婆有快速眨眼的習慣。於是我覺得桃帶姨在講這個字時，眼睛必然也很快的眨了好幾下。至於沙央，不是母親的專屬用語嗎？把馬來文的「可惜」用客家話念，我以為那是母親搬到油棕園後的語言大融合。看來不是。舅舅阿姨全都在美羅鄉下的新村種地，嫁娶不離鄉，從小到老不改客家話雜廣東話的說話習慣。那是母親的鄉音，原來。

大妹跟我長得完全兩個樣。曾經我的同學說，鍾怡雯，妳跟鍾怡秋的聲音很像很像，我以為是妳，在妳妹妹背後叫妳。當時我非常不以為然。如今，我信了。神祕的遺傳，神祕的聲氣相通，就像桃帶姨和母親。她們是姊妹。

——原載二〇〇七年五月十五日《中國時報》

輯七

陽光如此明媚

靜謐的秋日午後，雲跟著風在藍天快跑，
樹葉沙沙，偶有豬隻咆哮。
那麼奢侈短暫的美好秋光，
年復一年被我恍惚過去，
像掏空的口袋，食畢的糖果罐，
留下淡淡的遺憾。

本輯作品均選自九歌版《陽光如此明媚》

過敏的靈魂

訪視外宿學生活動結束隔天，學生試探性的問，老師，妳昨天回去還好吧？有點擔心，有點神祕，等待一個已知答案的語氣。我讀到她眼神裡另一個要命疑問，呃！我住的地方，是不是，有那個？

我的頭好痛。這可真是答非所問。學生很有默契，轉過頭去跟另一位室友說，果然有。學生相處久了就有這點好處，許多事一點即通。見我臉色發青，她們會壓低聲音問：「老師，妳不是又遇到了吧？」一邊露出害怕的表情。對這類事情我總是點到即止，半開玩笑便把細節打發了。常常接收到「正常人」感應不到的訊息，這令我困擾的天賦異稟連帶影響作息和身體。

開始意識到自己異於常人是七年前。有一回到剛開幕的某大購物中心閒逛，沒多久便開始頭痛，接著剛睡飽的好精神開始潰散，軀體還在，神志卻不清，一種忽然間元神剝離的怪異，隨時隨地就能睡著的癱軟，才坐在椅子上就不由自主闔上眼。我實在無法相信自己竟然就在人來人往，播放著音樂的公共場合睡著了。

等我勉強打起精神走到停車場時，卻怎麼都找不到車子。我急出一身汗，愈找愈急汗流得更猛更累，最後只好求助賣場員工。年輕的小男生繞了一圈把我帶到車子前，就在購物中心出口不遠處。我呆立車子前，連謝謝都忘了說。剛才分明繞過好幾次，怎麼就鬼遮眼了？連續好幾天我都處在莫名其妙的失魂落魄狀態。謎底揭曉時，我第一次體驗到何謂「從頭涼到腳」。原來，那裡曾是日軍處決囚犯之地，是有名的繪聲繪影之城。

然而我並不喜歡這異稟。購物中心那次奇遇，我找到各種無法說服自己的理由企圖說服自己，直到類似事件一而再出現。某幾所大學，一些酒店，一個百貨公司都是我的禁區，後來去追究，發現這些地方以前不是墓地，便是刑場。別人鼻子過敏，我卻連靈魂都過敏，終於明白為何在研究室總是精神渙散，一進去就呵欠打個不停。

如今研究室經常薰香。開燈開窗之後，第三步驟便是燃香。只要沉香在室內遊走，元神便很安穩，靜化的磁場令人心安。跟我同日生的一個學生，給我的畢業留言是：「同一天生日的兩個人，事實證明在某些方面會很相似」，指的便是我們共有的天賦異稟。她是惟一進研究室不問燃香原因的學生。

農曆七月的第一天，她發了一封簡訊給我，要我小心交通安全，她最近車禍。看來不太妙，我緊急找人。電話那頭的聲音聽來很沒元氣，她說的不是一般車禍，是撞到了許多那個。從小到大，她一邊讀書一邊得分神應付另一個干擾她的世界，只有磁場相似的人才能理解的痛苦和困惑，連家人都無法訴說。我該怎麼辦呢？她的聲音沉了下去，像溺水的人。

怎麼辦呢？鼻子過敏有藥可治，靈魂過敏呢？問那些不說話的冥界眾生吧！

——原載二〇〇五年六月十九日《自由時報》

撿破爛的臉

經過元化地下道我總是神經質張望，那台撿破爛的車，車上的白臉女人，還會出現嗎？

典型的晴朗夏日，早上八點竟熱出一身大汗，我吹著口哨興沖沖準備出門「練身體」。內地朋友管運動叫練身體，這三個字生猛有力，形象感特強。因為太喜歡這三個字，還特別以它為題寫過短文。好樣的練身體，虧他們想得出來。天一熱頭腦便無法運作，無法用腦只好猛練身體。

太陽把星期天的街道曬得空蕩蕩，許多商店沒開門，路上既無行人也無狗，我輕輕踩油門，車子從容滑過安靜的市區。有人辦喪事占去一個車道，我目不斜視默念阿彌陀佛繞過。在地下道前的十字路口被紅燈攔住，左邊的水果攤上火龍果、愛文荔枝紅豔豔連成一大片。我看得入神連紅燈轉綠都沒發現，被按喇叭視線回到前方時，才發現那台撿破爛的車正沒入陰暗的地下道。

哪裡蹦出來的車子？我保持距離耐煩的跟著車屁股，前面是空的對向也沒來車，我可是一等良民老老實實跟著牛步，後面的車不耐煩的叭了又叭，是剛剛那台在十字路口的急性子傢伙。喇叭按得實在太過分了，還高燈拚命閃我，連撿破爛的都轉過身來張望——我瞄一眼，咦！有甚麼不對，再一眼，那女人怎麼一張白臉定定回望——奇怪，甚麼時候撿破爛的旁邊坐了一個女人？那麼近的距離，我卻好像失焦了，怎麼都看不清楚那個女人的臉，車子轉眼便出了地下道。前面閃進一部車，再一部，撿破爛的過了路口，綠燈轉紅，我的疑惑跟車子一起停在路口。

跳有氧時我老是錯拍，滿腦子都是那張空洞沒表情的白臉。把細節回想再回想，撿破爛的女人成天曬太陽哪來那麼死白的皮膚？那是「人」嗎？很懊惱沒追上去看個清楚，抱著那麼大個問號弄得我好幾天神不守舍。好奇果真可以殺死一隻貓啊！

有一天鄰居煮了好料來敲門，見我劈頭便問，妳有病啊？臉色那麼差。我說了那事，她二話不說回去拿張符化了，沾水用毛巾把我從頭到腳老老實實擦一遍。最後叮囑再三，剩下的符水放河流，不能倒家裡的排水管，妳身上有髒東西。我半信半疑。

聚餐時把這故事跟學生講，沒想到她回敬我更勁爆的。有一回她在地下道出口等父親，遠遠卻見到父親旁邊坐一個白臉女人。車來到跟前人卻蒸發了，她人還沒坐上車便問，爸，剛才那個阿姨呢？

你一定知道答案了。從此，看到撿破爛的我總是閃很遠。

——原載二〇〇五年六月五日《自由時報》

對不起，打擾了

有些事情說了像迷信，不是找不到合理的解釋，就只好寧可信其有。自從「上海旅館事件」之後，我養成進旅館前先敲門的習慣。叩叩叩，輕敲三下，心裡默默說，對不起，打擾了。我總是煞有其事，禮貌周到，不管旁邊站著送行李的服務生，或者接機友人。從不回答他們的好奇，這是「我們」的祕密。當然，你也可以說那是心裡有鬼。無所謂，有鬼就有鬼吧。住的是我，我自有求心安的方法。當然，最好彼此沒有感應，共處一室時各行其是。

這麼多年下來，那些離奇的超現實乃至魔幻寫實混昧狀態，已經模糊了我對夢幻和現實的分界，他們到底是我心中的幻影還是現實裡共存的喻依？頭疼時我的頭皮凹凸起伏如月球表面，似是適合種植油棕的丘陵地。我懷疑他們寄居腦內，啊那些讓人疼痛的丘壑，便是他們存在的暗示。痛極了時彷彿聽到他們說，喂！我們在這裡。氣弱時，他們變本加厲，霸占我的腦子影響思考。疼痛令人脾氣暴戾，常有事事不順眼想動手修理人的衝動。為此我吃盡苦頭（我懷疑創造這片語的人跟我有同樣宿疾），做過各式各樣怪異的檢查和治療，像個外星人被各種高科技醫療器械檢視。疼痛常伴隨著荒謬想法和幻影，想那釋迦牟尼的頭可是跟我一樣凹凸不平（我的腦海同時出現水果攤，不！水果攤上的釋迦，「頓悟」那長相怪異的水果名稱由來）。這奇異現象的開端，便是五年前的「上海旅館事件」。

那次住進上海某泛著潮霉味的老旅館時，頭突然躁動起來，像熱水煮開咕噥咕噥沸騰。我伸手摸了摸，原來滑順有著漂亮弧線的頭型（甚至有髮型師建議我理光頭），甚麼時候變成釋迦了？右一壑左一丘，這個丘壑起伏的地形圖，還是我的頭嗎？後腦陣痛隱隱，從行李翻出止痛藥吞下，熱壺的開水奇怪有股鐵鏽味，頭痛還沒好，胃遂又翻攪起來。昏黃的燈光令人愈發昏沉，是那種燈泡太久沒換，快要燒壞的苟延殘光。打了電話，服務生不耐煩的敷衍應答。果然，到兩天後離開為止，燈光還是要死不活的亮著。

那晚我撐著腫脹的頭在燈光下看書，叫來的旅館餐油膩重鹹，吃了幾口便擺著，餐盤隔了兩個小時才來收。這種服務品質大壞我對大陸旅館的印象，前些時候系上組團春遊蘇州，旅費全免，同事好說歹說，我還是沒去。壞印象倒是其次，最讓我餘悸猶存的是那位（或幾位）偷穿我的拖鞋，又幫我叫衛生紙的，看不見的室友。

話說那晚頭痛欲裂，我在床上輾轉許久才意識模糊，那不省人事的方式接近昏死。似乎沒多久，便有服務生用力敲門，大喊「小姐，妳叫的衛生紙來了。」看看時間，凌晨六點！本來不想應門，翻過身，思緒稍清醒，不由得打了個冷顫。這房間就我一人，誰知道我的衛生紙用完了，還幫我叫衛生紙？慌亂中下床，卻找不到第二隻拖鞋。上床前我習慣把鞋擺整齊，難道它還會自己走了？赤腳從服務生手上接過衛生紙，我立刻在小小的房間裡搜尋失蹤的鞋。終於，在斜對面的書桌底下扯出被塞在牆腳的可憐傢伙。握著鞋我呆住地上，一遍遍回想入睡前的所有細節。難不成我夢遊了？要不，這房間還住著室友？穿走一隻鞋，叫來衛生紙，甚麼意思？我一手拿著衛生紙，一手握鞋，害怕又感激。

——原載二〇〇五年八月號《香港文學》

等對方低頭

從小不太敢看恐怖片，一來沒膽，二則常入戲太深，夜裡夢裡繼續妖魅鬼影。一部片恐嚇我兩次，娛樂效果可謂百分百。通常直擊夢境的鬼怪會變本加厲，恐怖指數再高幾段之外，尚深諳讀心術，熟悉我的弱點，往往命中要害，場面比電影更為悽慘激烈，更加限制級，好幾次超越心臟的負荷，失措從夢裡逃回現實。驚嚇過度無法入眠，遂想起床把驚心畫面寫下。轉念一想，又恐半夜寫鬼，會孵化另一則活見鬼的鬼話，只怕沒完沒了的鬼話連篇，結果走到廁所便折返，終究沒膽進書房重新經歷一次劇痛和血腥。

我很自虐，最近又「偷」看了一部《鬼影》。不敢光明正大看，只瞄幾眼精彩片段，其餘的用耳朵代替眼睛。我是標準的惡人沒膽，又怕又愛。放片子時，手捧一本書，耳朵收聽情節。有音效無畫面，少怕一點也好。緊張的配樂出現時，便該是鬼片的精華畫面要來了，便在那刻，我準確抬頭，準確捕捉到那個經典創意：女鬼坐在男主角肩膀摟著他脖子，「卡」的一下，這陰暗構圖烙進我腦海。喔！我不得不讚美這個點子：鬼若非跟著，而是掛在身上時，體重會不正常增加，不是一兩公斤，而是幾十公斤，成人的重量。男主角無法理解磅秤上不可思議的體重，套句俗濫的說法是，那是生命中不可承受之重。不能承受的，是心靈，軀體並無感覺。當心靈超出負荷時，身體只好分攤壓迫，同時成為心靈與身體的重荷。最後，男主角自盡身亡，而我，亦在無法承受的過度驚嚇之下，病了。

說來有點玄，然而，所有這類故事不都有點玄嗎？

起始與我無關，不過是個電影畫面，我只是純為那創意點子喝采。問題出在腦袋常常不由自主重播那經典畫面，出現頻率之高，連自己都納悶。於是我把以前的肩頸痠痛、腰痠背痛、手臂痠麻等跟這個畫面兜起來，一接上，後腦立刻陣痛。很久沒頭痛，打從國中便跟隨我的宿疾被瑜伽連根拔起，如今我心裡有譜，頭痛的肇因，便是那個。

那個，子不語。

離開某處便開始頭痛，全身癱軟無力，似病又非病，說不出明確病因的，便是有祟。看完《鬼影》沒多久，先是到醫院掛診，原來以為是小病。果然小病，只不過病得莫名，說不出哪裡不對，終日昏睡不醒。連續數日凌晨三時許準時醒來打二十幾個噴嚏，打得可憐的鼻子快脫落，喉嚨有血味，然後，繼續昏迷。有點像感冒，我說服自己。明明就不是，另一個自己跳出來堅定的說。

這類事情我可是老經驗了，以往只要視情況誦一部《藥師經》或《大悲咒》，外加一百零八遍《往生淨土陀羅尼》，便一切了無痕。這回我有些光火，昏昧狀態把許多事耽擱了，稍稍清醒時遂又為已成山勢的雜事焦慮不已。氣急了對著空氣撂下狠話，這次休想。全給我滾遠一點，一遍也不迴向。休想。他們跟著說，妳也休想。

於是，他們不走，鬼影持續在我腦海停留。我們都在拗，等對方先低頭。

——原載二〇〇五年四月二十四日《自由時報》

做功課

多念《阿彌陀經》，多做功課。淡淡的語氣，師父好像在說一件跟我無關的事，絲毫聽不出這兩句話的背後玄機。每次見面，師父總有功課給我，不過他從不驗收成果，也不過問進度，說了就是，不給壓力。下回見面，再指派些別的，像是隨口說說，我亦隨口答應。疏懶的我從沒老實規矩做功課，念一天停七天，曬網的時間永遠比打魚長，問起理由，可多呢！上課開會寫稿評審演講改作業，外加比這些更瑣細的例行雜事，哪挪得出來時間做這正經八百的功課？

亦有例外之時。

三年前，我曾經連續誦三個月《陀羅尼咒》，為小女生送行。那時牠病重，受啖口之苦，不能吃不能喝，每日靠幾滴雞精度日。眼看結實飽滿的貓身逐日鬆垮，皮囊內的精氣漸散，牠猶捨不得我們辛苦活著，每日跟著上下樓梯，走幾級蹲靠牆角休息，且堅持每天上四樓大小便。為了讓牠少受病苦，我於是逐字記音，呢呢噥噥的咒文說甚麼我不清楚，不外乎解冤解結之類吧，我仍然把徒有音韻的梵文《陀羅尼咒》背起來，從每日七遍到一百零八遍，每念一遍便覺得小女生的業障少了點，離大去近了些，離我們遂更遙遠了。

誦經時我習慣閉目，卻老是看見小女生端端正正肅穆聽經，迴向文說「拔除一切業障根本往生靜土陀羅尼」時，總錯覺牠側頭靜靜微笑，靜靜轉身，離開。後來牠還勉強上下樓梯，卻只能停在半途等我們抱。我忍心誦了一部《三昧水懺》送牠，長長的水懺一念三小時，我念得很慢，萬般不捨，邊念邊看著牠漸行漸遠。兩部半誦畢數日，牠便在《地藏經》旁安靜上路了。

這是小女生督促下完成的功課。不論多久沒誦，只要起心動念，那一串如歌的陀羅尼咒便應念響起，非常牢固的在記憶現形，無需費神思想起。不過是音節，我連它說甚麼都不清楚，卻奇異的永誌不忘。哪天老人痴呆，記憶荒蕪，連自身姓名都記不清之時，希望還能牢記這得生淨土咒語，好為自己送行。

又或是在不可說的神祕瞬間，我想起荒廢多時的功課。

小時候最怕寫暑期生字作業，這是意志力和耐心的考驗。埋首寫呀寫，沒有盡頭似的，我要在數日之內火速解決這燙手煩惱，把暑假玩個痛快。然而，愈急愈不耐煩便愈痛苦。後來我悟得苦中作樂的方式，寫完一本出去摘個芭樂或酸子，生芭樂或酸子讓人齜牙咧嘴，酸澀之味掩蓋過作業苦味，亦可名為以毒攻毒。如今陷入不可說的神祕時刻，這方法依然管用。

前陣子感冒大流行，周遭一片咳嗽打噴嚏擤鼻子的大合唱，獨我眼睛沉重意識不明極度睏倦。這種沒有症狀的「感冒」被朋友們說成抵抗力強，細菌攻不下城池，只好懲罰我睡覺。怪的是眾人之病漸癒而我猶被重罰，每入睡必夢魘，被一高壯男士頻頻干擾，不知哪裡招來的冤親債主。心知肚明乖乖誦念《藥師經》、《地藏經》，並且不間斷的迴向一百零八遍《陀羅尼》，昏昧時隱隱然感受到陰鬱晦暗之氣。誦經時腦海浮現小時候的暑期作業。無果可摘，於是每日犒賞自己三兩顆巧克力。做功課，也就不那麼痛苦了。

——原載二〇〇五年五月八日《自由時報》

陽光如此明媚

累極了甚麼事都不想做，其實也做不了甚麼的時刻，我就看電視。通常是動物或旅遊頻道。旅遊頻道剛好播出無聊透頂，跟旅遊一點都沒關係的節目時，我便在新聞台之間遊走，尋找氣象時間。無論多少遍，碰著了，必然仔細看完，心裡還會有個聲音說，喔，幸好沒錯過。氣象結束就轉台，絕不看反覆播報惹人厭煩的政治新聞，碰上了立刻按掉，趕瘟神一樣。

寧願看千篇一律的氣象。我總是想提早知道明天會是陽光滿天還是陰雨綿綿，熱些還是冷一點。有時候牽掛著，是不是氣象時間到了？放下手邊緊張的事，握著遙控器巡守各台。有甚麼好看啊？氣象不就一種，難道這台報了明天出太陽，別台還能說下雨嗎？氣象也常常不準的嘛不是？眼睛在看，我的腦袋同時嘀咕。還有第三個不知打哪兒竄出來的同步旁白，真是無聊。

我確實覺得自己無聊。我們一家人都是。母親跟我一樣牽掛溫度，她最愛問，妳那裡冷嗎？要不，就自問自答，現在十一月，好冷囉。對話從天氣和溫度開始。我不知道攝氏十五或二十度對她的差別在哪，她要如何想像十八度有雨，或者二十度微風拂面的豔陽天？那感覺那心情，對她而言實在太幽微，太遙遠。我要是抱怨老下雨下個不停非常非常討厭，母親必然頂得我無言以對。妳回來這裡更慘，曬死妳。我鍾意落水天，冷冷好涼爽。

母親喜歡下雨。熱帶的雨俐落乾脆，即使連下幾天，只有風涼水冷的舒暢，下得熱昏頭的人心情美美的，絕不憂鬱。母親無法了解，十幾天不見天日多麼了無生趣。她不知道現在的我愛太陽愛得要命寧願曬死。天氣和心情關係密切，我就是那種看太陽臉色度日的，無聊的人。

我喜歡陽光普照的好日子。清早醒來，金黃色的晨光從側窗湧入，窗簾和玻璃都擋不住那光和熱，如此滿室生輝，如此明媚，讓人心生讚美和感激。太陽底下的光影產生強烈對比，對比裡有濃淡不一的陰鬱。陽光不到的地方，有影子以及影子的層層疊疊。我喜歡光影的層次變化，早上，中午，它們悄悄拉長，變短，修改色澤。特別是冬天。日照那麼短，也許只是一個下午，或者上午的難得陽光。

遠處芒花新開，白得異得光潔。

卻不是全然明亮，樹蔭底下，屋旁背光的廢棄老厝。老厝上等早餐的貓在向陽的屋脊上。陽光曬瞇的貓眼，似睡似醒。受陽光眷顧的，美好的一天。那亮度讓人充滿希望，再多做不完的事，再累，也沒甚麼大不了。哎，可惜，總是失望居多。那也沒辦法，誰叫我住北台灣？有時我看那一路往南攀升的溫度，從烏雲到太陽的變化，不禁又羨又妒。

才剛入秋，連著十天的暗淡陰雨，下得人都快霉爛了。昏暗天色中起床，整個人沉沉的。沒有亮光，沒有希望，事物失去光影變化，就只是無趣的灰著。

某個灰雲壓境的天色中南下。火車剛開過台中沒多久，天色漸開，然後，有甚麼從眼角閃了閃，埋首學生作業的我頭一偏，迎了個陽光滿面。像棵向日葵，屋頂上瞇眼的貓，我把人把臉整個的轉給太陽，一路迷迷糊糊曬到高雄。當年養的巴西烏龜也是如此這般，貓也是，我們都同樣眷戀陽光。

母親不理解。怡保總是好天氣。沒有對比，她很難想像我的病態依戀。她只對攝氏八度有反應。那是某年她和父親到北京經歷的最低溫。有時攝氏十一度的低溫我故意扣掉三度，她就會感同身受。真冷囉，那時北京也是八度，冷到頸都沒囉。我腦海立刻浮現她縮著脖子行走在頤和園的樣子，哈哈大笑。哎呀！怎麼從沒想到用「冷到頸都沒」來形容天冷呢？母親每有新奇的形象化語言，隨說隨忘，她的妙想只此一次。我立刻記下。

母親對十月的台灣天氣最有印象。那年她來，對五點天就暗去這事非常好奇。五點？馬來亞還很光哩，台灣的五點像七點。從此只要是五點左右打去的電話，她一定說，天好暗囉。我跟她解釋許多次，冬天跟夏天的五點天色差很多很多。她隨聽隨忘。五點就天黑的印象實在太深刻，除非她哪一年的夏天過來，否則五點天暗就成為說不清的無聊話題。

不無聊的我卻不太敢跟她聊。前陣子出了一本跟家族有關的書。家人面前隻字未提，當沒這事。書出沒多久小妹去了倫敦工作，家裡會逛中文書店的大患不在，我很安心。沒想到有一天五妹打來。真是天打雷劈，她發現那本書很醒目的躺在架上。她買了也讀了大半，跟大妹互通有無過。這傢伙覺得不夠過癮，一定要跟我討論細節。我的頭上烏雲罩頂，立刻端出大姐的架式，威嚇兼利誘再曉以大義。真是不好的預兆。她少說十年沒讀過中文書，家裡訂英文報，是哪根筋不對逛到了中文書店？況且，父母親跟她住。啊，完了完了我完了。我的額頭很熱，快冒汗了。雖然想過會有這麼一天，但這麼快還真是嚇人。唉，無膽匪類。

幸好，父母親完全不知情。我會做人的，書在office。雲端彷彿透出陽光。

還有後續。遠在倫敦的小妹收到風聲，命令我非得寄上。妳不會用海運吧？阿姊。那頭要脅得逞的奸笑。收線後我對著落地窗外的白雲藍天發呆，心情一點都不好，連她那裡天氣如何都沒問。自從小妹住倫敦，我開始關注歐洲氣象。她在跨國公司上班，偶爾出差。問候對方的天氣成為我們的開場白，例行公事。有一回我說這裡好陰冷。她把筆電端到窗口。哪哪哪，看外面有沒有很亮？令人想得發狂的陽光。她說倫敦的溫度在個位數，可是陽光好大好亮，一點都不冷。

妳第一天認識我們家咩？我們家沒有祕密的。我反覆推敲小妹的話，不知道為甚麼，想起電影《明天過後》的場景。馬來西亞哪一天會下雪吧？

書寄去之後，她沉寂許久。透過二手資訊，我得知她非常光火，為我的書跟大妹吵架。我們只有一個爸，大姊這樣寫是甚麼意思？

如我所料。

我不動聲色。某日，她又出現在電腦那端。若無其事從天氣開始。這開頭不錯。我們在視訊裡互相取笑對方，她說我像零度以下的流浪漢，穿了十幾年的家居服套了一層又一層，那顏色那破的程度，讓她一時辭窮。阿姊，妳的衣服，嘖嘖嘖！

我不甘示弱，螢幕背後有致命弱點。妳看妳的房間像撿破爛的，那後面堆的甚麼亂得要死。指著對方，在螢幕上大笑泯恩仇。

無聊的天氣。我們都喜歡大太陽。

她剛去時夏末秋初。多好的時光，涼與冷之間，乾爽，明淨。我這裡刮風下雨，灰濛濕涼許久，皮膚跟心情都冒霉斑。那時她還沒開始上班，接到電話大嚷，我在公園曬太陽，公園裡都是人和狗。誰說過倫敦老是灰濛濛的不見天日？我因此總是想像她在黯淡的光線下行走做事，大概頗為懊悔離家。跟父母親隔那麼遠，天天給家裡打電話，我想她絕對待不久。跟我不一樣，她太黏父母親，大概小時候蒸年糕吃多了，我要是有個這樣的女兒一定受不了。

可是母親就喜歡當年糕盤。她不在身邊，母親最不習慣，哪一天她沒電話，母親就連帶想起我好像很久沒音訊了。等小妹打回去，她就投訴，妳大姊很久沒打給我，不知道做甚麼？小妹一聽，立刻催我，妳媽說妳忙到沒空跟她講話。我二話不說趕快掛了她的，跟母親大人報告近況。在電話之間奔波的次數多了，我忍不住諷刺她，妳存點錢準備在倫敦度過餘生吧？她說才不要，一個月沒有吃到媽的菜就頂不順，想起胡椒豬肚湯就流淚。幸好常有大太陽。

可惡。真想叫她把陽光傳輸過來。英國人為了胡椒這些驅寒暖身的香料成為殖民大國，說穿了，為的還不是香料裡明媚的陽光。小妹說起公園和狗。我想起校園裡數目不明，但肯定非常可觀的校狗。

天氣一好，狗族全聚在五館前的草地曬毛。我數過，最高紀錄九隻，黑黃花白一律俱全。還有放暑假前突然出現的少年雪橇犬，灰白色，非常俊美。四個月不見，牠豐潤許多已長成壯丁，表情和善而自信，沒有初來時的狼狽和警惕，遭遺棄的畏縮不見了，那身皮毛讓陽光撫得油光水滑。大概太溫暖了，叫牠們，連眼皮也不抬一下。我喜歡在陽光明媚的日子，看到貓狗日光浴，彷彿曬的是我。狗是天氣的探測計和顯示器，要是沒有牠們對陽光的熱情擁抱，校園應該單調很多，豔陽天的快樂必然大減。

匆匆便十一月。中壢的十一月不是人過的，又濕又冷。倫敦的溫度也轉眼溜到個位數。我說很冷了吧。一點都不，小妹推一下眼鏡，室內有暖氣，外面涼涼的很舒服。這不是母親的口氣嗎？架著黑框眼鏡的她看來瘦了一點。咖哩吃多不怕冷，體內好像裝了暖爐。當年我也這樣，同學穿外套，我還是短袖一件風裡來風裡去，多冷都沒事。第二年開始縮頭抱胸，口氣再不敢囂張。

幾年前小妹曾在倫敦近郊讀書，十一月她披著薄風衣，同學都說這馬來人厲害怎麼如此耐冷。馬來人太陽曬多辣椒吃多，當然不怕。記得小妹當時這麼說。跟我不一樣，她對身分無所謂，馬來人就馬來人嘛。要是我一定更正，馬來西亞華人。她長得高頭大馬五官深邃，髮色偏黃，跟英國同事合照，一點都不顯小也不東方，彷彿生來就在那裡。英國人羨慕她有一身淺褐色皮膚，赤道陽光打的漂亮底色。

赤道不下雨就是熱死人的太陽，馬來西亞新聞還每天煞有其事報氣象。這才是貨真價實的無聊。返馬看氣象不由得暗罵神經，報甚麼？不就攝氏三十度上下？有雨。陰天。多半大太陽。

可是濕冷的冬天裡，我還真是想念南方的陽光。陽光底下那些會說故事，以及說著故事的，層層疊疊的，光影。

——原載二〇〇八年一月六日《聯合報》

今晨有雨

彷彿有雨。

我醒來，聽著雨聲遠近滴落，擊打著現實世界，許久，仍以為置身未醒的夢。從來就是這樣，總是耳朵先醒，然後是意識。意識一清明，立刻警覺，哎呀！這雨，畢竟下了。來不及，終究還是來不及了呀！遂覺得沮喪莫名，嘆口氣，連睜開眼皮的動力也消失了。雖然如此，卻再無法入睡。手臂痠痲疼痛，難道，真是昨夜夢中勞作留下的後遺症？

聽到雨聲的前一刻，我在夢裡觀望天色，判斷大雨的來時和來勢，並且戮力揮鋤。天色很黑，烏雲在遠處像大浪，滔滔滾滾，額上身上分不清是勞作抑或焦急逼出的大汗如雨。不知哪來的源源力氣，我拚命揮舞手上的鋤頭，在風雨欲來泥土四濺的催迫中，終於掘好自己的墳穴。正打算躺下，不對，那地底，早埋了人，已有人捷足先登，給人占走啦！暴雨將至，顧不得絕望，立刻開挖新墳，覺得運氣真背，窩囊異常，連塊安息的地方也有人要搶。敗壞的頹勢已經無可挽回，烏雲開拔到頭上，層層疊疊，愈肥愈重眼看快撐不住，真的來不及了……

下雨了。那樣真確的雨聲，我在被窩裡聆聽著，絕望的雨聲，遠遠近近流瀉，像群鬼在曠野齊聲抽泣，音聲龐大，綿密。一群無墳可歸的流浪鬼，被逐出夢境的潦倒傢伙，在冬日曠野我的耳膜徘徊，哼著低迷的輓歌。

聽著那輓歌我翻了個身，賴在床上懊惱的想，可惜沒把夢作到底，不然「入土為安」的謎底就會揭曉。從來習慣顛倒夢想，甚麼稀奇古怪的夢沒作過，這回自掘墳墓，倒是第一遭。原來死亡逼近時，無有恐懼，也無牽絆，只怕來不及，就如同活著時掛心未能及時赴約。死亡，或許不是最壞的狀態吧！

轉個身，抽出壓得半麻的手。雨聲潑辣，露台必然花葉狼藉。那盆開得無法無天的金合歡，四處攀爬撒野的軟枝黃蟬，恐怕禁不住如此激烈的鞭笞，花事就得結束在今晨的雨裡。如果不是這場急雨，說不定，我們便相遇了。我用「說不定」這個揣測之詞，是假設「那裡」可能也找不到你，以此開解令我耿耿於懷的來不及，也藉此原諒夢裡夢外的一場雨。總而言之，我試圖讓自己釋懷，生命中太多這種接壞了的情節，以及出岔的機遇，突如其來的措手不及，所以，就別在意吧！或許來得不逢時的雨，是死亡拒絕被揭祕的斷然手勢。死亡，終究是不可言說的祕密，一個只能實踐的謎。

然而，「那裡」果真存在嗎？那裡，是我恆常假設的無何有之鄉，一個不著悲喜的清淨之地。你的生命太多怨怒，但願在那裡晴空如洗。

我起床，下樓，雨聲啪啪作響，空氣中有運動飲料的揮發味道，彷彿下的不是雨，而是稀釋再稀釋的運動飲料。從二樓望去，連綿的稻田之上全是空濛的水氣，連我的腳步都有失重的飄浮感。倒了半杯酒，原本想小嘗一口，手傾得太快，喉嚨被烈酒的火舌暴舐一口，灼傷的疼痛令我立刻清醒。把鼻子湊近酒杯，多麼熟悉的味道，忍不住再飲一口，想像你用嘉許的眼神給我鼓勵。我希望手中有一根菸，dunhill或三個五的牌子，讓我吐幾個煙圈，想必你會露出盡是菸垢的牙齒大笑，點頭，大喝一聲，好！

好一個帶著酒味的吆喝，久違了。那聲讚美當然是酒和菸賜予的假象，一瓶威士忌或茅台喝下來，加上菸屍遍地的戲劇效果。你暢飲卻絕少開懷，而其實我也沒有那樣的好本領值得你稱讚。出於恐懼，以及小小的虛榮，我不惜灌下嗆死人的酒，大口哈菸，在恐慌中聽到你大聲喝個充滿酒意的好。按捺住喉頭的辛辣和奪眶的淚，我接下你掏出的大把零錢，自覺獲得精神和實質的雙贏。

你是個戲劇性的人物，空腹菸酒終日而飽足，精神上巨大的飢渴得到填補，才有笑容和善言。那像是我從電影或小說裡看來的情節，然而當這種情節變成現實，一點也不好玩。你是導演兼主角，我得當配角。你說，喝。我仰頭，喝一大口。菸遞過來，我接過，狠狠一吸。沒有遲疑和反抗，我尚且裝出烈士赴死的表情。其實恨透了令我過敏的菸味。當然，我的舉動毋寧也是表演性的，我並不喜歡這個喝酒抽菸的角色，但是我得配合你演戲。順服命令，你就不會亂發脾氣。

你實在很會借題發揮，小題大作。有一次我從廢錫礦湖抱回一隻才斷奶的小黑狗。小狗躲在廚房的碗櫥底下，不論我怎麼哄，牠就只敢縮在暗角嗷嗷叫，那叫聲預言了不幸。一陣菸酒味掩至，你扯出驚慌的小狗，紗門一拉，小狗像一顆皮球，準確被擲入前方的大溝。

小狗後來變成大狗，每天陪我穿過暗黑的天色和比天色更黑的樹林，目送我坐上校車。牠的眼神溫柔堅強，是我生命中最重要的伙伴之一。然而，我永遠忘不了牠被撈起的垂死神色，臭水的腐敗氣味，和軟涼的肉體。好險！從死神手上搶回一個生命。雨後的水溝像大河，撈起的小狗是破布，沖走了，不會有人疼惜。我帶著牠坐了九個小時的車逃回南部，遠離死神，遠離那個當配角的出生之地。沒有大人敢指責你，你的兒子女兒媳婦女婿，眼神閃爍逃避，只當不見。你是暴君你是神，讓所有人俯首稱臣，九歲的我看不起這些膽小懦弱的大人。

我不介意被痛打。我敢撿回小狗。我敢忤逆你。我敢。

終究沒有逃離你。我們被一張名為血親的網兜住。你定時來南部，大包小包帶來老家的土產，以及緊張和沉默。父親的暴躁遺傳自你，但在你面前，他只能算隻聽話的羊。

你來，醞釀暴雨。

我忐忑大嚼香餅、雞仔餅和貢糖，食物並沒有緩和不安，我預期又抗拒一場必然的暴雨。

你善烹飪，用上好的食材，重油重口味，尤好肥膩軟爛之物。烹飪時菸不離嘴，嗜辣如命的你在空檔順便抓起辣椒生嚼。扯下椒蒂，如血欲滴的鮮椒往鹽罐一蘸，像吃水果吃得喀嗤喀嗤響。那幅奇譎的圖象是個極端的驚嚇。日後我觀看紀錄片，某些部落的祭禮必然令我記起這一幕。黃昏，一枚落日浸泡在漫天流豔的霞光裡，我帶著狗兒坐在草坪上等夕陽溺斃，腦海裡亦是那幅影像揮之不去。那是你的生命象徵，或是隱喻？

被美好的食物賄賂過，我們暫時忘了暴雨。你吃幾口便停箸，見我們吃得開懷，便開始喝酒。酒為你積蓄了足夠的勇氣，我等著。啊，終於來了，那場雷雨。

我很訝異一個人的心裡竟然裝載那麼多怨憤，反反覆覆你強調，這個世界對不起你，從坎坷少年到一事無成的老年，一生待在錫礦場都六十了還在那裡當個不高不低的工頭，這鬼命運。然後是父親，沒有大事業也罷，獨子卻該死一連生下六個女兒。然後是母親不爭氣的肚子。吸毒關在療養院半瘋狂的三姑。四十歲出頭就失明的你的妻子我親愛的奶奶。當然少不了我，長女而不生為男身，也該被罵。你的故事真精彩，我聽得入神覺得像聽廣播。你總是半怨半吼，父親晃著空杯裡逐漸融化的冰塊默默陪坐，我們屏息靜聽受教。你說一段怨一段，同樣的故事用不同的說法和語氣嘆了很多遍。成功的說書人，魔幻寫實的失敗人生。啊我還有功課未寫書未讀，可是你的故事深深吸引我。

我總錯覺有雨，其實只有蟲聲。蟲聲如雨。故事說到最後，你一定要加上這個句號——等我死了，就不必拖累你們了。在房間的我和妹妹一聽，吐吐舌頭，鬆口氣。好了，終於結束，雨也該停，可以睡覺了。

其實雨一直下著。十八歲那年我離家，不，簡直是逃家，在你不知情的狀況下，走上不歸路。我慶幸自己走得遠遠的，徹底與你決裂，也一筆勾銷算不清的債。隔著南中國海，我開始寫作，卻無法書寫我們的關係。正確的說法是，跟血緣相關的一切，我根本拒絕去想。書寫是救贖。許多人這麼說。我不相信，也不需要。何況，沒有沉淪，何需救贖？我寧願沉默。

納悶妹妹們沒有一個演過你的戲，這使我驕傲又生氣。我的原罪是長孫而為女身，回看我寥寥無幾的童年照片，小平頭著短褲的模樣，不就是如假包換的男孩。連父親也不許母親給我買裙，說牽牽絆絆，不俐落又麻煩。所以我喝酒抽菸時，你必然當我是男生的吧！

可惜我不是。去年六月回去探你，我幾乎歇斯底里。難以想像抗戰了數月的父母親那一陣如何度日。你老是故意製造麻煩，深恐大家忽視你。每日清晨六時許，我被母親的叫聲嚇得滾下床。你故意橫臥地板，有時在飯廳有時在睡房，母親奶奶與我合力皆無法扶起你重磅的身體。連日來服侍你吃喝盥洗排泄，疲憊的我對著那具不服輸又固執的病體，實在火大。我大聲叱責你，數落你的無理取鬧，認為暴躁又軟弱的父親才會任你使喚折騰。如果我是男人，你躺十次我就有力氣扶你十次。可惜，我不是。你面無表情，不語。我亦被自己的暴戾言辭嚇著，心裡勾起甚麼，忽然說不下去。

剛到台灣的那幾年，你固定給我寄紅色的賀年卡，紅底加菲貓，紅色大花瓶，令我訝異又驚喜。或許，我們已經隔著三千里的海洋和解了。你鬧過吃過，累了便睡著。雷雨午後，我對著一地楊桃花發呆。紫色的花氈如此美麗，但卻令人寡歡。一切終將塵埃落定了吧！大家都累了。

你選擇七月初七離去。多麼戲劇性的日期。那筆算不清的帳，就隨你的骨灰撒到海裡吧！父親怕你痛，原想土葬。我記得你跟我說過，埋在山上跟死人毗鄰真冷清，萬一我們沒空上山探你多麼寂寞。於是我堅持火葬。骨灰罈置廟，日日誦經聲為伴。何況，讓憤怒鮮紅的大火去為你的生命作結，豈不是完美句點。

火化那天我在整理新家，房子很亂心情很平靜。隔著南中國海我跟你說再見。這次無法像我小時候搶回小狗一樣，把你從死神手裡搶回。我在四樓裝窗簾，遠方有雷聲，轉眼烏雲從稻田那邊掩至，雨，很快就下了。

——原載二○○二年三月二十一日《中國時報》

秋光實驗

夏天太熱，冬天太冷，不冷不熱舒爽的秋是上帝的歉禮。如果四季如秋，我很樂意在台灣養老，可惜了。

可惜歸可惜，我依舊在懺悔中看著上帝將好日子一把一把收走，然後，鋒面來了，寒流報到。寒流一來，我常浮現「冷得活不下去」的念頭，全部力氣卯起來抗寒，做事很沒效率。有幾年甚至懷疑自己得了冬季憂鬱。天一黑便心慌，心情隨著太陽一點一點下沉，紛亂的想法從四面八方奔至，劇烈的頭疼，無助，冷。入春之後卻不藥而癒。因此特別害怕過冬。陰翳的冬天只活剩一個念頭：老了我要移民。一定要移民。否則，終有一天會冷死。冷死顯得滑稽，客死異鄉太淒涼，不好。移民去哪？回家吧，馬來西亞不錯，只是熱了點。怕熱又怕冷，最好是個四季皆秋的地方……

靜謐的秋日午後，雲跟著風在藍天快跑，樹葉沙沙，偶有豬隻咆哮。那麼奢侈短暫的美好秋光，年復一年被我恍惚過去，像掏空的口袋，食畢的糖果罐，留下淡淡的遺憾。

是了，秋天。秋天真是個讓人遺憾的季節。一入秋我的靈魂便遠遊，留下肉身在世間行走，整個人看起來總在出神，別人老以為我有心事。

我是有不能啟齒的心事，不是說天涼好個秋？那為甚麼選在秋日開學？望著隨風快舞的洋紫荊心不在焉上課，只能嘆氣，哎！可惜了這天氣，竟坐困教室，白白辜負秋光。夏天對付熱，冬天對抗冷，秋天該死得上課。哪個教育部長有魄力點放秋假吧別放暑假，改成冬天開學多好。這年頭也沒幾個學生把上課當一回事：天氣熱，他們說熱天不是讀書天；天氣涼了照樣無心，上課是他們履行對父母的義務，對未來落下的渺小投資。滿街失業大學生，讀書投資報酬率太小，他們因此並不太在意，最好天熱天涼都是玩耍天。當老師的倒像賣身，一堆亂七八糟跟教學研究無關的煩雜事，人像陀螺轉個不停。喘口氣時，秋早已扭著屁股走遠。

我特別珍惜今年。往年秋天常有家人來訪，台灣熱死人的夏他們不稀罕，冬又得備妥寒衣嫌麻煩，只穿一兩次多浪費。秋天最好。被煩雜事用剩的珍貴秋日再瓜分給家人，往往所剩無幾。

有一年妹妹前腳剛走，公婆後腳接著到。家裡有人，精神磁場全被打亂，坐不安穩睡不得好覺，靜不下心做事，彷彿作客的是我。這中間少不得自我反省分析的紛亂心情，連家人都無法自在相處，我注定要離鄉才能自由。再想下去，就是自怨自艾老死異鄉的淒清畫面。等家人離開，還得用上許多時間恢復被消耗掉的體力和精神，處理堆積散亂的雜碎事，眼睜睜看著天色一天比一天黑得更早。

今年秋天可全是我的。全是我的。

哎！你一定猜到我說這話時嘴角上彎，很想大笑，但是不敢太張揚。初夏，家裡換上全新廚具，暗褐色廚櫃發亮流理台，抽油煙機開起來轟轟作響，我興匆匆埋首廚房作實驗，當個名副其實的家庭煮婦。成果全是東南亞口味，泰式越式馬來式，冰箱裡的辣椒和檸檬從沒斷過，薑塊蒜頭紅蔥頭小山也似的堆在靠窗通風角落。陽台上的香茅可是從馬來西亞偷渡過來的，經過分株培育，兩棵長成三盆，長葉如利劍，支支直指向天，入秋之後益形劍拔弩張，老讓我想到「怒髮衝冠為紅顏」——這不倫比喻倒是很貼切——外加一大盆滿地亂爬的薄荷，夏日我盡忙著調配各式酸辣，三天兩頭往市場跑。很可惜就是沒找到asam和荷花花苞，laksa的味道只能做個大概，要請家人寄來又覺得勞師動眾。我母親說，妳為何不回來吃，放假還待在那裡做甚麼，又沒小孩要顧。

經過一夏努力，入秋之後手藝漸有長進，常常自創新口味。就著秋光，兩人邊吃邊品評討論。我有自知之明，這些古怪味道只合屋簷下的兩人，從不敢宣稱長於廚事，更不會呼朋引伴炫耀手藝。有誰受得了每道菜都像一巴掌那樣凌厲？辣、酸、嗆，一入口就令舌頭永誌不忘。這是我的偏激風格。精神上的絕對孤僻加上舌頭的極端嗜好，老了必定是個難纏的古怪刁鑽老太婆，沒有小孩算是我的功德。還有一項，我寡淡的舌頭受不了外面館子撒鹽的豪放淋漓勁道，別人認為恰到好處的鹹，都遠遠越過我的忍受範圍。我偏愛的辣和酸又超越館子的美味指標，這麼多年忍耐下來，只好動鍋動鏟，刷洗煮炒。這下可好，用來應對訪客的精力，全轉移到鍋碗瓢盆。

早些年我曾視油煙為猛獸，如今年歲漸長，開始貪生怕死。每每從新聞得知外食隱藏的潛在危機，包裝食品添加過量防腐劑形同隱形殺手，且不知道哪一天才能（幸運的？）被揭發。如今看報紙和新聞最大的收穫是，原來毒素就在我身邊。老百姓數十年日日進食之物，很可能是慢性自殺的毒品。這些資訊弄得我神經兮兮，只好眼見為憑，吃食自理。行動不便，且處處得仰賴煩擾他人的晚景多麼淒涼，我可不想拖累別人，寧願有副強壯身體。老來還有餘力照顧別人，那是福氣。為了強健老境，我逼著自己向潔癖低頭。

煮炒過程中少不得油水四濺，滿屋子油煙。咳，油煙不也是肺臟的隱形殺手？可是，哪個作起菜來能無油無煙？總不能餐餐涼拌或生食，把自己弄得像隻羊吧！瑜伽班的同學每星期幫我買一次有機蔬菜，兩口之家得要努力當草食動物，才可能在一星期之內消化完一大包沉甸甸的無毒蔬果。我很小人地問，妳怎麼知道是真有機還是假有機？我的腦海同時出現「真雞」和「假雞」，天呀！我被自己的疑心病逼得快錯亂了。

我一家一家實地觀察過的，還敢拿自己的命開玩笑嗎？同學拍著肚子，以生命擔保。她曾是大腸癌病患，病癒之後吃東西十分小心謹慎。拎回來的蔬菜散發著剛出土的清揚之氣，顏色飽滿完足，彷彿吸收了天地精華，不吃光看，亦覺得像藝術品。

生吃最好，不然燙一下也行。同學不忘叮嚀。這是她的飲食習慣，曾經滄海難為水呀，我可沒辦法。那種吃法太不人性，完全無法誘發食慾，遲早要齋死。我不苛求美食，然而把飲食弄得像苦行自虐又何必？我還是葷素混食，順著自己的口味自得其樂。我實在太清楚自己有限的耐性，這秒鐘興匆匆切洗煮炒，下一秒有更好玩的事，立刻便轉移陣地。做菜嘛，口腹之慾，外加一點創造的樂趣，玩樂兼養生而已。聽說秋季好好休養生息，便可安度寒冬。我於是日日在廚房做著自以為是的創意料理，盡量早睡早起，無視於日曆上填得滿滿的煩雜事。

秋天之後，根莖類醣分轉高，紅白蘿蔔皆清甜芳香，這回不必同學叮囑，我邊切邊生食。每個星期三領菜時，最盼望翠綠的葉菜當中躺著白胖豐潤的白蘿蔔。祖父在世時，最愛白蘿蔔燉排骨。他做菜向來豪邁，大把乾蠔慷慨落下，燉出滿屋子的腥味。蒼蠅特愛白蘿蔔加乾蠔的味道，每回都招來一屋子蒼蠅亂飛。因為討厭蒼蠅，連帶對這道湯品沒好感。何況馬來西亞那麼熱，邊喝湯邊流汗，同時要分心揮蒼蠅，根本嘗不出香味。

如今我家冰箱裡儲存著一大盒乾蠔，上次回家時特別買的。黑、硬、腥，賣相一點都不討好。放進行李箱時，得特別用膠帶層層封死。只要走漏半點腥味，衣物重洗也就罷了，還極可能過不了海關。何時對乾蠔由惡生愛，亦不甚明白。我從來不是那種會為食物鋌而走險的人。

如今，香茅如此，乾蠔亦然。既已一而再，必有再而三。那麼，下一次會是甚麼？

中壢家裡沒有蒼蠅，腥味只是招來回憶。三年前替重病的祖父洗澡擦身的景象，忽焉清晰浮現。他說，洗乾淨好舒服呀！病著的祖父不再像以前那樣動不動便發脾氣。他的身體，黑、硬、腥，跟蠔一般。

蘿蔔排骨湯加入洋蔥，特別甜腴可口，秋日金黃陽光裡，喝得全身溫暖發燙。當年乾蠔腥氣，化為回憶的氣味。就在那一刻，我悲哀的發現，自己逐漸老去。老去，使人學會原諒，長於回憶。老去，讓我懼怕病痛，想盡辦法喚回青春健康的身體。

某日聽聞蓮子蓮藕大補身體，我即刻買來肥圓如嬰兒手臂的秋藕，想當然爾的自創新菜。糖醋蓮藕第一次試做便成功。脆。辣。甜。酸味剛好。想像中應有的口感和味道一應俱全，我一片接一片吃個不停，大碗公轉眼朝天，連自調的蜜醋汁也喝得一滴不剩。

吃飽喝足，卻茫茫然若有所失。轉身發現，秋，已經很深了。

——原載二〇〇四年十一月二十九日《自由時報》

位置

從小就愛爬樹，直到高中畢業，我還改不掉上樹的習慣。有位久未見面的長輩一見我就說，哎呀！十八姑娘一朵花啦，妳還喜歡爬樹嗎？印象停格在十年前第一次來我家。那天我藏身紅毛丹樹上，遠遠見到一個人頂著花花的大太陽，從斜坡緩步上來。家裡靜悄悄的，母親帶著妹妹到隔壁鄰居家串門子去了。於是我從樹上一躍而下，晃了晃立定他面前，嚇得他當場彈起來，臉有慍色。當時我想到一首叫〈傻瓜與野ㄚ頭〉的流行歌曲，因此忍不住大笑。細妹仔按野按為食，沒男仔追。教訓口吻包藏在玩笑裡，他說我又野又貪嘴，只差沒說「沒家教」，那就連父母親一併教訓了。

他只講對一半。野，我認了，貪嘴倒是未必。竹竿末梢綁把彎刀，確實輕鬆俐落就可以割下大把連枝帶葉的紅毛丹，紅果襯綠葉，喜氣洋洋像怒放的新娘捧花。土芭樂或芒果也一樣，竹竿對準目標一推一敲，以我的技巧，根本不必冒著磨破腳皮，被紅蟻叮得手腳都是包，或者給樹枝劃花身臉的破相危險。

我的目的不是吃，純粹為了爬。掛滿火紅的紅毛丹時我爬得理直氣壯，沒紅毛丹時，有濃密的綠葉為屏障，爬得更高更肆無忌憚。我家坐在山坡上，兩棵正值盛年的紅毛丹樹足足三層樓高，從四面八方伸出粗壯堅實的大枝椏，遠看像是兩把墨綠色的超級大傘。從山下仰望，這遺世獨立的風景彷彿矗立於時間之外，在沒有變化的烈日底下，漫天飛舞的黃灰塵中，很有老死不變的永恆意味。

斜坡左下方是工人的住宅區，密密麻麻一大片，全是兩房一廳，小得不能再小的雙併獨立式。每幾戶有個幫浦，印度和馬來男人常常在腰間圍條沙龍，就在烈日下沖澡。割油棕工人身瘦手壯，那距離恰好可以見到他們分明的肋骨，手臂浮凸結塊的肌肉。女人則把沙龍緊勒在胸部上方，一樣嘩啦啦的公然淋浴。蜜棕色的皮膚，黑糖色的皮膚。散下又黑又長，或許孵著跳蚤的髮。我總是等待意外，意外卻從來沒發生。她或他的沙龍沒掉下來過。

右下方是獨立式洋房，每戶圍著及腰的竹籬笆，種著果樹，深宅大院式的門禁森嚴，很安靜，鮮少有人活動，偶爾有人出來曬衣服收衣服。有幾戶養著壯碩的大狼犬，綁著鐵鍊，一靠近就目露凶光亮出犬齒叫人滾遠一點。母親叫那些人「財戶」，都是工廠各部門的經理和高級長官，一戶華人兩戶馬來人其他全是印度裔。紅毛丹紅得發黑還掛在樹上。紅心芭樂熟透摔得滿地緋紅。木瓜多半餵鳥，啄開的鮮紅瓜肉就那樣一顆兩顆任它在空氣中爛熟，看得我心疼又羨慕。

這些從小就看在眼裡的鮮明階級性啊，直到我離家都沒變過。父親的位置就像我們家的所在，有點難堪，非左非右，既非財戶亦非工人。然而他騎台破機車，常常弄得滿身油漬汗水回來，害我兩頭不到岸，沒有一邊的孩子把我當成他們那國的人。所以我只好坐樹上。

選個壯實的枝椏一屁股坐下，面向山坡隱身樹葉一下午，居高臨下望向望不盡的油棕園，在風中痴想那尚未成形的未來。然而，我有未來嗎？那時我悲觀又恐懼，該不會在這鬼地方過完我的人生吧。沒有電話，離市區二十公里，一天只有六趟公車，錯過就休想出去，也休想回家。跟從前住離島一樣，孤立無援的感覺我從小就熟悉。

如今我還常作趕不上最末那班車的惡夢，孤零零徘徊在五點四十分的市區街道向晚。赤道紅豔詭麗的晚霞層層疊疊往西方一點一點掉，夕陽很快就黯了。晚霞和夕陽這種絕美之物果然帶著毀滅性，美麗而絕情，它們每墜落一些我就更焦急一點，很快我的焦慮就跟黑夜一般濃烈了，帶著被遺棄的強烈悲傷。可惡怎麼可能提早五分鐘開走？我要露宿街頭嗎怎麼會這樣？母親沒等到我回家怎麼辦？我要怎麼通知她？都怪我沒早一點到車站，就差兩分鐘，真該死，深深自責……醒來時總弄不清楚現實跟夢幻。現實中我也老是被時間驅趕，常常為了最末一班公車狂奔，為了回到那重重封鎖的油棕園與世隔絕。同學的聚會、活動、聯誼跟我無關，從小學一年級，打從住在那個遙遠的小島，我的命運便跟與世隔絕聯結在一起。

那時工廠的宿舍在學校五公里外的小島深處，被樹林重重包圍，在與世隔絕中被再隔絕一次，我的山居生活跟住漁村同學沒多少交集，他們的話題我也多半插不上嘴。

有一晚夜裡下過雨，霧色迷濛的清晨我正準備上學，父母親卻被房子旁邊的不尋常的腳印嚇得不敢出門，還急忙回頭檢查窗戶，認真考慮那天讓我缺課。老虎，夜裡老虎打我們家走過，這對三十不到的夫妻當時年紀比現在的我還小好幾歲，雖然他們從小在山芭長大，大貓就在身邊出沒還是讓他們異常驚慌。恐嚇小孩的「被老虎叼去吃」很可能成為事實。他們的恐懼感染了我。父親的紅色野狼破霧前進時，坐在前座又冷又怕的我縮成一團。同學聽說我住山芭常開玩笑說，小心老虎吃了妳。沒想到是真的。住山芭這件事拉開我們的距離，後來他們再開玩笑時，我便再也笑不出來了。

我的位置在樹上，一個旁觀者。

這個獨一無二的位置，只屬於我。家裡人多，從小沒有私人空間，一個房間擠五個或六個人，除了衣櫥就是單人或雙人床，窄窄的走道僅可行走一人，姊妹之間常常為了誰先走誰後走吵得不可開交。讀書在廚房，餐桌就是書桌，放學後我就窩廚房，妹妹下課了也來擠。常常我跟兩個妹妹在這頭讀書寫作業，母親就在另一端挑菜搓麵粉，在我背後煎魚蒸肉。我得防著熱油彈上作業本，油漬最愛作業本的紙質，那滲透跟暈開的速度，只能說是令人絕望的回天乏術。父親下班晚了，在桌子那頭獨自吃飯，多半悶不吭聲。客廳另有三個妹妹占著，母親就在客廳和廚房走來走去，家裡總是人口太多聲音太雜，別說父親受不了，連我自己都想逃。

就逃到樹上吧，那是我的容身之處。紅毛丹樹的樹皮帶著木頭的辛辣味，獨樹一格，非常親切好聞，有種叫金錢樹的蔓生爬藤和大紅蟻跟我一樣愛纏它。接近兩層樓的高度最好，吹風時晃得恰到好處，還可以看到低一些的芭樂樹上哪裡藏著沒被摘走的青果。那個登高望遠的位置幽靜又隱密，所有的聲音都在腳下。黃昏時的晚霞和夕陽穿透樹葉，像是碎裂的彩色拼圖有種特別的殘缺美。父親的機車聲音很好認，它還遠遠的在前一個上坡路辛苦喘氣，我便準備從容墜落，絕對有足夠的時間在他到家之前若無其事出現。

爬到高中時，家裡很不尋常的多了陌生男人。先是一個工藝學院的學生，華文只會講，讀呢，用母親的說法，那些華文字認得他他不認得它們，它們叫他他也不會應。再來是農大的機械系大三學生。他們由父親帶著在工廠裡實習，都住附近，在我家吃晚飯，沒上班時耗在我家殺時間，其中一個還幫大妹補習數學。做父母的怎麼看都覺得對方人品好外形靚前途光明，用對待未來女婿的方式對待他們。愛爬樹的女兒卻用一個可笑的藉口拒絕了，這兩個男人都有懼高症，對高高在上的女人充滿無法控制的不安全感。

如今我已無樹可爬，真有，大概也爬不動了。然而那個象徵位置一直都在，那是我跟世界的距離，跟家人的關係。一個旁觀者，住在她自己的島上。

——原載二〇〇七年二月十日《聯合報》

七月將至

經過多年的訓練和自我要求，今夏功力頗有長進，再精進些，剩下的半個夏季，說不定可以直接往來兩個世界，無有滯礙，無有恐懼。這陣子我鎮日昏睡，培養不可說不可解的神祕能力，不聞隔壁裝潢，小孩哭號，連泡澡也昏昏然。眠夢中的神祕接觸愈來愈頻密。

我得承認，我仍然遲疑，且羞於提起這個祕密。鐵定有人會用嚴厲的口吻大聲斥責我迷信！樂透迷說這樣時運會很低，絕不可能中獎。連兩百塊也沒有。他們如此好心的忠告。出家師父最慈悲，三番兩次要強押我上山打禪七，淨化磁場超渡冤親債主。我擔心自己頑劣只能打禪一，明知那是好事，至今仍在蹉跎。師父指引超脫之路，我卻偏往墮落之途走去。若一心沉淪，菩薩也無可奈何。

那是個春夏之交的尋常夜晚。放好水，隨意撒把粗鹽，沒試溫度就滑進水裡。自小戀水，泡在水裡如同回到前世的原鄉，總有說不出的自在和鬆懈。從前放長假，大半時間都浸在游泳池。一個暑假下來，身體和頭髮散發著氯氣，像隻行走的魚。

那是很久的從前了。跳水、自由式、蛙式都玩膩，平躺水面浮成飄萍，任由水流托送，肉身休息而雜念紛沓，送走一個又一個炎熱的下午。烈日老去，換上慈祥的夕陽。水中半日，人生一世，我的皮膚跟著太陽變老，出水時十七歲的皮膚皺成七十歲的驚心模樣。

回家得穿越綿延濃黑的油棕林，樹林如巨大的黑洞，如果有妖怪，鐵定是吞人不吐骨的樹精。樹枝化成爪牙一攫，我將從人世抽離，自此了無痕跡。樹林裡有貓頭鷹和夜鳥的鳴叫，蟲聲如天羅地網兜頭罩下。風，製造怪異的氛圍。出沒的蝙蝠從臉頰險險掠過，我視為親密的挑釁。

我邊走邊安慰自己，被吃了到另一個空間過活，沒甚麼不好。活在怪力亂神的世界，對死亡並不畏懼，以為肉身必會轉化，或動物或植物或者頑石。一直以為樹林裡並存第三度時空，類似異次元世界，或是桃花源，有緣之人方能尋得。又信仰泛靈論，且深信靈魂不滅和轉世之說，連塊石頭都掰得出它的身世。按照印度朋友的解釋，蛇和蜥蜴出沒的時間和姿勢，都各有徵兆。這些我全信，信了得救。因此暗夜行路不帶手電筒，只一路尾隨太白星，重新由幽冥返回人間。老去的皮膚在途中被涼風撫平。

這些是很久的從前了，那是青春失而輕易復得，信仰神祕主義的時代。

這幾年我的潔癖坐大，視游泳池如公共浴池，細菌和體味的大雜燴，集眾毒之水。夏季的都市游泳池是大浴缸，說多髒就有多髒。我寧願配製些藥草，例如芍藥、桂枝、當歸、甘草和薄荷之屬，調製一缸養生浴。關門。熄大燈。開盞兩瓦小燈泡暈出寧靜的昏黃，聽著夏蟲在窗外混聲合唱，氤氳中時空倒錯一番。

躺臥浴缸時正好眼觀天象，滿天星宿，依然只識得太白星。難得遇上月圓之夜，就邀月輝入室共浴，連小燈泡都省去。如此休養生息之後，走起路來飄飄然，身心舒泰，懶言多睡，身體和意念之毒淨排。故浴後之水我從不敢用來澆花，惟恐花草毒發凋萎，顯現猙獰死相。

那個春夏之交的夜晚，無星無月，才剛入浴，便意識模糊。兩座土墳瞬間閃現。再眨眼，土墳又消失了。我一嚇，本能的大喊。不知道是求救還是要喚回自己出竅的魂。用盡力氣喊，喊甚麼卻不知道。眼前分明只有慘澹小燈，流理台和馬桶還在原位，香皂洗髮精沒有亂飛。鏡中無人，也沒有墳。我浸著熱水卻滿頭冷汗。許久，聽見重重的腳步聲自一樓飛奔而上，門卡啦一聲被扭開，浴室大放光明。發生甚麼事？為夫的手持十公斤啞鈴，滿身大汗立在門口。整個浴室都是陽剛的汗味，他正在樓下練身體。睡房的燈打在他身上，放大的身影加上放大的啞鈴投在牆上，說不出的孔武。我立刻矮了下去，吶吶的說，墳，有墳。聲音小得心虛。哪裡有墳？他抹了一下汗，揮動手上的啞鈴。你來了就沒有了。還是很小聲，彷彿撒謊被逮個正著的語氣。他滿臉疑惑，聳聳肩，握緊啞鈴下樓。趁著浴室還有陽剛味，我胡亂洗好立刻逃命。

如今回想，那是關鍵時刻，一個象徵，召告的儀式。

從那一刻起，正式宣告我背離超越之途，走上墜落道路。我們是在一個屋簷下，卻分處兩個世界的人，名副其實的一陰一陽。我納悶的是，為何選在泡澡時刻？彼時意識卸下武裝，正好趁虛而入嗎？

浴室驚魂後，我愈加恍神。腦海盤桓著一段叫不出名字的旋律，類似粵語殘樂，母親那個年代的。常常不自覺哼起來，淒迷哀怨的曲調，哼著哼著便不由得悲戚。這時那兩座墳墓就會浮現。瞬間閃過夜晚的油棕林，那個黑洞。當年怎麼就有勇氣獨自穿行，尤其在農曆七月的夜裡？墳和黑洞，有甚麼關係嗎？頭又痛起來，快快喊來藥師佛救我。藥師佛心咒緩緩流出，聽著聽著思緒安靜下來，卻覺得自己當真沉痾難救。心咒不過短短二十三個音節，為了頑劣如我者，還配成爵士樂、搖籃曲，有Ambient曲風，或者薩克斯風伴奏。良藥裹糖衣，為打救我菩薩變出方便法。

心咒只解一時之苦，卻無法渡我。

學生見我終日失神，自告奮勇要幫我算命。好不容易查到出生時辰，對一頭黃髮狀似營養不良的學生說，把命交給你了。命盤顯示我是個神祕主義者，喜歡探索未知和非物質世界，也極容易接觸靈異，輕易跟他們溝通。我拿著那疊學生的算命成果研究半天，太陽系和命宮看得我頭暈，水星火星還有幾度幾度，我最怕這些複雜的數據。夠了夠了我說，這些早就知道的事情算來做甚麼？告訴我墳墓和浴池之間的聯繫，把前因後果，來龍去脈解釋一遍。

早知道沒用。

自己的人生位置是在一個陰暗的角落，太陽照不到的地方。這事早有徵兆。是我不夠清明，串不出有跡可循的徵兆。九年前開始夢魘，也即俗稱的鬼壓床，即已經宣告我此生的屬性和宿命。夏日一來，我便有見光死的恐懼，晝伏夜出是我的生活方式。早晨刺眼的陽光會讓我脾氣暴躁，所以睡房的落地窗簾都得加上一層銀色膠簾。

回想起來，每年暑假都過得很慌亂，我真是受夠了那種快活不下去的窒息感。陽光令我頭痛，但是我得出門，世界捨不得遺棄我，我便得在陽光下煎熬。幸好有墨鏡，否則如何苟活？為夫的說我屬蝙蝠，是的，在家我不愛開燈，管他甚麼傷害視力近視加深。陰涼的地方讓我情緒安穩。安穩便想入睡，入睡便得夢魘。

夏日就是這樣開始的。某個不早的早晨，被穿過縫隙的暴烈陽光喊醒，轉個身，突然便無法動彈。無法動彈的是身體，意識還清晰。鳥聲蟬鳴都在，車聲人語雜沓，混合著裝修房子的敲擊形成遙遠模糊的背景。我確定自己醒了，卻不能起床。這是夏日的序幕。此後的三四個月裡，儘管恆在昏睡，卻變得非常敏銳。一覺醒來，直覺便預知下午的夢魘。可預知，卻不能違逆。

常常我坐在書桌前，對著陽台的植物發呆。夏日是生機勃發的季節，植物如大力水手吃了菠菜暴長，水生的、土長的全都猛竄。一盆盆蕨類全都伸出長軟的魔手爬出牆外，伸不出去的就吸附在內牆，就那樣也有本事長出新芽。腎蕨長瘋了乾脆把根探進鯉魚池裡。連不怎麼餵食的鯉魚，好像也能光合作用快速成長。失控的狂亂季節。陽光愈亮，愈對比出室內的陰暗。

一天清晨惡夢醒來，不過五點，聽見後面豬寮有小豬啼哭。上了廁所，再睡，一陣黑影掩至，便全身發冷不能動彈。小豬還在哭。我掙扎著要看清黑影，卻怎麼也不清楚，只好乖乖的等牠離開。小豬安靜下來我便知道牠已走遠。清醒過來餓得胃冒酸水，下樓吃幾包餅乾喝點鮮奶，便神志模糊又倒在床上，醒來已中午，只覺得口燥舌乾。

這讓我十分想念泡水消暑的青春期，無有恐懼，一尾自在行走的魚。然而那個年代早已遺失，如今我要在小小的浴缸鍛鍊勇氣，面對漸露端倪的宿命。這麼想時有些悲傷，頗有白頭宮女的哀怨況味。然而這裡面彷彿典藏神祕預言，遂安慰自己，努力夢寐吧！夢寐中尋找指示。七月將至，我的修練必有進境。

日頭已轉過小葉欖仁，拂過福祿桐，慢慢墜落田壟。天色，又暗了。

——原載二〇〇二年八月十八日《聯合報》

鍾怡雯散文寫作年表

一九八八年　九月，自馬來西亞赴台灣就讀台灣師範大學國文系

一九九一年　〈山的感覺〉獲第九屆師大文學獎‧散文首獎
〈童謠〉獲第九屆師大文學獎‧新詩首獎
〈童謠〉（增訂版）獲台灣新聞報文學獎‧新詩首獎
〈天井〉獲台灣新聞報文學獎‧散文佳作
〈來時路〉獲第三屆新加坡獅城扶輪文學獎‧散文第一名
〈島嶼紀事〉獲第一屆馬來西亞星洲日報文學獎‧散文佳作

一九九二年　〈馳想〉獲第十屆全國學生文學獎‧散文第三名

一九九三年　就讀台灣師範大學國文所碩士班

〈尸毗王〉獲台灣新聞報年度最佳・散文作家獎副獎
〈迴音谷〉獲八十一年度教育部文藝創作獎・散文第三名
〈我沒有喊過她老師〉獲第六屆新加坡金獅獎・散文首獎
〈人間〉獲第五屆中央日報文學獎・散文甄選獎

一九九五年

五月，任職《國文天地》雜誌編輯
九月，擔任《國文天地》主編，至一九九八年六月止。主編任內，連續三度獲得新聞局金鼎獎・推薦優良雜誌獎
第一本散文集《河宴》（台北：三民）獲文建會獎助出版
〈可能的地圖〉獲第三屆馬來西亞星洲日報文學獎・散文首獎
〈亂葬的記憶〉獲八十三年度教育部文藝創作獎散文第二名
〈門〉獲第一屆中央日報海外華文文學獎・散文首獎
《河宴》獲八十四年度新聞局圖書金鼎獎・推薦優良圖書獎

一九九六年

就讀台灣師範大學國文所博士班
主編《馬華當代散文選（一九九〇～一九九五）》（台北：文史哲）
主編《國文天地》獲八十五年度新聞局・雜誌金鼎獎
〈漸漸死去的房間〉獲第八屆中央日報文學獎・散文第二名

一九九七年　出版碩士論文集《莫言小說：「歷史」的重構》（台北：文史哲）
〈門〉、〈茶樓〉、〈外公〉獲第四屆星洲日報花蹤文學獎・散文推薦獎
〈蟒林，文明的爬行〉獲第一屆華航旅行文學獎・優等獎
〈給時間的戰帖〉獲第十九屆聯合報文學獎・散文第一名
〈垂釣睡眠〉獲第二十屆中國時報文學獎・散文首獎
〈說話〉獲第十屆梁實秋文學獎・散文第三名

一九九八年　擔任元智大學中語系專任講師
〈垂釣睡眠〉獲九歌年度散文獎
〈熱島嶼〉獲第二屆華航旅行文學獎・佳作
出版第二本散文集《垂釣睡眠》（台北：九歌）

一九九九年　〈芝麻開門〉獲第二十二屆中國時報文學獎・散文獎評審獎
〈凝視〉獲第五屆星洲日報花蹤文學獎・散文佳作

二〇〇〇年　博士畢業，擔任元智大學中語系專任助理教授
出版第三本散文集《聽說》（台北：九歌）
主編《馬華文學讀本Ｉ：赤道形聲》（台北：萬卷樓）
獲第四十一屆中國文協文藝獎章

二〇〇一年

《聽說》獲中央日報「出版與閱讀　二〇〇〇年十大好書」

《垂釣睡眠》、《聽說》獲第四居馬華優秀青年作家獎

《聽說》獲八十九年度新聞局圖書金鼎獎・推薦優良圖書獎

〈路燈老了〉獲第六居星洲日報花蹤文學獎・散文推薦獎

獲第十八居吳魯芹散文獎

出版博士論文集《亞洲華文散文的中國圖象（一九四九～一九九九）》（台北：萬卷樓）

主編《天下散文選Ⅰ，Ⅱ：一九七〇～二〇〇〇台灣》（台北：天下文化）

簡體版散文自選集《垂釣睡眠》（成都：四川文藝）在大陸出版

二〇〇二年

出版第四本散文集《我和我豢養的宇宙》（台北：聯合文學）

出版散文繪本《枕在你肚腹的時光》（台北：麥田）

主編《台灣現代文學教程2：散文讀本》（台北：二魚文化）

二〇〇三年

出版散文繪本《路燈老了》（台北：麥田）

出版人物傳記《靈鷲山外山：心道法師傳記》（台北：遠流）

簡體版散文繪本《枕在你肚腹的時光》（上海：友誼）在大陸出版

二〇〇四年

出版論文集《無盡的追尋：當代散文的詮釋與批評》（台北：聯合文學）

主編《馬華文學讀本Ⅱ：赤道回聲》（台北：萬卷樓）

二〇〇五年

主編《天下散文選Ⅲ：一九七〇～二〇〇三大陸及海外》（台北：天下文化）

擔任元智大學中語系專任副教授

出版第五本散文集《飄浮書房》（台北：九歌）

簡體版散文精選《驚情》（廣州：花城）在大陸出版

主編《天下小說選Ⅰ，Ⅱ：一九七〇～二〇〇四世界中文小說》（台北：天下文化）

二〇〇六年

主編《九十四年散文選》（台北：九歌）

主編散文選《因為玫瑰》（台北：聯合文學）

主編評論選《20世紀台灣文學專題Ⅰ，Ⅱ》（台北：萬卷樓）

出版散文精選集《島嶼紀事》（濟南：山東文藝）

二〇〇七年

出版論文集《靈魂的經緯度：馬華散文的心靈和雨林書寫》（吉隆坡：大將）

出版第六本散文集《野半島》（台北：聯合文學）

主編《馬華散文史讀本一九五七～二〇〇七》（三卷）（台北：萬卷樓）

出版第七本散文集《陽光如此明媚》（台北：九歌）

二〇〇八年

出版評論集《內斂的抒情——華文文學論評》（台北：聯合文學）

二〇〇九年　出版論文《馬華文學史與抒情傳統》（台北：萬卷樓）

出版論文《經典的誤讀與定位——華文文學專題研究》（台北：萬卷樓）

翻譯《我相信我能飛》（原著David Lucas）（台北：格林）

獲中山盃華僑文學獎（廣東省主辦）

二〇一〇年　主編《馬華新詩史讀本（一九五七～二〇〇七）》（台北：萬卷樓）

鍾怡雯散文重要評論索引

評論文獻	評論者	原載處	原載日期
【評論文章】			
「島嶼」為烏托邦的翻版？	陳慧樺	《幼獅文藝》第四五一期	一九九一年七月
所羅門的指環——評鍾怡雯的散文兼作本專欄的回顧	林青	《萌芽》第十期	一九九三年十月
華年錦繡——序鍾怡雯散文集《河宴》	楊昌年	《河宴》	一九九五年四月

《河宴》序	陳慧樺	《河宴》序	一九九五年四月
她的靈氣點亮了她的文字意境——鍾怡雯散文的敘述策略	陳慧樺	《文訊》第一一四期	一九九五年四月
鍾怡雯：寫作和真實應該分開	賴佳琪	《文訊》第一三七期	一九九七年三月
烏托邦的祭典——解讀鍾怡雯《河宴》中的童年書寫	辛金順	《中國現代文學理論季刊》第九期	一九九八年三月
多面夏娃鍾怡雯才華橫溢文壇綻光芒	賴佳琪	《九歌書訊雜誌》第二〇四期	一九九八年三月十月
評鍾怡雯《垂釣睡眠》	洪淑苓	《中國時報》	
鍾怡雯不讓散文洩露真實生命經歷	李令儀	《中國時報》	一九九八年四月二日
語言之重，生活之輕——鍾怡雯《垂釣睡眠》	陳昌明	《聯合報》	一九九八年四月十三日
幽獨中的熱鬧——讀鍾怡雯《垂釣睡眠》	張春榮	《文訊》第一五一期	一九九八年五月
我最近看了一本好書，充滿個人色彩的一本散文《垂釣睡眠》	張曉風	《中國時報》	一九九八年十月二十五日
評鍾怡雯《垂釣睡眠》	張春榮	《一九九八台灣文學年鑑》	一九九九年六月

平淡情事藝術化的修辭策略——試論華裔女作家鍾怡雯的散文語言特色	吳禮權	《徐州師範大學學報》第二十五卷第二期	一九九九年六月
想像之狐，擬貓之筆——序鍾怡雯《垂釣睡眠》	焦桐	《垂釣睡眠》	二〇〇〇年三月
失眠，也別有番況味——鍾怡雯《垂釣睡眠》	風信子	《青年日報》	二〇〇〇年六月十日
貍奴的腹語——讀鍾怡雯的散文	余光中	《聯合報》	二〇〇〇年七月十六～十七日
溫柔長吉女兒身——鍾怡雯《聽說》	許悔之	《聯合報》	二〇〇〇年八月十四日
由小見大，化實為虛——評鍾怡雯《聽說》	顏崑陽	《中央日報》	二〇〇〇年九月四日
善變的花腔女高音——鍾怡雯《聽說》	焦桐	《中央日報》	二〇〇〇年十一月十三日
鍾怡雯——河宴	林少雯	《中央日報》	二〇〇〇年十二月六日
華族移民的懷土之思	楊昌年	《亞洲華文散文的中國圖象（一九四九～一九九九）》	二〇〇一年一月
散文哪吒	李奭學	《中央日報》	二〇〇一年七月十二日

難以歸類的散文集——《聽說》	**保真**	《青年日報》	二〇〇二年一月十一日
立足台灣，胸懷天下——鍾怡雯、陳大為主編《天下散文選》	**張春榮**	《文訊》第一九六期	二〇〇二年五月
人貓傳奇——評鍾怡雯《我和我豢養的宇宙》	**李奭學**	《自由時報》	二〇〇二年五月十六日
吾貓即宇宙，宇宙變寵物——鍾怡雯《我和我豢養的宇宙》	**唐捐**	《中央日報》	二〇〇二年七月一日
安樂之書——鍾怡雯《我和我豢養的宇宙》	**徐國能**	《聯合報》	二〇〇二年七月十四日
戀物情深的宇宙觀——讀鍾怡雯《我和我豢養的宇宙》	**黃宗慧**	《聯合文學》第二一五期	二〇〇二年九月
鍾怡雯〈芝麻開門〉的思維圖景	**王昌煥**	《國文天地》第二〇九期	二〇〇二年十月
散文新視野：論鍾怡雯的雄辯與解構	**徐國能**	《香港文學》第二二七期	二〇〇三年十一月

貍奴獨語——鍾怡雯散文初探	黃恩慈	《第一屆台灣文學研究生研討會論文集》	二〇〇四年七月
鍾怡雯散文的感性與知性——兼談女性文學	徐學	《全球語境・多元對話・馬華文學——第二屆馬華文學國際學術會議論文集》	二〇〇四年十二月
薪火相傳——評鍾怡雯《無盡的追尋：當代散文的詮釋與批評》	李奭學	《文訊》第二三〇期	二〇〇四年十二月
學問的柔軟度——鍾怡雯《無盡的追尋》	徐國能	《聯合報》	二〇〇四年十二月二十六日
油棕園傳來的獨語——訪評鍾怡雯	黃恩慈	《幼獅文藝》第六一三期	二〇〇五年一月
文學夫妻陳大為與鍾怡雯　搜羅華人文壇編成《天下小說選》	王蘭芬	《民生報》	二〇〇五年二月二十日
高中國文可以這樣讀——打開哪一扇「門」？談鍾怡雯的〈芝麻開門〉	黃恩慈	《幼獅文藝》第六一六期	二〇〇五年四月
我和我的小女生——論鍾怡雯散文	張瑞芬	《聯合文學》第二五四期	二〇〇五年十二月
鍾靈毓秀的馬華女作家——談鍾怡雯其人其文	李李	《大紀元》	二〇〇五年十二月三日

鍾怡雯散文中的譬喻——以《垂釣睡眠》一書為例	劉德玲	《中國語文》第五八六期	二〇〇六年四月
凝視馬華散文的台灣圖象——以鍾怡雯為例	吳柳蓓	《第四屆全國研究生文學社會學研討會論文集》	二〇〇六年五月
別有天地——論鍾怡雯散文原鄉風景的構成與演出	陳伯軒	《中國現代文學》第九期	二〇〇六年六月
鍾怡雯散文中的老人形象	劉德玲	《國文天地》第二五九期	二〇〇六年十二月
童年異托邦	范宜如	《中國時報》	二〇〇七年八月十六日
野語英華——評鍾怡雯《野半島》	徐國能	《聯合文學》第二七五期	二〇〇七年九月
《野半島》	房慧真	《幼獅文藝》第六四六期	二〇〇七年十月
細評鍾怡雯《陽光如此明媚》中陽光底下的陰影、死亡與失去	柯品文	《全國新書資訊月刊》第一一三期	二〇〇八年五月
來自馬來西亞的客家後裔——離家的鍾怡雯在時空交錯中書寫	張葆蘿	《書香遠傳》第六六期	二〇〇八年十一月
貓足輕躡，光陰飛梭——鍾怡雯《垂釣睡眠》	黃美榆 導讀	《明道文藝》第三九七期	二〇〇九年四月

【研究論文】

《論在臺馬華女性作家——以商晚筠、方娥真、鍾怡雯為觀察核心》	吳柳蓓	南華大學文學系碩士論文	二〇〇七年
《在台馬華文學中的原鄉再現——以黃錦樹、鍾怡雯、陳大為為例》	陳芳莉	成功大學台灣文學研究所碩士論文	二〇〇七年
《南洋風情與台灣經驗的交融——鍾怡雯散文研究》	陳淑鈴	新竹教育大學語文學系碩士論文	二〇〇九年
《鍾怡雯散文的神祕敘事》	吳道順	東華大學中國語文學系碩士論文	二〇〇九年
《女性散文中的空間、時間與關係書寫：以柯裕棻、張惠菁、鍾怡雯為討論對象》	李婉寧	臺灣師範大學國文學系碩士論文	二〇一〇年

新世紀散文家⑲

新世紀散文家：鍾怡雯精選集
Selected essays of Choong Yee Voon

作者　　鍾怡雯
主編　　陳義芝
執行編輯　陳逸華
發行人　蔡文甫
出版發行　九歌出版社有限公司
臺北市105八德路3段12巷57弄40號
電話／02-25776564・傳真／02-25789205
郵政劃撥／0112295-1
九歌文學網　www.chiuko.com.tw
印刷　晨捷印製股份有限公司
法律顧問　龍躍天律師・蕭雄淋律師・董安丹律師
初版　2011年1月
初版 5 印　2022年11月
定價　**320元**

書號　0106019
ISBN　978-957-444-746-6
（缺頁、破損或裝訂錯誤，請寄回本公司更換）

國家圖書館出版品預行編目資料

鍾怡雯精選集 / 鍾怡雯著. – 初版. --
臺北市：九歌, 民100.01

面； 公分. -- (九歌文庫 ; 24)

ISBN 978-957-444-746-6(平裝)

855 99023855